dtv
premium

W0002960

Renate Welsh

Die schöne Aussicht

Roman

Deutscher Taschenbuch Verlag

Von Renate Welsh
sind neben zahlreichen Kinder- und Jugendbüchern
im Deutschen Taschenbuch Verlag erschienen:
Das Lufthaus (20757)
Constanze Mozart (25221)
Liebe Schwester (25235)

Originalausgabe
Dezember 2005
© 2005 Deutscher Taschenbuch Verlag GmbH & Co. KG,
München
www.dtv.de
Umschlagkonzept: Balk & Brumshagen
Umschlagfoto: © Imagno/Skrein Collection
Satz: Greiner & Reichel, Köln
Gesetzt aus der Sabon 11/13,5
Druck und Bindung: Kösel, Krugzell
Gedruckt auf säurefreiem, chlorfrei gebleichtem Papier
Printed in Germany · ISBN 3-423-24494-1

Rosa hockte an Barrys Grab unter den Fliederbüschen am Hintereingang zum Gasthaus, zupfte verwelkte Blüten von den Kapuzinerkressen, nicht daß sie gerade an den Bernhardiner dachte, es war nur der Platz geworden, an den ihre Füße gingen, ohne besondere Aufforderung. Auch wenn die Büsche längst kahl waren, wenn es von den Zweigen tropfte und ihre Schuhe in der nassen Erde einsanken, hockte sie hier, mit gespreizten Beinen, manchmal stützte sie die Hände auf und vergaß, daß sie es getan hatte, dann schimpfte die Mutter über den verkrusteten Matsch auf dem Mantel. Rosa mußte den Fleck ausbürsten, bis nichts mehr davon zu sehen war. Ansonsten schüttelte die Mutter zwar immer wieder den Kopf über die Tochter, doch wunderte sie sich nicht mehr. Ein altes Ei und alter Samen, sagte sie, was konnte man da erwarten? Sie sagte es auch, wenn Rosa in Hörweite war. Mich dürfte es eigentlich nicht geben, dachte Rosa oft. Die Mutter war fünfzig, als sie geboren wurde, ihre älteste Schwester dreißig.

Die Prüfung in Geschichte war nicht gut ausgegangen, unter dem Blick der Lehrerin wurde Rosas Kopf leer, sie hatte gelernt, gestern wußte sie, wann der Siebenjährige Krieg begann, jetzt wußte sie es wieder, 1756, natürlich

1756, nur in der Klasse stand sie blöd und stumm, und die anderen kicherten, und Hanna stupste Bärbel mit dem Ellbogen an und verzog das Gesicht. Hanna mit den dicken braunen Zöpfen, Hanna mit den großen dunklen Augen, Hanna mit der zarten Nase, Hanna mit den schmalen Fingern und den ovalen rosaroten Nägeln, kein einziger abgebissen oder eingerissen. Hanna, die so gut roch, die radschlagen konnte und immer eine Antwort wußte. Wenn die Lehrerin Hanna aufrief, um ein Gedicht vorzutragen oder ein Lied zu singen, sträubten sich die Härchen auf Rosas Armen und sie spürte etwas wie einen sanften Wind im Nacken. Alle Mädchen wollten neben Hanna sitzen, alle wollten ihre Hand halten, wenn sie sich in Zweierreihen aufstellen mußten. Hanna lächelte dann gleichmütig in die Runde. Auch die Erwachsenen lächelten, wenn sie Hanna ansahen, sogar die strenge Handarbeitslehrerin und der finstere Schulwart. Ein einziges Mal war es Rosa gelungen, als erste neben Hanna zu stehen, da merkte sie, wie schweißnaß ihre Hände waren, und trat schnell zur Seite. Rosa wußte, daß sie kein schönes Kind war. Ihre Nase war zu klobig, ihr Gesicht zu breit, ihr ganzer Körper zu gedrungen, ihre Füße und Hände zu groß, die Haare zu strähnig. Die riecht doch immer nach Wirtshaus, hatte Marianne gesagt, laut genug, daß Rosa es am anderen Ende des Turnsaals hören konnte. An dem Abend zog sie die Tuchent über den Kopf, zuerst merkte sie nichts, aber dann roch sie es: schales Bier, Tabak, Zwiebeln und brutzelndes Schmalz. Von da an hatte sie den fettigen Dunst in der Nase, sobald sie die Haustür öffnete, der ließ sich auch nicht hinausschneuzen, selbst wenn sie Wasser hochzog und wieder ausprustete. Die Mutter verbot ihr, öfter als einmal in vierzehn Tagen den

Kopf zu waschen, davon würden die Haare dünn, sagte sie, und fielen aus. Rosas Haare waren ohnehin dünn.

Rosa zog eine Brennessel aus dem Boden, wunderte sich, wie lang und wie gelb die Wurzel war, zerkrümelte Erde zwischen den Fingern. Kühl fühlte sie sich an.

Die Mutter steckte den Kopf aus der Hintertür, rief Rosa. Semmeln solle sie holen. Zum Bäcker ging sie gern, zum Fleischhauer nicht, von dem Geruch nach Blut wurde ihr übel. Als sie zurückkam, saß die alte Frau Wiesner am Tisch in der Fensternische und schlürfte schmatzend Gulyassuppe. Rings um ihren Mund glänzte der rote Saft. Sie grabschte eine frische Semmel aus Rosas Korb, putzte den Teller aus, schob ihn mit einer ungeduldigen Bewegung bis an die Tischkante, so daß Marianne herlief, um ihn vor dem Fallen zu retten. Die Wiesner verlangte Kaffee mit viel heißer Milch, ohne Haut, und einen kleinen Cognac. Während sie darauf wartete, nahm sie ihr Strickzeug zur Hand und begann mit klappernden Nadeln an einem grünen Socken zu stricken. Rosa schauderte es. Sie hatte gehört, wie die Schwester mit ihren Freundinnen flüsterte, die Wiesner mache noch ganz andere Dinge mit ihren Stricknadeln. Die jungen Frauen scheuchten Rosa weg, bevor sie Genaueres erfuhr, aber aus ihren fahrigen Gesten, den geröteten Wangen, den gesenkten Stimmen wußte sie, daß es sich um Da-unten handeln mußte, um das unaussprechliche Geheimnis, um Männer und Frauen und die schrecklichen Dinge, die sie miteinander anstellten. Früher hatte Rosa manchmal Geräusche aus dem Zimmer der Eltern gehört, vor denen sie sich unter der Decke verkrochen hatte, seit langem schon hörte sie nur mehr Vaters schwere Schuhe auf den Boden plumpsen, aber als die Eltern am Ruhetag im Kino waren, hörte sie noch beängstigendere Geräusche aus dem Zimmer, das sie mit der Schwester teilte. Sie riß die Tür auf; noch bevor sich ihre Augen an die Dunkelheit gewöhnt hatten und sie mehr sah als den hellen Fleck des Bettes, drohte eine Männerstimme mit Prügeln, wenn sie nicht sofort verschwände. Rosa blieb auf halber Höhe der Treppe sitzen, döste irgendwann ein und wachte erst auf, als der Mann über sie hinwegstieg, sich umdrehte, sie unters Kinn faßte und dabei laut und gurgelnd lachte. Später steckte ihr Marianne eine Kokoskuppel zu und legte den Finger an den Mund.

Die Wiesner verlangte eine Kokoskuppel. Rosa erschrak. Konnte die Frau Gedanken lesen? Die Wiesner setzte ein Grinsen auf, vor dem Rosa heiß und kalt wurde, und zeigte mit der Stricknadel auf sie. Rosa solle die Kokoskuppel bringen, sie habe jüngere Beine, sagte die Wiesner. Mit abgewandtem Gesicht stellte Rosa den Teller auf den Tisch, die Wiesner ließ die Stricknadeln fallen, packte Rosas Kinn, betrachtete sie und schüttelte den Kopf. Rosa schämte sich, sie wußte nicht recht wofür, sie fühlte, wie sie rot wurde, häßliche rote Flecke bekam sie im Gesicht und am Hals, vor ein paar Tagen hatte sie sich im Spiegel erblickt, als sie genau diese Hitze spürte, und war erschrocken, weglaufen wollte sie und konnte nicht, blieb stehen vor diesem bösen, anklagenden Spiegel, bis Marianne ärgerlich nach ihr rief und sie aus der Erstarrung löste.

Die Wiesner lachte. In ihrer linken Mundecke bildeten sich Bläschen, in einem davon war ein Kokosschnipsel, eins glitzerte bräunlich-rosa von der Kakaocreme. Die dicken weichen Finger der Wiesner hielten immer noch Rosas Kinn, sie mußte dableiben und die Bläschen anstarren, als sie den Kopf zur Seite drehte und die Mutter hilfesuchend anschaute, ließ die Wiesner los und sagte zur Mutter, es werde nimmer lang dauern. Die Mutter strich sich die Haare aus der Stirn und von den Wangen, verschränkte die Hände über dem Bauch und senkte den Kopf. Der Nagel am Mittelfinger ihrer rechten Hand war eingerissen. Wie rot ihre Hände waren, wie dick die blauen Venen an den Handrücken. Hannas Mutter hatte ganz schmale Hände und lange rosarote Fingernägel.

Im Fliederbusch hatte Rosa ein Vogelnest entdeckt, darin lagen drei kleine türkisfarbene braun gesprenkelte Eier. Die Vogelmutter störte es nicht mehr, wenn Rosa still unter dem Busch hockte, sie starrte mit ihren schwarzen Stecknadelaugen vor sich hin und flog nur ab und zu kurz weg, um einen Regenwurm aus der feucht glänzenden Erde zu picken. Solange die Vogelmutter weg war, hielt Rosa sprungbereit Wache.

Gestern erst hatte der Nachbarkater seinen großen Kopf unterm Zaun durchgesteckt und wäre sicher durchgeschlüpft, wenn Rosa ihn nicht mit Schreien und Händeklatschen vertrieben hätte. Er fauchte und zischte, funkelte sie aus gelben Augen an. Sie starrte zurück, es war schwer, nicht zu blinzeln. Aug in Auge mit einer Katze durfte man nicht blinzeln, sonst hatte man verloren, unweigerlich. Wer hatte das gesagt? Rosa verstand nicht, warum die Vogelmutter ihr Nest ausgerechnet im Fliederbusch gebaut hatte, so nahe am Boden, aber da war es nun einmal, und sie mußte um halb acht in die Schule gehen und konnte erst um halb zwei zurückkommen, auch wenn sie rannte, bis sie Seitenstechen bekam. Sie schleppte ein langes Brett aus dem Schuppen zum Zaun, grub eine Rille und stellte das Brett hochkant vor den Spalt zwischen Erde und Zaun. Wenn der Zaun nur höher wäre. War er aber nicht.

Rosa spürte etwas auf dem Kopf, griff hinauf, hielt eine halbe Eierschale in der Hand. Wie zart die war. Rosa setzte sie auf ihren Mittelfinger, drehte sie hin und her. An der Bruchstelle war die Schale klebrig. Aus dem Nest piepste es hoch und leise. Rosa wollte aufspringen und schauen, hielt sich gerade noch rechtzeitig zurück, horchte nur mit ganzer Aufmerksamkeit. Pecken hörte sie, Piepsen und ein trockenes Rascheln, das mußte die Vogelmutter sein, die ihre Flügel bewegte. Rosa hielt den Atem an.

Als die Vogelmutter knapp über ihren Kopf flog, zuckte Rosa zusammen. Sehr langsam stand sie auf, ging nicht zu nahe ans Nest, machte die Augen schmal, um besser zu sehen. Die Vögelchen waren zerstrubbelt, die Federn verklebt, eigentlich nichts als drei weit offene gelbe Schnäbel. Irgendwie ekelig, und trotzdem wollte Rosa sie in die Hand nehmen, warm halten und die Federn glattstreichen und zurechtpusten. Sie hockte sich wieder hin, hielt sich an ihren eigenen Armen fest, wiegte sich hin und her, atmete ganz flach. Als die Vogelmutter zurückkam und das Piepsen laut anschwoll, erschrak Rosa vor dem Geräusch, mit dem die Luft aus ihrem Mund strömte. Erst als die Mutter zum dritten Mal rief, ging Rosa widerwillig ins Haus. Viel lieber wäre sie draußen geblieben, um auf die Vogelkinder aufzupassen, doch davon wollte die Mutter nichts hören, richtig ärgerlich wurde sie, schrie zuletzt die Tochter an. Rosa wollte die Mutter bestrafen und nichts essen, aber dann stieg ihr der Geruch der berühmten Gulyassuppe verlockend in die Nase. Es gab Leute, die nur ihretwegen ins Gasthaus kamen. Rosa löffelte den Teller aus, putzte ihn noch mit einer Schnitte Brot sauber.

Selbst nachts ließen ihr die Vögel keine Ruhe. Die Kirchturmuhr schlug gerade zwei Mal, als Rosa aufwachte. Sie schlich aus dem Zimmer, nur nicht auf die knarzende Treppenstufe treten, vorsichtig drehte sie den Schlüssel in der Hintertür um, trat hinaus in den Hof. Langsam gewöhnten sich ihre Augen an die Dunkelheit, etwas raschelte im Gras, sie spürte einen Lufthauch. Sehr langsam setzte sie Schritt um Schritt, der Kies knirschte trotzdem unter ihren Füßen, immer wieder blieb sie stehen. Der Fliederbusch lag tief im Schatten, als der Mond hinter einer Wolke hervorkam, konnte sie die Umrisse des Nests ausmachen und darauf die Silhouette der Vogelmutter. Sie stand völlig still, bis die Kälte in ihren Fußsohlen die Kopfhaut erreichte, dann schlich sie ins Haus zurück. Ein scharfer Schmerz durchzuckte sie, als sie die eisigen Füße warm zu reiben versuchte. Barry, paß auf die Kleinen auf, murmelte sie im Einschlafen.

Der Kater tauchte auf, als die Vogelkinder ihre ersten unbeholfenen Flüge machten. Sie warf mit Steinen nach ihm, ein einziges Mal streifte sie seinen Rücken, da rannte er laut miauend davon. Die Schule war eine Qual. Was machte sie hier, wo sie doch weit Wichtigeres zu tun hatte? Es berührte sie nicht einmal, wenn Hanna und Bärbel sie musterten und dabei tuschelten. Auch als Hanna nach einigen Tagen plötzlich anfing, hin und wieder ein Wort an sie zu richten, war es ihr egal, sie antwortete höchstens einsilbig und wartete auf das Klingelzeichen. Erst als Hanna ihre Hände packte, merkte sie, daß Hanna ausgerechnet sie als Partnerin für die gymnastischen Übungen ausgesucht hatte. Sie hatte nicht einmal Zeit, nasse Hände zu bekommen.

Was war das für ein Geschrei im Hof? Rosa stürzte hinaus, sah den Kater in einem ungeheuren Satz hochschnellen. Schon hatte er ein Vogelkind im Maul, es zuckte noch, dann hing es leblos baumelnd herab. Rosa wollte schreien, brachte keinen Ton heraus. Der Kater legte sich mitten in den Grasfleck. Das Vögelchen war nur ein kleiner Happen für ihn. Blutstropfen standen in seinem weißen Bart. Rosa rannte zu ihm hin, er lief nicht weg, fauchte nur, sie drosch auf ihn ein, er war so überrascht, daß er nicht gleich reagierte, nach dem zweiten oder dritten Schlag fuhr er seine Krallen aus und zerkratzte ihre Wange, dann drehte er sich um, stolzierte zum Zaun und sprang mühelos darüber.

Die Mutter kam aus dem Haus gelaufen, packte Rosa, wusch ihr Gesicht, betupfte die Kratzer mit Jod, das Brennen jagte ihr Tränen in die Augen. Heul gefälligst nicht, selber schuld, hast ja noch Glück gehabt, das hätte leicht ein Auge kosten können. Wann würde sie endlich vernünftig werden, so ein Kind sei wahrlich eine Strafe Gottes, und womit habe sie das verdient. Katzen fingen eben Vögel, das habe der Herrgott so eingerichtet, das könne sie nicht ändern und auch sonst niemand. Als sie fertig war, strich sie Rosa über den Kopf und reichte ihr eine Essiggurke aus dem Glas auf der Theke. Am Abend wusch sie die Kratzer mit einem in Kamillentee getauchten Lappen, Kamillentee war immer gut, wegen der paar Kratzer könne man nicht gleich zum Doktor laufen, danach kam wieder Jod, für alle Fälle, wer wisse denn, wo der Kater seine Pfoten reingesteckt habe, und hoffentlich würde es ihr eine Lehre sein.

Hanna bedauerte Rosa ausführlich, so verunstaltet, wie sie jetzt war, würde sie keinen Mann bekommen, außer natürlich einen Blinden, den würde es nicht stören. Bärbel konnte sich gar nicht einkriegen vor Lachen und mußte aufs Klo rennen.

Die Wunden heilten nur langsam, der Schorf juckte sehr, Rosa kratzte immer wieder daran, bis Blut kam. Du wirst Narben behalten, sagte die Mutter, hör endlich auf damit, sonst wirst du ganz entstellt. Würde sich die Mutter eben noch mehr genieren müssen mit ihr. Rosa wußte schon lange, wie verlegen Mutter und Schwestern wurden, wenn sie in die Gaststube kam. Die Mutter drohte, ihr die Hände abends an den Bettrahmen zu binden, und wickelte ihr Gesicht in Leinenstreifen, aber die lockerten sich nach kurzer Zeit. Fast jede Nacht träumte Rosa von dem Kater, der fauchte und die spitzen Zähne zeigte, oft war er ganz verschmiert von Blut.

Rosa kam nach Hause, ging hinauf in ihr Zimmer, um das Schulkleid auszuziehen, das geschont werden mußte. Marianne lag stöhnend im Bett, sie zitterte so sehr, daß die Messingbeine gegen den Boden ratterten. »Ist dir kalt?« fragte Rosa. Als die Schwester nickte, legte sie ihr die eigene Tuchent über die Decke. »Willst du ein Glas heiße Milch?« Die Mutter dürfe nichts erfahren, flüsterte die Schwester, sie könne sich doch verlassen auf Rosa, dann würde sie ihr auch den grünen Schal schenken mit dem weißen Muster.

Als die Mutter einkaufen ging, stellte Rosa einen kleinen Topf auf den Herd, während sie wartete, bis die Milch heiß wurde, schaute sie nach den Vögeln. Die zwei saßen nebeneinander im Fliederbusch und zwitscherten. Rosa atmete tief ein. Inzwischen war die Milch übergegangen. Rosa goß den Rest in einen Becher, gab Zucker hinein und trug ihn hinauf. Die Stimme, mit der sich die Schwester bedankte, war tonlos und schwach. Rosa lief zurück in die Küche, während sie den Lappen ausspülte, kam die Mutter mit zwei vollen Taschen in die Gaststube. Sie ließ sich auf einen Hocker fallen, wischte über ihre Stirn, fächelte sich Luft zu. Vor Erleichterung, daß sie nicht merkte, wie sehr es nach angebrannter Milch roch, packte Rosa die Taschen aus, verstaute die Lebensmittel. Die Mutter tätschelte ihr die Wange, dann begann sie Zwiebeln zu hacken für ihre ewige Gulyassuppe, die ihr ganzer Stolz war. Wenn sie kochte, war sie blind und taub für alles, was nicht kleingeschnitten und angebraten in ihre Töpfe paßte.

Marianne zitterte nicht mehr, stöhnte nicht mehr, lag einfach da mit schweißnassem Gesicht, verklebten Haaren, weit geöffneten Nasenlöchern, gab keine Antwort, als Rosa fragte, wie es ihr gehe. Im Zimmer hing ein süßlicher Geruch, der Brechreiz erzeugte. »Was ist denn, was hast du, bitte, sag doch was.« Rosa lief aus dem Zimmer, rief schon auf der Treppe nach der Mutter, jetzt war es egal, ob sie versprochen hatte, nichts zu sagen. Die Mutter hastete keuchend hinter ihr die Treppe hinauf, warf einen Blick auf das Bett, schrie Rosa an, worauf sie denn noch warte, sie müsse den Doktor holen, und zwar schnell. Rosa rannte, rannte, wie sie noch nie gerannt war, konnte kaum sprechen, als der alte Arzt in Hemdsärmeln und mit hängenden Hosenträgern die Tür öffnete. Er fragte nicht lange, packte seine Tasche, fuhr im Gehen in den Mantel und folgte ihr. Der Vater war nicht da, die Mutter schickte Rosa in die Gaststube, um die Zeit kamen sowieso nicht viele Gäste. Als sie Bier zapfte, lief der Schaum über die halbe Theke. Der Vysola riß den Mund auf und lachte, seine dicke rote Zunge schlängelte sich zwischen den zahnlosen Kiefern. Sie wischte das Glas außen ab, stellte es vor ihn hin, da tatschte er auf ihren Popo. Er lachte noch lauter, als sie zurückzuckte. Hinter der Theke fühlte sie sich sicherer, sie putzte die Spüle, bis auch der letzte matte Fleck silbern glänzte, polierte die Gläser auf der Abtropftasse. Ein großer Wagen fuhr vor das Haus, verdunkelte die Fenster der Gaststube, schnelle Schritte auf der Treppe, dann oben in der Wohnung, jeden einzelnen Schritt spürte sie als Schlag auf den Kopf, die Stimme der Mutter, hoch und schrill, das beruhigende Murmeln des Arztes, ganz als wäre die dunkle Holzdecke der Gaststube durchlässig geworden. Nur der Vysola schien nichts zu merken, nuckelte an seinem Bier und grinste vor sich hin. Jetzt kamen die Schritte die Treppe herunter, schwerer als zuvor, auch viel langsamer, die Haustür wurde aufgestoßen, knallte gegen die Wand, metallisches Klirren, der satte Ton einer Autotür, die zugeworfen wurde, Motorengeräusch, quietschende Reifen. Im Vorhaus die Stimme der Mutter, die den Arzt dringend einlud, doch ein Bier, einen Kaffee, einen Schnaps, ein Glas Wein zu trinken, er habe leider keine Zeit, sagte er, und die Mutter betete noch einmal alles herunter, was sie an Trinkbarem anzubieten hatte, wollte ihn um jeden Preis zurückhalten, aber er ging, die Mutter blieb unendlich lang im Vorhaus stehen, bevor sie in die Gaststube trat und gleich im Vorratsraum verschwand. Dumpfe Geräusche, es dauerte lange, bis Rosa klarwurde, daß sie Erdäpfel- und Zwiebelsäcke über den Boden schleifte, dann kehrte sie anscheinend auf, rammte bei jedem Besenstrich an die Wand. Der alte Vysola verlangte einen Schnaps, als Rosa fragte, welchen er wolle, schüttelte er sich vor Lachen, bis er schwankend aufstand und zum Pissoir ging. Kaum war er zurück, kam ein neuer Gast, den kannte Rosa nicht, aber sie war froh, daß er da war. »Welchen Schnaps ich will, hat sie gefragt«, sagte der Vysola immer wieder, »welchen Schnaps ich will. Gut, nicht? Welchen Schnaps!«

Rosa zapfte Bier für den neuen Gast, diesmal schäumte es nicht so wild, sie ließ den Hebel rechtzeitig los, wartete einen Moment, goß nach. Der Gast nannte Rosa ein tüchtiges Mädel, das hätte die Mutter hören sollen, aber die werkte immer noch in der Vorratskammer herum und machte dabei mehr Lärm als je zuvor. Als sie endlich herauskam und Rosa nach Marianne fragte, wurde die Mutter zornig. Ihre Augen waren rot und verquollen. Rosa soll sich um ihre eigenen Angelegenheiten kümmern, hat sie überhaupt die Hausaufgabe gemacht, und wann hat sie zuletzt Schuhe geputzt? Auch den Vater schrie sie an, als der nach Hause kam, und er verschwand im Keller. Rosa ging die Treppe hinauf, plötzlich war die Mutter hinter ihr, schob sie zur Seite, stieg mit einer Geschwindigkeit, die niemand je an ihr gesehen hatte, hinauf, ging ins Zimmer der Töchter, machte Rosa die Tür vor der Nase zu, kam mit einem Packen Bettwäsche heraus und ging hinunter. Ein blutverschmiertes Leintuch hatte sich aus dem Bündel gelöst und schleifte hinter ihr her.

Der junge Mann, den Rosa einmal auf der Treppe getroffen hatte, betrat die Gaststube, die Mutter schoß hinter der Theke hervor, holte aus und gab ihm zwei klatschende Ohrfeigen. Er ließ sich einfach schlagen, flüsterte irgend etwas, alle Tische waren besetzt, die Gäste hoben die Köpfe und drehten sich zu den beiden, die Mutter wischte die Hände an der Schürze ab, der junge Mann stand immer noch da, worauf wartete der, schließlich ging er, von hinten sah es aus, als wäre er geköpft worden. Am nächsten Morgen kam er aus der Bäckerei gerannt, als Rosa vorbeiging, erkundigte sich nach der Schwester, aber Rosa konnte ihm nichts sagen, sie wußte selbst nichts, jedenfalls nichts Genaues, mit ihr redete die Mutter nicht, sie sprach auch nicht so viel mit den Gästen wie sonst, verschwand immer wieder in der Vorratskammer, die längst aufgeräumt war, alle Einsiedegläser hatte sie abgestaubt und die Kartoffeln in der Ecke selbst aussortiert, was doch sonst Rosas Arbeit war. Es hatte mit Da-unten zu tun, soviel hatte sie verstanden, mit Da-unten, wo man nicht hingreifen durfte, der Pfarrer nannte das Unkeuschheit und es war die schlimmste Sünde und die Engel weinten und der Schutzengel legte sich die Flügel übers Gesicht, damit er es nicht sehen mußte. Wenn die Mutter mit der Nachbarin sprach, steckten die beiden die Köpfe zusammen und man verstand kein Wort, auch wenn man sich noch so sehr bemühte. Der junge Mann lief bis zur Schule neben Rosa her, aber sie konnte ihm nicht helfen, wie denn.

Bärbel und Hanna schoben Rosa in der Pause in eine Ecke des Schulhofs. Mit schief gelegtem Kopf und weit aufgerissenen Augen sagte Hanna: »Du weißt eh, daß deine Schwester in die Hölle kommt, wenn sie jetzt stirbt.« – »Und daß sie kein christliches Begräbnis bekommt«, fügte Bärbel hinzu, »nicht einmal auf dem Friedhof wird sie begraben werden, verscharrt wird sie auf der Simmeringer Heide, auf dem Galgenberg.« Was wußten die beiden? Rosa biß sich auf die Lippen, bis sie bluteten. Sie fragte nicht. Sie nicht.

Das Zimmer war so fremd. Auf dem Bett der Schwester standen die drei Matratzen, eine an die andere gelehnt, die Tuchent war weg, der Polster lag quer über zwei Matratzen. Nie hatte Rosa allein geschlafen, sie wachte immer wieder auf, weil keine Atemzüge aus dem Nebenbett kamen, unter Mariannes Bett hockte die Angst, schwappte über den Boden, sammelte sich in allen Winkeln, legte sich auf Rosas Mund und Nase wie eine klebrige Masse. Als sie am Morgen in die Gaststube kam, schaute die Mutter sie entsetzt an, stellte dann einen großen Becher Kakao vor sie hin, nicht Malzkaffee wie sonst, obwohl doch Freitag war und nicht Sonntag. Die Tür öffnete sich, die Wiesner stand da und sagte irgend etwas, da packte die Mutter den Besen, schwang ihn drohend und ging auf die Wiesner los, die rannte kreischend davon, eine Stricknadel fiel aus ihrer Tasche und klapperte über den Boden. Rosa hob die Nadel auf und reichte sie der Mutter, da bekam die Mutter einen roten Kopf, packte die Stricknadel mit beiden Händen, verbog sie, wie der starke Heinrich im Prater die Eisenstangen verbogen hatte, und warf sie in den Mistkübel.

Die Tür zur Gaststube ließ sich nicht öffnen. Rosa rüttelte an der Klinke, erst dann sah sie den Zettel WEGEN KRANKHEIT GESCHLOSSEN. Krank? Wer war jetzt wieder krank? Die Schwester konnte nicht gemeint sein, die war schon so lange im Spital. Nun sah Rosa auch, daß die Vorhänge in der Gaststube zugezogen waren. Sie rannte ums Haus zur Wohnungstür. Die war offen. Im Vorhaus hörte sie Stimmen aus der Gaststube. Da saß Marianne und schaute sich gar nicht mehr ähnlich, aber sie war es doch, hundert Jahre älter geworden, teigig blaß hielt sie sich am Tisch fest, es sah aus, als würde sie umkippen wie eine Stoffpuppe, wenn sie die Hände höbe. Rosa blieb mitten in der Stube stehen, die Schwester schaute sie an, als warte sie auf etwas, senkte dann den Kopf. Die Mutter trug Hühnersuppe auf, die gibt es sonst nie, und verfolgte mit den Augen jeden Löffel auf dem Weg vom Teller in Mariannes Mund. Essen muß sie, was auch geschehen ist, jetzt muß sie erst einmal essen, und dann wird man weitersehen. »Vielleicht geh ich nach Amerika«, sagte die Schwester, dort kenne sie niemand, dort werde sie niemand anstarren. Der Vater fragte, wer die Überfahrt bezahlen solle, er bestimmt nicht, das sei einmal sicher. Die Mutter verzog den Mund, bis er so schief in ihrem Gesicht stand wie der des Nachbarn nach dem Schlaganfall. Nach dem Essen schickte die Mutter Marianne ins Bett. Rosa ging hinter ihr die Treppe hinauf, eine Stufe nach der anderen. Ob sie die Schwester auffangen könnte, wußte sie nicht, die war zwar so mager geworden, daß das Kleid an ihr hing wie an einer Vogelscheuche, aber sie war doch ziemlich groß. Einmal stolperte sie, hielt sich kurz am Geländer fest. Im Zimmer strich sie mit der Hand über Polster und Decke, die Mutter hatte sie mit dem schönen weißen Bettzeug überzogen. Später am Abend, als auch Rosa im Bett lag, fragte sie, ob er dagewesen sei. Rosa nickte, das konnte die Schwester im Dunkeln nicht sehen und mußte die Frage wiederholen. »Ja«, sagte Rosa laut, als wäre die Schwester nun auch schwerhörig, »ja, er paßt mich immer auf dem Schulweg ab, aber ich hab ja nichts gewußt.« – »Sei froh«, sagte Marianne, »sei froh. Und wenn er wiederkommt, grüß ihn. Und ich trag ihm nichts nach, hörst du?« Rosa fragte, ob er auch einen Namen habe, da wurde die Schwester ärgerlich, das gehe Rosa gar nichts an, erklärte sie, und sie solle lieber auf sich aufpassen.

Zwei Monate später war Marianne nicht mehr da, als Rosa aus der Schule kam, hatte keinen Zettel hinterlassen, nur ihr grünes Tuch lag unter Rosas Kopfkissen, Rosa traute sich nicht, es umzunehmen, auf die Frage nach der Schwester schüttelte die Mutter nur den Kopf und erwähnte ihren Namen nie mehr. Rosa stellte sich vor, daß die Schwester mit dem jungen Mann nach Amerika gegangen war und eines Tages kommen und sie abholen würde. Sie suchte Bücher über Amerika in der Leihbibliothek, las sie unter der Decke im Bett, die Mutter sollte nichts davon erfahren. Rosa zeichnete eine Karte von Amerika; wenn im Kino an der großen Kreuzung ein Film aus Amerika lief, stand sie lange vor den Bildern im Schaufenster, überlegte, ob Marianne jetzt auch so lachte wie die amerikanischen Schauspielerinnen auf den Fotos. Sie probierte dieses Lachen vor dem Spiegel aus, aber es gelang ihr nicht. Wahrscheinlich hatte sie den falschen Mund dafür.

Die Seife auf dem Waschtisch hatte der Schwester gehört, Rosa verwendete sie nur ganz selten, bei besonderen Anlässen, meist roch sie nur daran und wusch sich mit Hirschseife. Die Mutter schnitt immer ein Stück in drei Teile, einen für die Theke, einen für sich und den Vater, einen für die Töchter. Ob die duftende Seife ein Geschenk von dem jungen Mann war?

Einmal auf dem Heimweg von der Schule meinte Rosa die Schwester auf der Straße zu sehen, sie rannte hinter ihr her, dreimal kam gerade im falschen Augenblick ein Auto dahergebraust und sie konnte die Straße nicht rechtzeitig überqueren, jetzt müßte Barry da sein, der würde die Spur gleich finden, ein Glück nur, daß Marianne einen leuchtendgrünen Hut trug, wo konnte sie den herhaben, er machte es leichter, ihr zu folgen, Rosa hätte natürlich rufen können, aber sie wollte die Schwester überraschen, einfach vor sie hintreten und sagen, was sagen, es würde ihr schon einfallen, wenn sie erst vor ihr stand, und wenn nicht, würde sie Marianne einfach umarmen. Ein großer Bierwagen versperrte die ganze Gasse, Rosa duckte sich, schlich unter den Pferden durch, vor Pferden hatte sie keine Angst, aber der Kutscher kam heraus und schrie, ob sie denn nicht wisse, wie gefährlich das war, ein Schlag mit den riesigen Hufen, und dann sollte womöglich wieder er schuld sein. Rosa hatte wertvolle Zeit verloren, als sie die Kreuzung erreichte, war der grüne Hut nirgends zu sehen, sie rannte in die linke Seitengasse, kehrte um, lief geradeaus, dann die rechte Straße entlang, blieb stehen, wurde angerempelt, irgend jemand sagte etwas zu ihr, klang freundlich, aber sie brachte den Mund nicht auf. Die Tür des Galanteriewarenladens auf der anderen Straßenseite ging auf, der grüne Hut leuchtete über den Lederflecken auf den Schultern der Eismänner, die ihr gerade in diesem Moment die Sicht verstellten, sie rannte hinüber und blickte in ein völlig fremdes Gesicht. Erst am Abend im Bett heulte sie.

Wenn der Herr Kaplan über Unkeuschheit redete, und das tat er ziemlich oft, drehten sich Hanna und Bärbel nach Rosa um und blickten einander bedeutungsvoll an, dabei zitterten ihre Nasen wie die von Kaninchen. Natürlich hatten das die anderen längst gemerkt, alle vermieden es, an Rosa anzustreifen, im Turnunterricht blieb sie immer als letzte übrig, und wenn einmal ein Mädchen fehlte und deshalb eine übrigblieb und mit Rosa turnen müßte, lief sie hinaus und erklärte, ihr sei schlecht. »Ist mir doch egal«, sagte Rosa jeden Tag beim Aufstehen, auf dem Schulweg, auf der Treppe hinauf zu ihrer Klasse im ersten Stock. »Ist mir doch egal.« Leider konnte sie sich selbst nicht glauben.

Wenn der Vater fragte, ob sein weißes Hemd endlich gebügelt sei, oder die Mutter sagte, das Bierfaß unter der Theke sei fast leer, hatten sie an diesem Tag schon viel mehr gesprochen als sonst. Beim Essen stützte der Vater die Ellbogen auf, beugte sich tief über den Teller und schaufelte Bissen um Bissen in seinen Mund. Zum Kauen konnte da keine Zeit bleiben. Es sah aus, als hätte er mit seinem Rücken, mit seinen Armen einen Käfig um sich selbst gebaut. Die Mutter schaute nie in seine Richtung, nur auf ihren eigenen Teller.

Am Morgen kam jetzt immer eine grauhaarige Frau, die der Mutter beim Putzen half, sie trug einen grauen Kittel, ihre Schuhe waren wohl einmal schwarz gewesen, jetzt waren sie grau, sogar ihre Hände, ihre Wangen waren grau. Sie und die Mutter führten einen Krieg darüber, wie viele Kübel Wasser notwendig waren, um die Gaststube aufzuwaschen. Die Mutter erklärte, sie würde sich nicht nachsagen lassen, es sei schmutzig bei ihr, dann seufzte die Frau und wendete den Blick zum Himmel. Wenn das alles ist, was man einem Menschen nachsagen kann, dann muß er ohnehin von Glück reden und unserem Herrgott danken. Anschließend schlug sie ein Kreuz über ihrer Kittelschürze. Amen.

In den Schulferien mußte Rosa der Frau helfen beim Gründlichmachen. Es war nicht die Arbeit, die sie störte, sondern die Art, wie die Frau sie ansah, dieses Lauern im

Blick. Wenn irgend jemand etwas Freundliches über ein junges Mädchen sagte, wiegte sie den Kopf hin und her und murmelte, man würde schon sehen. Der Vater wich ihr aus, das Bier wird sauer, sagte er, wenn sie den Zapfhahn putzt. Rosa war ausnahmsweise einer Meinung mit ihm.

Die Leibchen mit den Strapsen für die kratzenden Strümpfe waren Rosa zu eng geworden. Am Abend im Bett legte sie beide Hände auf die Brust, die so seltsam weich geworden war und manchmal spannte. Wenn sie dabei die Brustwarzen berührte, zog es im Bauch und Da-unten. Wahrscheinlich hatten alle recht, die sagten, daß sie schlecht war. Wenn die ganze Klasse am Aschermittwoch in Zweierreihen in die Kirche marschierte, würde sie es beichten müssen. Ob die Mutter das meinte, wenn sie manchmal so fragend schaute und fragte, ob Rosa ihr etwas sagen müsse?

Eines Morgens sah Rosa den Fleck auf dem Leintuch. Beim Aufstehen spürte sie es feucht und klebrig über ihre Schenkel rinnen. Sie riß das Leintuch vom Bett, lief damit hinunter in die Waschküche und begann zu schrubben. Der Fleck wurde blasser, weg ging er nicht. Plötzlich stand die Mutter hinter ihr, nahm ihr das Leintuch aus der Hand und strich ihr über die Stirn, über die Haare. »Mein armes Kind. Jetzt bist du eine Frau. Bleibt dir auch nicht erspart.« Die Mutter schimpfte nicht, sie legte den Arm um Rosas Schultern, das tat sie sonst nie, nahm ihn auch nicht weg, als sie auf der schmalen Stiege ganz eng nebeneinander gehen mußten. Rosa bekam eine Art Etui aus weich gewaschenem Leinen, gefüllt mit zerschlissenen Resten von Bettbezügen, und einen Gürtel, an dem sie es festmachen konnte. Auf dem Weg in die Schule spürte sie den Polster zwischen den Beinen, die Ränder rieben an den Schenkeln beim Gehen, sie setzte die Füße anders als sonst und hatte das Gefühl, daß alle Leute auf der Straße sie anstarrten und die Mädchen in der Klasse auch. »Bitte Frau Fachlehrerin, ich kann nicht turnen«, sollte sie der Lehrerin sagen, leise, es müßten nicht alle hören, hatte ihr die Mutter eingeschärft.

Für die Abschlußfeier der Schule hatte Anna, die älteste Schwester, Mutters dunkelblaues Hochzeitskleid enger gemacht und gekürzt. Der Stoff fühlte sich sehr weich an. Rosa hatte das Kleid sofort hinauf in ihr Zimmer getragen, das durfte nicht nach Wirtsstube riechen. Die neuen Schuhe mit kleinem Absatz und Riemchen über den Rist hatte sie dreimal eingecremt und blank poliert, angeblich schützte man so das Leder vor den Flecken, die Regentropfen machten. Am Tag vor der Zeugnisverteilung kam Hilde, die mittlere Schwester, und überreichte Rosa ein Päckchen, darin war ein weißer Spitzenkragen, der war so schön, den konnte man gar nicht anfassen. Die Schwester wusch ihr die Haare, zum ersten Mal mit Shampoo und nicht mit Seife. Abends im Bett schnupperte Rosa immer wieder an ihren Haaren.

Zum Frühstück ging sie in der alten Kittelschürze, es wäre schrecklich, das Kleid anzukleckern oder zu verdrücken. Als sie umgezogen die Treppe hinunterkam, schob gerade der Bierkutscher ein Faß durch den Vorraum. »Na, da schau ich aber«, sagte er und pfiff durch die Zähne. Sie stolperte und mußte sich am Geländer festhalten, er lachte laut.

Sogar Hanna sagte kopfschüttelnd, heute sehe Rosa ja fast wie ein Mensch aus. Rosa hätte sich gern darüber gefreut, aber sie merkte nur, wie ihre Befangenheit zunahm, rechter Fuß, linker Fuß, es war furchtbar wichtig, die richtige Reihenfolge einzuhalten. Es war auch wichtig, gerade zu gehen, Hilde hatte gesagt, wenn du nicht gerade gehst, sitzt das Kleid nicht. Plötzlich mußte sie kichern. Ein sitzendes Kleid! Wie kann etwas sitzen, das keinen Hintern hat? In dem Augenblick betrat der Herr Direktor den Zeichensaal und blickte sehr streng in ihre Richtung. Nein, der blickte nicht in ihre Richtung. Der schaute einfach nur so. Vielleicht war er deshalb Direktor geworden, weil jeder glaubte, dieser strenge Blick gelte ihm, und sofort ein schlechtes Gewissen bekam. Rosa wunderte sich über sich selbst. Solche Gedanken hatte sie sonst nie. »Das Denken soll man überhaupt den Pferden überlassen, die haben die größeren Köpfe«, sagte der Vater. »Und was soll denn dabei herauskommen, wenn ausgerechnet du zu denken anfängst«, hatte Hanna einmal gesagt. Aber eigentlich, stellte Rosa fest, machte das Denken Spaß. Mit geradem Rücken trat sie vor, wackelte nicht beim Knicksen. Der Direktor blickte über ihren Kopf hinweg, als er ihr alles Gute für ihren weiteren Lebensweg wünschte. Das Zeugnis in ihrer Hand fühlte sich glatt und fest an. Sie mußte es zweimal lesen, bevor sie glauben konnte, daß die Noten wirklich so viel besser waren, als sie erwartet hatte.

Die Eltern streiften das Zeugnis mit einem Blick, der Vater sagte, jetzt beginne der Ernst des Lebens, die Mutter schaute besorgt drein und schickte sie umziehen. Der große Tag war vorbei, und es war erst kurz nach elf. Sie hängte das Kleid auf einen Bügel, schnippte mit dem Finger dagegen, es schwang noch hin und her, als sie die Tür schloß.

Die Mutter hatte eine Stelle für Rosa bei einer Weißnäherin gefunden. Wenn Frau Michalek an ihrem Arbeitstisch saß, quoll ihr Hintern über die Sitzfläche des Stuhls mit der gebogenen Lehne und ihre Brüste lagen schwer auf dem Tisch, sie hatte Patschhändchen wie ein Baby, weiß, weich und mit Grübchen. Wie eine kuschelige Sommerwolke sah sie aus, solange man ihre hellen Augen nicht beachtete, denen nichts entging. Ein einziger Stich, der aus der Reihe tanzte, und Rosa mußte die Naht mit einer Stecknadel auftrennen und durfte erst nach Hause gehen, wenn die Arbeit zu Frau Michaleks Zufriedenheit erledigt war, die dabei ununterbrochen in einem halblauten Singsang schimpfte, wieviel es sie koste, wegen Rosas Ungeschicklichkeit und Unachtsamkeit länger Licht brennen zu müssen. Rosa haßte die Biesen und Hohlsäume, das Ajourieren und Monogrammsticken, haßte das ewige Weiß, die ewige Angst, das Leinen, das Halbleinen, den Damast oder Batist schmutzig zu machen. Wenn sie sich in den Finger stach, mußte sie ihn in den Mund stecken, bevor Blut den Stoff besudelte. Das gelang ihr nicht immer, dann mußte sie das Werkstück waschen und trokkenbügeln. Schneiderin wäre sie gern geworden, aber es war niemand auf die Idee gekommen zu fragen, was sie wolle. Die Mutter sagte fast jeden Tag, sie müsse froh sein, überhaupt eine Arbeit zu haben, und der Vater brummte, es wäre besser gewesen, sie daheim zu behalten, dann müßten sie nicht fremde Hilfe bezahlen, obwohl, wenn er überlege, wie finster sie ständig dreinschaue, würde sowieso nie eine gute Kellnerin aus ihr. Am Samstagnachmittag und am Sonntag mußte sie in der Wirtsstube aushelfen. Dabei kam es immer öfter vor, daß einer von den Gästen sie in den Hintern kniff, dann rannte sie in die Vorratskammer und schämte sich, und das Lachen der Männer dröhnte sogar durch die geschlossene eisenbeschlagene Tür. »Hab dich nicht so, du wirst noch einmal froh sein, wenn dich überhaupt einer anschaut«, rief ihr einer nach. Noch schlimmer war, wenn die Männer sie musterten mit diesen Blicken, die dasselbe sagten, nur deutlicher. Dann schien es ihr sogar erstrebenswert, neben der Michalek sitzen zu können, deren argwöhnische Blicke nur den sauberen Stichen galten.

An einem Montagmorgen klopfte Rosa, bekam keine Antwort, klopfte noch einmal, öffnete schließlich die Tür. Auf dem Arbeitstisch stand ein Kasten, aus dem tönte Musik. Ob sie noch nie einen Radioapparat gesehen habe, schrie die Michalek. Rosa schüttelte den Kopf. Eigentlich, meinte die Michalek, dürfte sie Rosa gar nicht mehr bezahlen, eigentlich müßte sie dafür zahlen, daß sie hier Musik hören könne. »Aber womit sollst du zahlen? Und wenn du's nicht hören kannst, kann ich's auch nicht hören. Wie komm ich dazu, deinetwegen auf den Genuß zu verzichten?« So hörte Rosa jeden Tag die Opern- und Operettensendungen, und die Michalek gewöhnte sich an, ihr im Anschluß daran die Handlung zu erzählen und einzelne Arien vorzusingen, wobei sie die Tenorpartien mit besonderer Inbrunst schmetterte. Als Rosa Jahre später in die Volksoper ging, wartete sie in der ›Lustigen Witwe‹ vergeblich auf ›Ach, ich hab sie ja nur auf die Schulter geküßt‹ und auf das ›Vilja‹-Lied im ›Zigeunerbaron‹, aber sie wußte nicht, ob die Michalek oder sie selbst an der Verwirrung Schuld trug. Auf jeden Fall genoß sie diese Stunden und summte bald mit, wenn die alte Frau nach der Sendung ihre Lieblingsmelodien trällerte.

Eines Tages erkundigte sich die Michalek, ob Rosa denn schon begonnen habe, an ihrer eigenen Ausstattung zu arbeiten. Rosa spürte, wie ihr die Röte vom Hals bis an den Haaransatz kroch, und schüttelte heftig den Kopf, worauf die Michalek überzeugt war, sie müsse einen Verehrer haben. Immer wieder brachte sie die Rede darauf, bis Rosa überzeugt war, daß etwas mit ihr nicht stimmte, weil sie keinen *jungen Mann* vorzuweisen hatte, wie die Michalek sagte und gleich darauf erklärte, selbst in dem unwahrscheinlichen Fall sei es allerhöchste Zeit, mit dem Sticken von Kopfkissen und Handtüchern zu beginnen, es wäre schließlich eine Schande, wenn ausgerechnet eine junge Weißnäherin keine ordentlich gestickten Monogramme auf ihrer Wäsche hätte, und da müßte ja sie selbst sich genieren, sie sei auch bereit, Rosa das nötige Leinen günstig zu überlassen. Rosa lieferte ihren Lohn bis auf ein paar Kreuzer jeden Samstag daheim ab, sie traute sich nicht, die Mutter um Geld zu bitten, der Himmel wußte, was die bei einem solchen Ansinnen denken würde, Frau Michalek aber war nicht bereit, die Sache auf sich beruhen zu lassen, und kam immer wieder darauf zurück. Sie könne sich nur allzugut an ihre eigene Jugend erinnern, sagte sie, ihr könne man kein X für ein U vormachen, sie wisse genau, wie das mit Zwinkern und Nicken und Köpfchendrehen selbst während des Hochamts zuginge, und wohin das führe, das könne man ja jeden Tag sehen und hören, und junge Leute seien nun einmal ... Hier brach sie immer ab, senkte den Blick auf ihre Hände und stichelte mit doppelter Geschwindigkeit weiter. Manchmal erzählte sie auch von ihrem Verlobten, Wachtmeister war er gewesen, ein hübscher Mensch, aber mit Charakter. Mit Blumen auf der Kappe, singend und lachend hatte er sich von ihr auf dem Nordbahnhof verabschiedet, sie und viele andere Frauen hatten dem Zug lachend nachgewinkt und noch eine Weile geschwätzt, obwohl sie einander gar nicht kannten, bevor eine jede nach Hause ging. Heiraten wollten sie gleich nach dem Krieg, der spätestens zu Weihnachten mit einem großen Sieg enden würde, dann wollten sie nach Langenzersdorf ziehen, wo sein Onkel ein stockhohes Haus und einen Laden hatte, der sollte dem Friedrich gehören, weil der Onkel ja keine Kinder hatte. Ganze Nächte arbeitete sie durch, um ihre Aussteuer rechtzeitig fertig zu haben, doch dann war Weihnachten vorbei und der Krieg dauerte noch vier lange Jahre. Als das letzte Kissen bestickt war, hatte sie kein Geld für neues Leinen, und bald darauf gab es ohnehin nichts mehr zu kaufen. Sie seufzte. Jedesmal hoffte Rosa, daß sie hier Schluß machen würde, aber nach einer langen Pause sprach sie doch immer weiter bis zum bitteren Ende. Wie sehr sie die Freundinnen beneidete, deren Männer nicht zurückgekommen waren aus dem schrecklichen Krieg, die hatten wenigstens ihre Erinnerungen. Aber sie? Sie konnte sich nur mit Mühe den ins Gedächtnis rufen, der er gewesen war, mit der Platte im Kopf war er ein anderer geworden, als hätten sie ihm mit dem Stück Silber einen bösen Geist ins Hirn gesetzt, der ihn toben und gewalttätig werden ließ, bis er schließlich auf dem Steinhof in einer geschlossenen Abteilung landete und stundenlang nur an dem Beinstumpf kratzte und zupfte, bis das rote und blaue Fleisch blutete, und wie sie trotzdem jeden Sonntag hinaufging, obwohl ihr so furchtbar grauste vor dem Geruch nach Tod und Verwesung. Als er starb, sagte sie, war ihre Liebe schon aufgezehrt, da war nichts mehr davon übrig, sie konnte nicht einmal richtig trauern um ihn und deshalb, sagte sie, konnte sie auch nicht mehr richtig froh werden. Als sie die Geschichte zum ersten Mal hörte, hatte Rosa geweint, bis die Frau Michalek sie anfuhr, sie solle gefälligst aufhören zu flennen, die Tränen gäben Flecke auf dem feinen Batist. Am besten war es, wenn gleich nach dem traurigen Ende eine von Frau Michaleks Lieblingsmelodien im Radio erklang. Das Radio war überhaupt ein Segen. Einmal erwähnte Rosa dem Vater gegenüber, wie schön es wäre, wenn sie ein Radio in der Wirtsstube hätten. Dann, dachte sie, wäre es nicht so furchtbar still, wenn keine Gäste kamen, dann würde die Mutter nicht so ein verzweifeltes Gesicht machen. Der Vater schrie sie an, er drohte sogar, zur Michalek zu gehen und ihr gehörig die Meinung zu sagen, wenn sie seiner Tochter solche Flausen in den Kopf setze, er habe wahrhaftig andere Sorgen. Er sei nur froh, daß er der Mutter die blöde Idee ausgeredet habe, das Gasthaus »Zur schönen Aussicht« zu nennen, ganz abgesehen davon, daß die einzige Aussicht, die man vom Dachfenster aus sehen könne, die auf den Friedhof sei. Und das sei sowieso passend, die einzige Aussicht für ihn sei die auf den Friedhof.

Die beiden ältesten Schwestern kamen immer seltener zu Besuch, eigentlich nur an den Namenstagen der Eltern und zum Neujahr-Wünschen, nicht einmal zu Weihnachten oder zu Ostern. Aber sie fehlten Rosa nicht, sie waren längst aus dem Haus gewesen, als sie geboren wurde, und waren ihr fremd geblieben. An Marianne dachte sie oft, hoffte immer noch auf einen Brief, es gab ihr jedesmal einen Stich, wenn sie das leere Bett in ihrem Zimmer ansah, auf das die Mutter eine zerschlissene Decke gebreitet hatte.

Wenn sie fertige Wäsche auszutragen hatte und ein paar Groschen Trinkgeld bekam, holte sie sich Bücher aus der Leihbibliothek, am liebsten historische Romane, träumte sich weg in eine andere Zeit, in der sie raschelnde Kleider aus reichem Brokat trug und funkelnde Ringe an schlanken weißen Fingern, in der sie überhaupt eine andere war, so schön, daß jeder, der sie ansah, von Sehnsucht verzehrt wurde. »Von Sehnsucht verzehrt«, sagte sie leise vor sich hin, sie liebte den Klang dieser Worte und ärgerte sich nur, wenn ein Teil ihres Hirns überlegte, ob die Sehnsucht zubiß oder die armen Kerle mit Haut und Haaren in einem Stück verschluckte wie der Wal den Propheten Jonas. Von Sehnsucht verzehrt der Held, und der Heldin schwanden die Sinne in seiner heißen Umarmung – schön war das. Sie fand es richtig, daß diese Geschichten Wörter gebrauchten, die nicht vom Alltag angenagt waren. Die gewöhnlichen Wörter eigneten sich nicht für goldglitzernde Säle, an denen haftete der Geruch von angesengter Reisstärke oder Gulyassuppe. Sie las langsam, ließ jedes Wort in ihrem Kopf schwingen, genoß den Klang. Ihre rechte Hand landete auf ihrer Brust, spielte mit der linken Brustwarze, dann mit der rechten, bis sie spitz und hart wurden. Sie sahen dann viel hübscher aus, wie kleine Blüten, Rosa knöpfte das Nachthemd auf und betrachtete sie. Es gab also doch etwas Schönes an ihr, und wenn sie dann ein Pochen und Pulsieren tief innen spürte, legte sie die Hand auf ihre Scham, spielte mit dem kleinen feuchten Ding da drin, das manchmal zappelte, obwohl sie keinen Augenblick vergessen konnte, daß das Sünde und Unkeuschheit war. Der Geruch an ihrer Hand war seltsam erregend. Zur Beichte ging sie nicht mehr. Seit sie die Schule verlassen hatte, schickte die Mutter sie nicht mehr jeden Sonntag in die Kirche. Das Bild des weinenden Schutzengels verfolgte sie, und trotzdem fanden ihre Finger den sündhaften Weg. Manchmal verbot sie sich das Lesen, bis ihr plötzlich einfiel, daß sie das Buch in zwei Tagen zurückbringen oder noch einmal zahlen muße, und sie wollte doch unbedingt wissen, wie die Geschichte ausging. Wenn die Mutter sie mit einem Buch unterm Arm erwischte und schimpfte, dachte Rosa: Sie weiß es. Obwohl die Mutter nur davon redete, daß die ganze Arbeit an ihr hängenblieb, der Vater ohnehin seit Jahren schon mehr Last als Hilfe war, die Schwestern sich aus dem Staub gemacht hatten. Und jetzt lasse auch Rosa sie im Stich, aber es sei kein Wunder, mit ihr könne man das machen, sie frage sich schon lange, wozu das alles, es habe ja doch keinen Sinn. Köchin hätte sie werden können in einem feinen Haus im ersten Bezirk, einem Haus mit zwei Dienstmädchen und einem Luster im Stiegenhaus, der hätte in jeden Palast gepaßt, aber sie habe der Teufel geritten, daß sie diesen Wirt geheiratet habe, der selbst sein bester Kunde war, dafür werde sie nun gestraft ein Leben lang. Dabei rieb sie mit einem fleckigen Fetzen an immer derselben Stelle der Theke. Irgendwann würde da eine Delle sein, vielleicht sogar ein Loch.

An einem Samstag zog sie gerade den Mantel an, als die Michalek sie zurückrief. Sie solle doch auf dem Heimweg den Packen Wäsche liefern, das sei fast gar kein Umweg, zu ihrer Zeit hätten sie am Samstag nicht schon um eins Arbeitsschluß gehabt. Rosa warf einen Blick auf den Zettel. Das war ja das Haus, wo Hanna wohnte. Sie hatte gar keine Lust, Hanna zu sehen, wirklich nicht, und in diesem fadenscheinigen Mantel schon gar nicht. Jetzt erst fiel ihr auf, daß sie Hannas Monogramm gestickt hatte, drei Wochen lang, in schnörkelreichen Buchstaben. Auf die Idee wäre sie gar nicht gekommen.

»Kein Grund, ein Schnoferl zu ziehen«, sagte Frau Michalek. »Paß auf, daß du nichts zerdrückst.«

Wenn ich gewußt hätte, daß es für dich ist, hätte ich mich nicht so bemüht, dachte Rosa unterwegs. Das Paket wog schwer in ihren Armen. Vielleicht hab ich Glück und du bist nicht zu Hause, womöglich gibt mir deine Mutter sogar ein Trinkgeld fürs Liefern.

Aber natürlich öffnete Hanna die Tür, musterte Rosa vom Kopf bis zu den Schuhen, die sie ausgerechnet heute nicht geputzt hatte. Sie ließ sich viel Zeit, bevor sie ihr das Paket abnahm, bat sie auch nicht ins Zimmer, redete und redete. Von ihrer bevorstehenden Hochzeit mit dem Sohn und Erben des Konditors, von dem Traumkleid mit der meterlangen Schleppe, von der Wohnung im ersten Stock, die die Schwiegereltern ihr und ihrem Mann überlassen wollten, von der geplanten Hochzeitsreise nach Tirol. Die Wohnung sei schon so voll mit Geschenken, sie könnten kaum mehr Platz für die Füße finden zwischen all den Schachteln und Kisten, und dabei seien doch noch zwei Wochen Zeit, und natürlich müsse man die Leute alle zur Tafel einladen, die Wirtin des Restaurants frage immer wieder, wohin sie alle die Gäste setzen solle, ihre Mutter sei schon fix und fertig. Rosa hätte sich auf dem Absatz umgedreht und wäre die Treppen hinuntergelaufen, wenn sie sich getraut hätte, da fragte Hanna auch noch: »Und du? Bist du verlobt?« Ihr Ton zeigte deutlich, für wie unwahrscheinlich sie das hielt. Rosa schüttelte den Kopf. Hanna lächelte. »Mach dir nichts draus. Du findest auch noch einen.« Diese Herablassung in ihrer Stimme. Einen, irgendeinen, einen, den sonst keine will. Rosa drückte die Fingernägel in ihren Handballen. »Meine Oma sagt immer: Jeder Topf kriegt seinen Deckel.«

»Ich muß gehen«, sagte Rosa.

Hanna runzelte die Stirn. »Übrigens, was hörst du von deiner Schwester? Unlängst erst hat mich jemand nach ihr gefragt.« Rosa antwortete nicht.

Am Montag brachte Hannas Mutter einen neuen Ballen allerfeinsten Damast. Rosa beugte sich tief über ihre Arbeit, bis die Michalek ihr zuzischte, sie solle doch gefälligst grüßen, was denn in sie gefahren sei. Hannas Mutter schien erstaunt, sie zu sehen, erklärte, daß Hanna sich freuen würde, Rosa zu treffen. »Ihr wart doch immer so dicke Freundinnen.« Rosa hielt sich mit beiden Händen an ihren eigenen Knien fest, die plötzlich zitterten. Sie hatte Glück, die Michalek schaute nicht in ihre Richtung, sie war zu sehr damit beschäftigt, Hannas Mutter zu berichten, wie entsetzt sie gewesen sei, als ihre gute Freundin Mathilde sie zu ihrem Fünfundfünfzigsten in die Oper eingeladen habe und sie feststellen mußte, daß ›Reich mir die Hand, mein Leben‹ eine Aufforderung zum Ehebruch war und daß das Duett daher für eine Hochzeit ganz und gar ungeeignet sei. Sie würde auch ›Treulich geführt‹ aus dem ›Lohengrin‹ nicht empfehlen, da mache sich der Bräutigam unmittelbar nach der Hochzeitsnacht aus dem Staub und die Braut sterbe an gebrochenem Herzen. Ihrer Ansicht nach solle der Organist zum Einzug der Braut über das Duett zwischen Pamina und Papageno präludieren, sie wisse schon, *Mann und Weib und Weib und Mann reichen an die Gottheit an*, wie war noch einmal der Anfang, ach ja, ›Bei Männern, welche Liebe fühlen‹, offenbar sei sie doch noch nicht ganz verkalkt, und mit dem ›Ave Maria‹ könne man gar nicht fehlgehen. Hannas Mutter war so beeindruckt, daß sie sich alles aufschreiben ließ und unter tausend Dankbezeugungen Abschied nahm, obwohl sie, wie sie sagte, ziemlich sicher war, daß ihre Gäste nicht gebildet genug waren, um diese Feinheiten würdigen zu können, ihr sei es allerdings nach Frau Michaleks Erklärungen ganz und gar unmöglich, ihre Tochter mit derart unpassender Musikbegleitung zum Altar schreiten zu lassen. Sehr behutsam schloß sie die Tür hinter sich.

Die Michalek kam zum Tisch zurück, setzte sich mit geradem Rücken, drehte dann den Kopf zu Rosa, die sie voll Bewunderung anstarrte, und nahm ihre Arbeit wieder auf.

Rosa begann Paare auf der Straße zu mustern. Manche Mädchen waren auch nicht schöner als sie und gingen doch Arm in Arm mit einem Burschen. Sie fragte sich, was es war, das die Männer über sie hinwegsehen ließ, abgesehen von denen, die in der Gaststube ihren Hintern begrabschten, aber das zählte nicht, das war nur eine Beleidigung. Wenn Marianne noch da wäre, die hätte sie fragen können, und selbst das war nicht sicher. Bei der Michalek hing ein Spiegel auf dem Klo, in dem betrachtete sie sich manchmal, obwohl das gefährlich war. Wenn sie zu lange schaute, wurde die Nase noch klobiger, die Poren wurden noch gröber und die Augen noch farbloser. Dann rief die Michalek: »Wie lang brauchst du denn noch?«, und das war genaugenommen ein Glück, man konnte nicht wissen, ob der Spiegel sie nicht zuletzt ganz zum Monster machen würde.

Nach einem naßkalten September kam ein Oktober voll Sonne und Wärme. Seufzend erklärte die Mutter, sie müßten Tische und Stühle in den Garten tragen, bei dem Wetter würde kein Mensch drinnen sitzen wollen. Rosa rechte den Kies sauber, riß Grasbüschel, Disteln, Hühnerdarm und Löwenzahn aus, wischte die Gartenmöbel ab, verteilte die Stühle, vier an jeden Tisch und die Aschenbecher genau in der Mitte. Eine kleine weiße Wolke streckte einen Rüssel aus, wurde zu einem Hund mit Rüssel, oder war das ein Elefant mit zu kurzen Beinen? Die Kirchenglocke schlug an, bald würden die Männer zum Frühschoppen kommen. Rosa stemmte die Arme auf einen Tisch und streckte sich. In der Krone der großen Kastanie tschilpten die Spatzen.

Der Garten füllte sich. Rosa trug ein Tablett mit fünf Bierkrügen, als der Hund in sie hineinlief und sie fast umwarf. Mit Mühe gelang es ihr, das Tablett geradezuhalten, nur ein wenig Schaum lief über die Ränder. Die Männer an einem Tisch applaudierten. Der Hund stupste schwanzwedelnd und mit heraushängender Zunge Rosas Knie, setzte sich auf die Hinterpfoten und blickte sie auffordernd an. Ein junger Mann lief die Straße entlang, immer wieder »Barry!« rufend, der Hund kümmerte sich nicht darum.

»Wenn das deiner ist, schuldest du mir einen anständigen Schluck Bier«, sagte ein Mann zu ihm. »Das Biest hat unsere Rosa hier fast umgeworfen, ein Glück, daß nicht alle Gläser draufgegangen sind.«

Der Junge stotterte eine Entschuldigung heraus, schimpfte mit dem Hund, der sich losgerissen habe, hinter einer Katze sei er hergerannt, sonst sei er wirklich ein besonders braves Tier, nur völlig verrückt nach Katzen.

Die Männer lachten dröhnend, Rosa spürte wieder einmal, wie sie rot wurde, ging zurück in die Gaststube. Als die Mutter sie hinausschickte, ob sie denn nicht sehe, daß neue Gäste gekommen seien, man sollte glauben, sie sei alt genug, um zu wissen, wie wichtig es sei, einen solchen Tag auszunützen, es könnte leicht der letzte sein. Barry, dachte Rosa, wie meiner, und er sieht auch fast genauso aus, nur den dunklen Fleck über den Augen, den hat mein Barry nicht gehabt, und sein linkes Ohr hat sich nicht so komisch verdreht wie bei dem.

Der junge Mann bestellte zwei Bier, »eins für mich, eins für den Herrn dort drüben«, und entschuldigte sich noch einmal. Barry hatte eine Pfote auf sein Knie gelegt und klopfte mit dem Schwanz auf den Kies. Rosa hatte große Lust, den Hund zu streicheln, nickte statt dessen und ging das Bier holen. Als sie zurückkam, sagte der Mann: »Er ist noch so jung und weiß nicht, wie stark er ist, verstehen Sie? Aber er tut wirklich nichts. Na ja, wenn er eine Katze erwischt ... aber die sind sowieso zu schnell für ihn.«

»Ich hab keine Angst«, sagte Rosa. Ganz sicher keine Angst vor Hunden, auch nicht vor großen. Barry stand auf, schüttelte sich, schlug mit dem Schwanz, daß der Kies in alle Richtungen spritzte, ging würdevoll zu Rosa und steckte ihr die Schnauze in die Hand. Wie gut sich die ledrige kühle Haut anfühlte. Mit der freien Hand streichelte sie das dichte Fell. Plötzlich wurde ihr bewußt, daß der junge Mann sie anschaute, schnell wandte sie sich ab.

Barry folgte ihr in die Küche. Die Mutter schimpfte, dann gab sie ihm einen schönen großen Knochen und sogar zwei Schwarten, die sie in der Suppe mitgekocht hatte. Sehr zart nahm er sie mit seinen wulstigen Lippen, inspizierte anschließend die Gaststube, kroch unter jeden

Tisch, und als Rosa wieder hinausging, folgte er ihr, den Knochen im Maul.

»Der Barry hat Sie adoptiert«, sagte der Mann. »So kenn ich ihn gar nicht.« Er stand auf, stellte sich vor. Josef heiße er, Josef Jäger.

»Ich hab einmal so einen gehabt.« Wie komisch ihre Stimme klang.

»Vor langer Zeit?«

Sie nickte. Fast neun Jahre war es her, seit Barry gestorben war, und sie spürte immer noch, wie ihr der Hals eng wurde.

»Dann kann meiner nicht sein Sohn sein, aber vielleicht sein Enkel.«

Wieder nickte Rosa, sie hätte sowieso kein Wort herausgebracht und war nicht sicher, ob sie losheulen würde, wenn sie zu sprechen versuchte.

Die Mutter rief nach Rosa, gab ihr eine Schüssel voll Wasser. Wenn sie schon einen Hund in die Gaststube bringe, könne sie ihm wenigstens etwas zu trinken geben. In ihrem Wirtshaus müsse keiner verdursten, auch ein Hund nicht. Barry lag lang ausgestreckt, seinen Knochen zwischen den Vorderpfoten. Er sprang auf, begann zu schlabbern. Josef Jäger bedankte sich, dann fragte er, ob er sie vielleicht einladen dürfe ins Kino, da gäbe es heute den ›Hauptmann von Köpenick‹, solle lustig sein, beruhe auf einer wahren Geschichte von einem Schustergesellen, der die preußischen Militärs ganz schön genarrt habe. Wie der Mensch plötzlich reden konnte. Sie stand immer noch stumm vor ihm. Barry hatte genug getrunken, er schüttelte sich, rieb seinen großen Kopf an ihrer Wade. Schließlich schaffte sie es zu flüstern, sie müsse ihre Mutter fragen. Die wischte die Hände an der Schürze ab, schaute hinaus, versicherte sich, daß sie den richtigen gemustert hatte, und erklärte dann, ins Kino könne sie mit ihm gehen, aber nicht in die Acht-Uhr-Vorstellung, die Abendvorstellung sei zu riskant, gegen die um sechs sei nichts einzuwenden, sofern sie spätestens um neun Uhr zu Hause sei, und worauf, bitte, warte sie noch, das Bier werde schal. Rosa stolperte hinaus. Die Begeisterung, mit der Barry sie begrüßte, machte sie stolz und verlegen zugleich. Josef Jäger sah ihr erwartungsvoll entgegen, hob fragend eine Augenbraue. Als sie nicht gleich antwortete, schien er enttäuscht.

»Aber um neun muß ich daheim sein«, sagte sie schnell. Er strahlte sie an, versprach, sie um halb sechs abzuholen, wenn es ihr recht sei.

Es war ihr recht. Barry stand mit weit gespreizten Hinterbeinen, zog zu Rosa hin und ließ sich nur mit Mühe wegzerren. Die Männer am Ecktisch bestellten eine neue Runde. »Da hast du aber eine Eroberung gemacht«, sagte einer, worauf die anderen laut und ausdauernd lachten und der älteste noch hinzufügte: »Wen meinst du, das Herrl oder den Hund?« Das Schlimmste war, daß sie spürte, wie sie wieder rot wurde, wie der Schweiß an ihr herablief, und es half gar nicht, wenn sie sich sagte: Idioten. Die sind alle Idioten.

Die Uhr in der Gaststube war sicher kaputt. Wenn sie nach mindestens einer halben, eher einer Dreiviertelstunde wieder hinschaute, war der Zeiger gerade eben fünf Minuten weitergerückt. Zuletzt raste die Zeit plötzlich, sie konnte gerade noch mit einem Krug hinauflaufen, sich kaltes Wasser ins Gesicht spritzen, die Haare bürsten und eine saubere Bluse anziehen. Er wartete vor dem Haus.

»Wo ist der Barry?« begrüßte sie ihn.

Josef Jäger erklärte ernst, der Film sei zwar jugendfrei, aber nicht hundefrei, sie müsse also mit ihm vorliebnehmen. Es war ein merkwürdiges Gefühl, neben einem jungen Mann durch die Straßen zu schlendern. Vor dem Kino stand ein Rudel Burschen, die sich laut unterhielten, sie mußte zwischen ihnen durchgehen und es geschah gar nichts, keiner rempelte sie an. Josef Jäger nahm ihren Ellbogen, als er sie zu ihrem Sitz dirigierte. Nachdem sie sich gesetzt hatte, betrachtete sie ihn zum ersten Mal von der Seite. Er hatte einen Wirbel über dem rechten Ohr, da standen seine Haare in die Höhe wie bei einem Luchs, seine Nase hatte einen Buckel, seine Wimpern warfen Schatten auf seine Backenknochen. Plötzlich fürchtete sie, er hätte bemerkt, wie sie ihn ansah, und hielt nun den Blick starr auf ihre Hände gesenkt. Die ›Wochenschau‹ zeigte einen Wolkenkratzer in New York und berichtete von zwei Männern, die die Nordwand des Matterhorns erstiegen hatten. Bei dem Gedanken wurde ihr schwindlig. Während des ganzen Films wußte sie sehr genau, wie nahe an ihrem Ellbogen sein Ellbogen auf der Sessellehne lag, obwohl sich ihre Oberschenkel nicht berührten, spürte sie die Wärme, die von ihm ausging.

»Hat's Ihnen gefallen?« fragte er, als sie wieder auf der Straße standen. O ja, es hatte ihr gefallen. Sehr gut hatte es ihr gefallen.

Neben ihnen ereiferten sich zwei Herren darüber, daß dieser Film die Wehrtüchtigkeit untergrabe und das Heer lächerlich mache. Sie mußte an die Pickelhaubenträger denken und kicherte. Josef Jäger preßte ihren Arm und sagte leise, er sei auch ein Kriegsgegner, gewöhnlichen Menschen habe der Krieg nie etwas anderes gebracht als Not und Elend. Sie sagte nicht, wie gut ihr die Uniformen trotzdem gefielen, und daß sie nur die Pickelhauben lächerlich fand.

War da nicht Bärbel vorbeigegangen? Hoffentlich war sie es gewesen und würde Hanna brühwarm erzählen, daß sie Rosa mit einem großen dunkelhaarigen jungen Mann gesehen hatte, der wirklich gut aussah.

Natürlich wartete Rosa vor dem ebenerdigen Haus, als Josef Jäger Barry abholte, sie konnte doch nicht mit einem Mann in seine Wohnung gehen. Die Fenster waren schon lange nicht mehr geputzt worden, an den Rahmen blätterte die Farbe ab, an der Haustür konnte man nur mehr ahnen, daß sie einmal grün gewesen war. Rosa bückte sich und strich mit einem Finger über ein Blütenblatt der Kapuzinerkresse am wackeligen Vorgartenzaun. Wie feuchtglatt das war und wie zart.

Sie wurde von hinten angestupst, verlor das Gleichgewicht und saß auf dem Gehsteig. Barry stand über ihr und schleckte ihr Gesicht ab, Josef Jäger zerrte an der Leine, versuchte mit geringem Erfolg, den Hund zurückzuziehen. Rosa begann zu lachen, bis ihr die Tränen über die Wangen liefen. Wann hatte sie zuletzt so gelacht? Wahrscheinlich überhaupt noch nie, dachte sie, und machte keinerlei Anstalten aufzustehen. Josef Jäger fragte besorgt, ob sie sich weh getan hätte, darüber mußte sie wieder lachen. Er faßte ihre Hand und zog sie hoch. Sie tätschelte Barrys Rücken, sein Schwanz peitschte ihren Rock.

Als sie heimkam, starrte die Mutter fassungslos auf den Schmutz an ihrer Kleidung. Ob sie denn von allen guten Geistern verlassen sei, schon beim ersten Rendezvous, ob sie gar kein Schamgefühl habe. Rosa lachte wieder, bis sie Schluckauf bekam. Das war nur der Hund, gluckste sie, und rannte zum Klo.

Abend für Abend stand Josef Jäger mit Barry vor dem Haus der Michalek und begleitete Rosa nach Hause. Wenn sie Wäsche auszutragen hatte, nahm er ihr das Paket ab. Er erzählte von der Arbeit in der Tischlerei, von der Schwierigkeit, das richtige Furnier für die Reparatur alter Möbel zu finden, vom Ärger mit seinem Meister, der nicht verstehen wolle, daß man schöne alte Stücke mit Geduld behandeln müsse, sich Zeit nehmen für das Abschleifen und Neupolieren, sonst wurden sie verdorben. Voll Begeisterung schilderte er die Kunstfertigkeit der Handwerker früherer Tage. Sie müsse sich vorstellen, wenn man an einem riesigen Barockschrank das Haupt abnehme, könne man die Seitenwände, die Rückwand, die Türen einfach herausheben, da gebe es keine Klebestellen und schon gar keine Nägel oder Schrauben, ein Teil schmiege sich perfekt an den anderen, jeder Zapfen sei genau für dieses und kein anderes Loch geschnitten. Selbst die einfachsten Nut- und Federverbindungen seien so genau gearbeitet, daß es die reine Freude sei, sie anzusehen, darüberzustreichen. Wenn er von alten Möbeln sprach, bildeten seine Hände die Formen nach, und seine langen, breiten Finger verschränkten sich wie die Verzahnungen, die er schilderte. Heiß und kalt wurde ihr beim Zuschauen, sie spürte die braunen Haare auf seinen Handrücken so deutlich, als hätte sie darübergestreichelt. Er zeigte ihr Bäume in den Vorgärten und sagte, wie das Holz aussehe und zu bearbeiten sei. Nie hatte sie den Eindruck, daß er sie belehren wollte, er wollte nur seine Freude an diesen Dingen mit ihr teilen. Sie hatte nicht gewußt, daß ein Mensch seine Arbeit so lieben konnte. Von seiner Familie oder von seinem Leben außerhalb der Arbeit sprach er nie, erzählte nur eines Abends, wie er zu

Barry gekommen war. Ein Kollege hatte den Welpen vom Land nach Wien gebracht, kurz darauf starb der Mann an einer Lungenentzündung, die Frau konnte den Hund nicht behalten, da habe er ihn genommen, bevor der Arme womöglich erschossen wurde, die Frau wußte sowieso nicht, wie sie ihre Kinder durchfüttern sollte. Normalerweise sei Barry ein braver Hund, wirklich, er wisse auch nicht, was in ihn gefahren sei, er habe sich nie zuvor so aufgeführt wie mit ihr.

Sie streichelte den großen Schädel im Gehen. Plötzlich fiel ihr auf, daß sie nicht mehr an den alten Barry dachte, wenn sie »Barry« sagte, sondern an diesen. Sie kam sich untreu vor.

»Nett sieht er aus, dein junger Mann«, sagte die Michalek.

»Er ist nicht mein junger Mann!«

»Was nicht ist, kann werden«, erklärte die Michalek. »Paß nur auf, daß du ihn dir warmhältst.« Sie kicherte. »Aber nicht zu warm, Mädel, sonst bist du ihn erst recht los. Ist ja direkt ein hübscher Kerl.«

Die Michalek mußte zufällig im richtigen Augenblick aus dem Fenster geschaut haben, ab jetzt würde sie nicht mehr auf den Zufall warten. Zu ihrer eigenen Überraschung stellte Rosa fest, daß es sie nicht störte. Die Michalek war gewiß nicht die Übelste, vor allem nicht, seit Rosa gelernt hatte, kleine, regelmäßige Stiche zu machen, sich nicht hetzen zu lassen, auch wenn sich Leinen und Batist noch so hoch auf dem Tisch stapelten.

Fast jeden Abend packte die Mutter Rosa an den Schultern und blickte ihr forschend in die Augen. Rosa war es nicht gewöhnt, berührt zu werden, auch nicht von der eigenen Mutter, und hatte Mühe, nicht zurückzuzucken.

Wenn sie es tat, galt das der Mutter als Beweis, daß sie etwas getan hatte, das sie bitter bereuen würde, wie die Mutter immer wieder mit leidender Stimme sagte.

In Wirklichkeit hatten sich ihre Hände nur hin und wieder in Barrys dickem Fell berührt, und sie hatte sich sofort verlegen aufgerichtet und war schneller gegangen, weil sie fürchtete, Josef könnte sehen, wie sich die Härchen auf ihren Armen und im Nacken aufstellten, wie sie gleichzeitig vor Kälte zitterte und eine Hitze spürte, die von tief innen bis in ihren Hals und ihre Wangen schoß. Josef hatte Barry einen freundlichen Klaps in die Flanken gegeben und sie dann eingeholt. Sie erwischte sich bei dem Wunsch, er wäre nicht ganz so zurückhaltend. Aber vielleicht hielt er sich gar nicht zurück, vielleicht wollte er wirklich nur Gesellschaft beim Abendspaziergang mit dem Hund. Barry hingegen drängte sich ständig an sie, rieb sich an ihr, leckte ihre Hände ab; wenn Josef ihn nicht schnell genug zurückpfiff, legte er beide Pfoten auf ihre Schultern und fuhr mit seiner großen Zunge über ihr Gesicht.

Ob sie denn nicht am Samstagnachmittag oder Sonntag freihaben könne, fragte Josef. Er würde so gerne mit ihr in den Wienerwald gehen. Sie wußte zwar, daß es keinen Sinn hatte, und fragte die Mutter doch. Die hob die Hände zum Himmel. Was sie sich denn einbilde, sie habe anscheinend völlig den Verstand verloren. Am Samstagnachmittag oder gar Sonntag! Jetzt, wo endlich ein Geschäft zu machen sei. Wenn es zu regnen anfing, dann könne man davon reden, da kämen am Sonntagvormittag doch nur ein paar verirrte Schnapsnasen oder Pantoffelhelden, die für eine Stunde der häuslichen Misere entfliehen wollten, da nähmen sie ohnehin nicht genug ein, um die Kohle zu zahlen für die Wirtsstube. Und am Allerseelentag oder zu Allerheiligen könne sie sich erst recht nicht drücken, egal wie das Wetter sei, mit dem Friedhof in der Nähe könne davon keine Rede sein, so etwas von Selbstsucht und keine Dankbarkeit. Sie schimpfte noch lange weiter, als Rosa es längst aufgegeben hatte, die Mutter überreden zu wollen.

Am zweiten Novemberwochenende endlich wanderten Rosa und Josef bei ziehendem Nebel und Nieselregen zum ersten Mal durch das Rosental bergauf. Barry rannte hin und her, zerrte an der Leine, verbellte ausdauernd einen Busch und weigerte sich, auch nur einen Schritt weiterzugehen. Immer wieder fielen dicke Tropfen von den Bäumen herab, schlugen hart auf Rosas Scheitel, kitzelten im Nacken. Immer wieder rutschte sie auf den nassen Blättern aus, die die Straße bedeckten. Immer wieder griff Josef nach ihrem Arm und ließ ihn erst los, wenn sie wieder sicher auf beiden Füßen stand. Einmal verlor er dabei das Gleichgewicht und landete auf seinen Knien neben ihr. Sie kicherten; als er sich aufgerappelt hatte, gingen sie so schnell, daß sie zu schnaufen begannen. Barry sprang voraus, umkreiste sie, verwickelte zuerst sich selbst und dann sie beide in seine Leine. Rosa erwischte Josefs Mantelknopf, der riß ab und ein Stück Stoff mit. Sie erschrak, versicherte ihm, daß sie den Schaden beheben könne, ganz bestimmt, sie habe schließlich gelernt zu nähen, sogar zu Frau Michaleks Zufriedenheit, es tue ihr so furchtbar leid, sie hoffe nur, daß er nicht allzu böse sei auf sie. In ihrer Verstörung hörte sie gar nicht, wie er sagte, das sei doch nicht schlimm, wenn sie seinen Mantel geflickt habe, werde er ihn mit weit größerem Stolz tragen als bisher. Jedes Mißgeschick, das ihr je passiert war, jede Strafe, die sie je bekommen hatte, drängelten gleichzeitig in ihrem Kopf. Ein Mantel kostete mehr, als sie in zwei Monaten verdiente. Für eine zerrissene Schürze hatte der Vater sie mit dem Gürtel verprügelt.

Josef nahm ihre beiden Hände. »Was hast du denn?«

Ein Damm brach. Sie weinte wieder um Barry, um ihre Schwester, über so vieles, das sie nicht benennen konnte, vor allem das Wissen, nicht gewollt zu sein, von Anfang an nicht gewollt, eine böse Überraschung, das, was gerade noch gefehlt hatte in dem ganzen Elend.

Josef stand hilflos da, irgendwann zog er ihren Kopf an sich und hielt sie fest. Sie steckte die Nase in seinen Mantel, der roch nach Holz. Plötzlich brauchte sie ganz dringend ein Taschentuch. Sie machte sich los, schnüffelte, sie konnte doch nicht einfach in seiner Gegenwart durch die Nase hochziehen!

Sie kamen an einem geschlossenen Gasthaus vorbei, gingen über den Kiesplatz, standen im Schutz des Dachvorsprungs an eine Schuppenwand gelehnt.

»Jetzt hab ich auch noch Salzflecke auf deinen Mantel gemacht«, sagte sie, als sie durch den immer dichteren Tropfenvorhang auf die Stadt hinabblickten. Er behauptete, der Regen würde alles abwaschen und es sei doch nicht wichtig, ganz und gar nicht wichtig. Sie wandte sich ihm zu, schlang die Arme um ihn, küßte ihn auf die Wange und erschrak furchtbar. Die Mutter hatte recht gehabt. Was würde er jetzt denken? Ein anständiges Mädchen tat so etwas nicht. Josef umfaßte ihre Taille, drückte sie an sich, murmelte irgend etwas in ihren Hals, seine Mantelknöpfe preßten in ihre Brust. Wasser rann Rosa und Josef aus den Haaren, die Pfützen unter ihren Füßen breiteten sich aus. Barry wurde ungeduldig und sprang abwechselnd an ihm und an ihr hoch und bespritzte sie mit Schlamm.

Als sie sich wieder auf den Weg machten und einander ansahen, fingen sie an zu lachen und konnten nicht aufhören. Josef sagte schließlich, er habe in seinem ganzen Leben nicht so viel gelacht wie in der kurzen Zeit mit ihr. Sie konnte es nicht glauben.

Der Mutter verschlug es die Sprache, als sie Rosa sah. Sie fuchtelte mit den Armen, als wollte sie Hühner verscheuchen, warf die Tür hinter Rosa zu. Später keifte sie, es sei schlimm genug, was die Tochter getan habe, daß sie auch noch vor aller Welt damit stolz paradiere, das schlüge dem Faß den Boden aus. Zum ersten Mal schrie Rosa zurück. Nichts habe sie getan und könne nichts für die schmutzige Phantasie ihrer Mutter. Darauf bekam sie eine Ohrfeige, die erste seit Jahren.

Die Michalek versuchte immer wieder, Rosa auszufragen, machte Anspielungen, die Rosa nur halb oder gar nicht verstand, und wurde unruhiger als Rosa, wenn Josef nicht pünktlich um halb sieben vor dem Haus wartete. Sobald sie ihn sah, herrschte sie Rosa an, sie solle gefälligst gehen, diese Trödelei nerve sie. Barry begrüßte Rosa jedes Mal mit Freudentänzen.

Ende November fiel der erste Schnee in großen, nassen Flocken. Ein scharfer Wind fegte durchs Wiental herein, klatschte Rosa den dünnen Mantel um die Beine, brannte auf ihren Wangen. Als sie an seiner Gasse vorbeigingen, fragte Josef, ob sie vielleicht einen heißen Tee trinken wolle, er habe sogar eine Zitrone.

Josef legte Holzabfälle aus dem Korb neben dem Kanonenofen nach und stellte einen Topf mit Wasser auf die Platte. Das Feuer knisterte und prasselte. Rosa zog den nassen Mantel aus, Josef hängte ihn an die Stange über dem Ofen.

Sie blickte sich um. Ein Tisch, ein Stuhl, ein Bett, ein Schrank, eine kleine Kommode, darauf eine Waschschüssel und ein Krug, daneben ein kleiner Teller auf einem großen, zwei Becher, ein Paar Arbeitsschuhe unter dem Bett, ein Paar Pantoffeln, drei Haken an der Eingangstür, an einem ein Handtuch, an einem ein Geschirrtuch. Die Fenster, die sie von draußen gesehen hatte, waren nicht seine, diese waren blank geputzt, die Fensterpolster schneeweiß. Alles sauber, alles an seinem Platz.

»Fertig mit der Inspektion?« fragte er. Er holte eine Dose aus dem Schrank, gab einen Löffel Tee in ein Ei aus Blech, hängte es in den Topf, alles mit sparsamen Bewegungen. Sie trat zu ihm, umarmte ihn von hinten. Er drehte sich zu ihr, drückte sie fest an sich.

Sie kamen nicht dazu, den Tee zu trinken.

Nachher wischte er ihr sehr zärtlich und behutsam mit einem feuchten Waschlappen das Blut ab, fragte, ob es sehr weh getan hätte. »Nur ein bisserl«, beruhigte sie ihn. Sie sah zu, wie er sein Geschlecht wusch, wunderte sich, wie klein und weich es geworden war, sie hatte noch nie einen nackten Mann gesehen, nur die Statuen im Park. Wahrscheinlich sollte sie sich schämen. Sie rieb ihre Nase an seiner Schulter.

Barry war die ganze Zeit still neben dem Bett gelegen, jetzt sprang er auf und stieß mit der Schnauze in ihre Kniekehle, an ihre Hüfte, sie bekam eine Gänsehaut, spürte ein Pochen. »Ich muß jetzt wirklich heim«, sagte sie.

Es hatte aufgehört zu schneien. Die Sträucher in den

Vorgärten leuchteten in der Dunkelheit, der Nepomuk auf der Brücke trug eine Schneehaube, eine Rüsche aus Schnee hing an jedem Ast der Kastanie im Gastgarten. Vor der Haustür küßte Rosa Josef mitten auf den Mund, es war ihr gleichgültig, wer sie sah.

Die Mutter stellte zwei Teller auf den Tisch, die Suppe müsse heute aufgegessen werden, morgen wäre sie bestimmt schon sauer, und überhaupt würde sie morgen neue kochen. Rosa hatte eigentlich nichts essen wollen, es schien ihr nicht richtig, jetzt etwas so Gewöhnliches zu tun, aber es hatte keinen Sinn, mit der Mutter Streit anzufangen, besonders wo sie sich ihr gegenübersetzte und mit ihr aß, was selten genug vorkam. Der Vater war wieder einmal nicht zu Hause.

Die Mutter klagte über Kreuzschmerzen und über den verständnislosen Arzt, der einfach gesagt habe, sie müsse zwanzig Kilo abnehmen, sie sei schlicht zu fett, ihre Wirbelsäule könne ihr Gewicht nicht tragen. Dabei sei er selbst keineswegs ein schlanker Jüngling. Und ob sie die schweren Kartoffelsäcke und die Bierkisten schleppen könne, danach frage niemand, natürlich nicht.

An diesem Abend gab es keine Verdächtigungen. Rosa kehrte die Wirtsstube auf, dann ging sie ins Bett.

Das war also die Liebe. Natürlich liebte sie ihn, sonst hätte sie doch nicht. Niemals. Geplant hatte sie es nicht, es war auch nicht die verzehrende Sehnsucht aus den Büchern gewesen. Warm war er und roch gut. Die Sehnen an seinen Armen mit den Fingern auf- und abzufahren gab ihr ein seltsam ziehendes Gefühl. Seine Bartstoppeln hatten ihren Hals gekratzt, angenehm gekratzt. Wie er gekeucht hatte, und dann schlaff auf sie gefallen war. Stark hatte sie sich gefühlt, groß und stark und wichtig.

Nein, geschämt hatte sie sich nicht, schämte sich auch jetzt nicht, obwohl sie es gewesen war, die ihn umarmt hatte. Sie hatte also angefangen. Es überraschte sie, das wohl, in den Büchern fingen die Damen nie an. Aber sie war eben keine Dame. Angeschaut hatte er sie wie – ja, genau wie Barry, wenn er gestreichelt werden oder ein Holzstück geworfen bekommen wollte. Plötzlich sah sie sein Glied vor sich, klein und weich wie eine Schnecke. Eine Schnecke ohne Haus, die sich an seinen Oberschenkel kringelte, glitzernd. Und war doch zuerst so groß gewesen, zum Erschrecken groß.

Am nächsten Tag brachte er ihr ein kleines silbernes Herz. Er hätte ihr gern ein goldenes geschenkt, sagte er, aber dafür habe das Geld nicht gereicht. Irgendwann würde er es gegen ein goldenes umtauschen. Sie nahm ihr Taufkettchen ab und hängte das Herz neben den Schutzengel. Der pausbäckige kleine Kerl weinte nicht, richtig schelmisch grinste er aus seiner dicken Federwolke, das war ihr noch nie aufgefallen. Der Herr Kaplan wußte auch nicht alles.

Die Michalek überreichte Rosa drei Handtücher, feinster Leinendamast. Es sei höchste Zeit, erklärte sie, daß Rosa anfange, sich um ihre Mitgift zu kümmern, und wenn ihre Mutter nicht daran denke, dann bleibe ihr nichts anderes übrig, als einzuspringen. Rosas Dank wimmelte sie ab. Schon am selben Abend begann Rosa, die Buchstaben R und J in die linke untere Ecke zu sticken, obwohl die Fünfundzwanzigerbirne in ihrem Zimmer viel zu wenig Licht gab. Bis Weihnachten wollte sie fertig sein. Sie hoffte nur, daß die Michalek nicht verlangen würde, die Monogramme zu sehen.

Die Mutter schickte sich seufzend darein, daß Rosa nie vor neun, manchmal sogar nach zehn Uhr heimkam und sich nicht einmal mehr die Mühe nahm, Ausreden zu erfinden.

Sie drehte das Haarbüschel knapp unter Josefs Nabel über ihrem Zeigefinger zu einer Locke, sie zählte die Sommersprossen auf seinem Rücken, sie flocht Zöpfchen in seine Schamhaare. Sie teilte ihm mit, daß sein rechter Nasenflügel breiter war als der linke, aber das linke Ohr größer als das rechte. Verse, die sie im Kindergarten gelernt hatte, fielen ihr ein, sie zählte seine Zehen: *Das ist der Bauer, das ist die Bäurin, das ist der Knecht und das ist die Dirn, und das ist der kleine Wuziwuzi in der Wiag'n. Fünf Männlein sind in den Wald gegangen.* Wenn sie ihn kitzelte und er um sich schlug, kam Barry angetrabt und stupste sie weg. Wenn sie in sein Zimmer traten und Josef sie umarmte, bellte Barry und schob sich zwischen sie. Manchmal streichelte sie mit einer Hand Josef, mit der anderen Barry und Josef behauptete, sie kenne den Unterschied zwischen ihnen nicht so genau. Einmal gingen sie ins Kino, der Film kam ihnen viel zu lang vor. Sie stellten staunend fest, wie zart die Haut des anderen an der Innenseite der Handgelenke, in der Ellenbeuge, hinterm Ohr, in der Leiste war, wie körnig am Knie, sie erforschten einander und hatten ihre Freude an jeder neuen Entdeckung. Sie fand es ungerecht, daß sie nicht in ihn kriechen konnte.

Zwei Wochen vor Weihnachten verlangte die Michalek tatsächlich die Handtücher zu sehen. Rosa fiel keine Ausrede ein, und so legte sie schließlich die drei mit einer Mischung aus Verlegenheit und Trotz auf den Tisch. Die Michalek zuckte ausgiebig mit den Schultern. So sei es nun wirklich nicht gemeint gewesen, aber was solle man machen, das sei eben die Liebe. Ja, dachte Rosa, das ist die Liebe. »Mußt nicht so rot werden«, sagte die Michalik, »obwohl – es steht dir gut. Er paßt doch hoffentlich auf, daß nichts passiert.«

Es war wirklich unerträglich heiß in der Werkstatt.

»Ich paß schon auf«, hatte Josef gesagt, und sie hatte nicht weiter gefragt, sosehr sie Freude an ihm hatte, darüber reden war etwas ganz anderes. Immer hatte sie zu Vollmond die Regel bekommen, gestern abend war ein Halbmond über den Häusern gestanden, als sie heimgingen, und sie hatte sich gar nichts dabei gedacht.

Die Michalek fuhr mit einem Finger über ein gesticktes Monogramm. »Eine saubere Arbeit, das muß man schon sagen. Du hast was gelernt bei mir. Aber das ist noch lang kein Grund zum Trödeln.«

An diesem Abend stand Josef nicht vor dem Haus. Wahrscheinlich mußte er länger arbeiten, die Werkstatt hatte endlich einen größeren Auftrag, Türen, Fenster und Bücherregale für eine Villa in Hietzing. Der Chef hatte eine Extrazahlung versprochen, und Josef hatte gesagt, dann würde er ihr einen richtig warmen Mantel schenken, sie solle schon einmal herumschauen und sich einen aussuchen. Sie wartete eine halbe Stunde, dann war sie durchgefroren und ging nach Hause. Als er auch am nächsten Tag nicht kam, wurde sie unruhig. Hatte die Mutter doch recht, die immer behauptete, wenn ein Mann einmal bekommen hatte, was er wollte, würde er sich bald aus dem Staub machen. Sie schüttelte den Kopf. Er doch nicht. Nicht Josef. Sie wartete eine Weile, dann machte sie sich auf den Weg zu seiner Wohnung. Das Haustor war versperrt, sie klopfte. Neben dem Tor ging ein Fenster auf, eine grauhaarige Frau lehnte sich heraus, fragte mürrisch, zu wem sie wolle. Kaum hatte Rosa geantwortet, verschwand die Frau, gleich darauf öffnete sie das Tor. Ob Rosa denn noch nicht gehört habe? Der arme Mensch, so ein netter junger Mann, und immer so gefällig, erst vorgestern habe er ihr die Kohlen aus dem Keller heraufgetragen, und sie habe ihm zum Dank ein Stück von ihrem Gugelhupf geschenkt.

Rosa schluckte, schluckte gegen ein Hindernis in ihrer Kehle, wollte nichts hören, mußte fragen, wußte die Antwort und hoffte doch, daß sie falsch war.

»Furchtbar«, sagte die Frau, furchtbar, und daß gerade sie es dem jungen Fräulein mitteilen müsse, das sei wieder einmal typisch ihr Pech, eine Tür sei auf ihn gefallen und habe ihn so unglücklich getroffen, daß er gleich tot gewesen sei. »Hinten im Nacken, wissen Sie, das ist überhaupt eine ganz gefährliche Stelle.« Sie neigte den Kopf und zeigte auf die Stelle, redete weiter, Rosa verstand kein Wort, die Frau verschwamm, der Boden schwankte, alles drehte sich, Rosas Beine waren aus Gummi, aber sie stand, suchte nur mit beiden Händen Halt in der Luft, warum griff sie nicht nach dem Türstock, Türen waren Mörder, darum. Josef. Josef, hilf mir doch.

Ob sie sich nicht hinsetzen wolle, fragte die Frau, sie selbst hätte es gar nicht glauben können, und sie habe den Herrn Jäger ja gewiß nicht so gut gekannt wie das junge Fräulein, wenn auch länger, viel länger, und sie würde ihr auch einen Tee machen mit einem Schluck Rum darin, das würde ihr guttun.

Ganz langsam sackten Rosas Beine weg, die Frau packte sie, stieß die Tür zu Josefs Wohnung auf, schob sie hinein, setzte sie auf das Bett. Der Bruder würde heute kommen aus Amstetten, oder war es Abstetten, vom Land jedenfalls, der würde sich um alles kümmern, und wenn das Fräulein wirklich keinen Tee wolle, könne sie ruhig eine Weile da sitzen und dann am besten nach Hause gehen, in so einem Fall sei ja doch die eigene Mutter die einzige, die helfen könne, und das Feuer in ihrer Küche wäre womöglich schon ausgegangen.

Rosa schaffte es, danke zu murmeln. Sie ließ sich auf das Bett fallen, kroch unter die Decke, rollte sich zusammen, umklammerte ihre Knie. Das Kissen roch nach ihm, als sie die Decke über den Kopf zog, war sie eingehüllt in seinen Geruch. Josef. Es konnte nicht wahr sein. Die Frau hatte sich geirrt, vielleicht war sie nicht mehr richtig im Kopf, vielleicht wollte sie ihr nur einen Schock versetzen, weil es sich nicht schickte, einen Mann in seiner Wohnung zu besuchen, vielleicht hatten sie zuviel Lärm gemacht vorgestern, vorgestern, als das Bett unter ihnen so gequietscht und gerattert hatte und Barry wie ein Verrückter herumgesprungen war. Wo war Barry? Seine Leine hing nicht am Haken, seine Futterschüssel stand nicht neben dem Herd. Sie sprang aus dem Bett, durchsuchte das Zimmer, als könnte sich Barry hinter der Waschschüssel, unter der Kommode verstecken. Automatisch wollte sie ihren Ärmel abbürsten, aber der war völlig sauber. Kein Stäubchen darauf. Sie starrte den Ärmel an und fing endlich an zu weinen, kroch zurück ins Bett und schluchzte in das Kissen, das noch nach Josef roch.

»Wer sind Sie? Was machen Sie hier?« Die Stimme kratzte in den Ohren. Rosa wollte aufspringen, konnte nicht, ihre Beine krampften, schmerzten, aber weit weg, wie außerhalb. Sie drückte beide Hände vor die Augen.

Schritte kamen näher, blieben stehen, die Stimme wurde tief und freundlich. Sie müsse schon verzeihen, sie sei bestimmt Rosa, letzte Woche erst habe Josef geschrieben, er wolle sie nach Hause zur Mutter und zu den Brüdern bringen, sie müßten sich kennenlernen. Aber nicht so … Sie hätte ihm gern geantwortet, doch auch ihre Kehle gehörte ihr nicht, nichts gehörte ihr mehr, und sie lag einfach da, gab die Anstrengung auf, fühlte sich tiefer in die Matratze sinken, es wurde immer stiller, als in der Nebenwohnung eine Uhr schlug, begannen Rosas Beine zu zittern, das Zittern breitete sich aus in ihrem Körper, die Maserung am Schrank, die Unebenheiten im Fensterglas bewegten sich wie Wellen. Eine furchtbare Übelkeit erfaßte Rosa.

Josefs Bruder verschränkte die Hände, seine Fingerknöchel knackten. Leise und zögernd sagte er, die Mutter wünsche sich, Josef daheim zu begraben, im Grab des Vaters, ein Nachbar werde morgen den Sarg bringen und ihn abholen. Das Begräbnis werde am Samstag sein um drei, und wenn sie kommen wolle, sei sie herzlich eingeladen, natürlich auch zum Totenmahl, er habe sich gar nicht vorgestellt, Peter heiße er, und jetzt müsse er gehen, er sei eigentlich nur gekommen, um mit der Hausfrau zu reden, Josefs Anzug zu holen und das weiße Hemd, der Viehhändler, der versprochen hatte, ihn mitzunehmen, warte wahrscheinlich schon, aber er werde sie noch nach Hause begleiten, in dem Zustand könne sie nicht allein gehen.

Sie schaffte es nun doch, den Mund aufzubringen, sich zu bedanken und zu sagen, sie habe es nicht weit. Er legte den Schlüssel auf den Tisch. Es sei auch nicht weiter schlimm, wenn sie abzusperren vergesse, zu stehlen gebe es hier ohnehin nichts, aber es sei nicht gut für sie, allein zu sein, ihre Mutter würde sie trösten. Sie nickte, fast komisch, wie alle glaubten, sie müsse zu ihrer Mutter gehen, zu ihrer Mutter doch nicht, wozu auch, das hatte keinen Sinn, gar nichts hatte Sinn, sie konnte nicht reden, mit niemandem. Trösten, sagte er, allein das Wort ließ sie zusammenschauern. Vor allem wollte sie nicht weggehen von hier, nicht aufstehen müssen aus diesem Bett.

Sobald er die Tür hinter sich geschlossen hatte, zog sie wieder die Decke über den Kopf, atmete den Geruch ein, wollte ihn in sich aufnehmen und bewahren. Irgendwann dämmerte sie ein, schlief zum ersten Mal in seinem Bett, wachte immer wieder verwirrt auf, von Mal zu Mal neu überwältigt von dem, was geschehen war.

Als der Morgen dämmerte, stand sie auf, wusch sich mit Josefs Waschlappen, trocknete sich mit seinem Handtuch ab. Es war bitter kalt. Sie strich das Laken glatt, schüttelte die Bettdecke auf. Ihr Kleid war verdrückt, daran ließ sich nun nichts ändern, aber sie fand Josefs Kamm, frisierte sich und steckte den Kamm ein. Sie ging nicht nach Hause, sondern direkt zur Arbeit.

Die Michalek sprang auf, ihre Tasse fiel um, sie achtete nicht darauf, daß ein Rest Kaffee über den Tisch floß, war mit drei Schritten bei Rosa, nahm sie in die Arme, drückte sie fest an sich und murmelte: »Mein armes Mädel, mein armes, armes Mädel.« Sie fragte nicht, was geschehen war, drückte Rosa auf einen Stuhl, stellte einen Becher heiße Milch vor sie hin, löffelte Zucker hinein, goß ein wenig Kaffee dazu, setzte sich mit gefalteten Händen Rosa gegenüber, stand wieder auf, watschelte in die Küche und kam mit einer braun glänzenden Buchtel zurück. Was immer geschehe, meinte sie, der Mensch müsse essen. Rosa war überzeugt, daß sie unmöglich etwas hinunterbringen könne, aber unter Frau Michaleks auffordernd unverwandtem Blick nahm sie doch einen kleinen Bissen. Sie begann zu kauen, der Brei in ihrem Mund wurde immer mehr, drohte sie zu ersticken. Sie lief zum Klo, spuckte aus, erbrach sich, bis ihr ätzender gelber Schleim aus Mund und Nase rann. Als sie herauskam, stand die Michalek vor der Tür, packte sie am Arm und führte sie in ihr eigenes Schlafzimmer. Rosa mußte sich aufs Sofa legen, bekam eine Wärmflasche auf den Bauch geklatscht und eine weiche Decke darüber.

»Männer!« Die Michalek legte alle Empörung der Welt in die zwei Silben.

Rosa schüttelte den Kopf, würgte heraus: »Er ist tot.«

Die Michalek stieß einen Klagelaut aus, setzte sich aufs Sofa, wiegte Rosas Kopf an ihrer weichen Brust und summte immer dieselben drei Töne vor sich hin. Die Bewegung machte Rosa schwindlig, und dennoch war es gut, so gewiegt zu werden.

Es klopfte. Rosa schreckte auf, die Michalek drückte sie mit einer Hand zurück aufs Sofa und ging selbst zur Tür. In der Werkstatt hörte Rosa ihre Mutter reden, zuerst sagte sie etwas von Doktor und Halsentzündung, dann brach es aus ihr heraus, die Tochter sei die ganze Nacht nicht zu Hause gewesen, sie habe keine Ahnung, wo sie sich herumtreibe, sie wisse wirklich nicht, wie sie das verdient habe, an der Erziehung könne es nicht liegen, sie könne wirklich nichts dafür, ihr Mann hingegen, also darüber wolle sie wirklich kein Wort sagen, aber der Himmel wisse, wie schwer sie es habe, die Rosa sei auch nie so gewesen, immer daheim und brav, jetzt renne sie diesem Kerl nach wie eine läufige Hündin, und dabei habe er doch einen anständigen Eindruck gemacht. Die Michalek hatte schon dreimal gehüstelt und versucht, den Redeschwall zu unterbrechen, jetzt schrie sie fast, die Mutter solle endlich den Mund halten, das arme Kind liege im Nebenzimmer und der Herr Jäger in der Totenkammer.

»Ist sie schwanger?« schrie die Mutter. »Nie hätte ich gedacht, daß sie mir das antut!«

Rosa preßte beide Zeigefinger an die Ohren, trotzdem hörte sie, wie die Michalek scharf zurückzischte, ein derart selbstsüchtiges Frauenzimmer verdiene gar nicht, eine solche Tochter zu haben, die Mutter solle sich schämen, natürlich habe sie nicht gefragt, jetzt müsse man erst einmal sehen, wie man das Mädel wieder auf die Beine bringe, am besten bleibe sie hier, bis sie zur Ruhe käme. Die Mutter wurde ausfällig, drohte mit der Polizei, begann dann zu schluchzen und entschuldigte sich tausendmal. Der Schock sei es gewesen, so ganz aus heiterem Himmel, und sie werde der Frau Michalek ewig dankbar sein, sie müsse ja völlig allein mit dem Wirtshaus zu Rande kommen und könne sich nicht so kümmern, wie sie es natürlich wolle als Mutter.

Rosa war erleichtert und enttäuscht zugleich, daß die Mutter ging, ohne nach ihr zu sehen. Die Michalek kam zurück, schob einen Sessel neben das Sofa, legte eine Hand auf Rosas kalte Finger. Jetzt wird sie fragen, ob ich schwanger bin, dachte Rosa, und ich kann es ihr nicht sagen, beim besten Willen nicht. Die Michalek rieb Rosas Hände warm und schaute zum Fenster hinaus. Sie hätte nicht gedacht, daß die Sonne heute noch herauskommen könne, sagte sie und fragte gleich darauf: »Weißt du schon, wann das Begräbnis ist?« Ihre Augen blieben auf das Stück Himmel über den Häusern gerichtet.

Rosa wunderte sich, daß sie den Mund öffnen und

schließen konnte, daß sie sogar ausführlich von der Begegnung mit Peter in Josefs Wohnung erzählte.

»Und du willst zum Begräbnis fahren.« Das war eine Feststellung, keine Frage, obwohl sie die Stimme am Ende des Satzes hob, sie wartete auch nicht auf eine Antwort, sondern nickte nur mehrmals und erklärte, dann komme sie mit, da brauche sie keiner eigens einzuladen, und verbieten lasse sie sich erst recht nichts. Sie habe jetzt ein paar Wege zu erledigen, Rosa solle am besten ein wenig schlafen. Kaum war die Michalek gegangen, hielt es Rosa auf dem Sofa nicht mehr aus. Es war leichter, sich mit einem komplizierten Ajoursaum zu beschäftigen, Fäden zu zählen, fünf, dann drei, fünf, dann drei, den Nähfaden ordentlich umschlingen, nicht zu tief einstechen, fünf, dann drei, fünf, dann drei, für anderes war nicht Platz im Hirn, sonst gab es einen Fehler. Fünf, drei.

Die Michalek schüttelte den Kopf, als sie Rosa an der Arbeit sah. »Nimm dir Zeit zum Trauern, Mädel. Du hast noch so viel Leben vor dir.« Sie kochte eine Reisschleimsuppe, die könne Rosa jedenfalls essen, die würde dem Magen eine schöne Schutzschicht geben, sonst würde der Kummer die Magenwände anfressen, und das sei keine gute Idee. Als es dunkel wurde, zwang sie Rosa zu einem kleinen Spaziergang. Dort drüben hatte er gewohnt, keine hundert Meter entfernt. Am Himmel leuchtete ein schmaler Halbmond, Rosa blickte hinauf, da verschluckte ihn eine Wolke. Josef, wo bist du?

Am Freitag begleitete die Michalek Rosa nach Hause, um ihren dunkelblauen Rock und die weiße Bluse zu holen. Sie war entsetzt, daß Rosa keinen anderen Mantel hatte als das dünne Fähnchen, das sie zur Arbeit trug. Was sie denn mit ihrem Lohn mache? Rosa hob die Schultern, ließ sie fallen. Als sie hinaufging, um Rock und Bluse zu holen, hörte sie die Mutter schreien, das gehe die Michalek nichts an, was sie sich überhaupt vorstelle, eine reiche Frau wie sie habe ja keine Ahnung. Unter anderen Umständen wäre mir das peinlich gewesen, ging es Rosa durch den Kopf. Unter anderen Umständen. In anderen Umständen?

»Wir gehen jetzt einen anständigen Mantel für dich kaufen«, sagte die Michalek überdeutlich und laut zu Rosa, bevor sie die Tür zur Wirtsstube schloß. »Es muß dir nicht unangenehm sein, ich zieh dir das Geld ratenweise vom Lohn ab.«

»Der Josef hat mir einen Mantel kaufen wollen«, flüsterte Rosa. Ihr Mund, ihre Kehle brannte, die ganze Speiseröhre, oder war das die Luftröhre, brannte hinter dem Brustbein.

»So ist er halt auch ein bisserl von ihm«, sagte die Michalek und nahm Rosas Arm. Die Hüfte täte ihr wieder weh, behauptete sie, da müsse sie sich einhängen.

Um sechs Uhr früh waren sie schon unterwegs zum Gemüseladen. Der alte Koschinetz hatte sich bereit erklärt, sie nach Abstetten zu fahren, auf dem Rückweg wollte er Erdäpfel, Kraut und Zwiebeln einkaufen. Die Michalek breitete eine alte Decke auf die Bank. Rosas neuer Mantel solle nicht dreckig werden, sagte sie, da war der Koschinetz beleidigt. Sie könne ja ein Taxi nehmen oder einen Fiaker, wenn sie so vornehm sei.

Weit war der Blick vom Riederberg hinunter ins Tal, wie sich die Donau schlängelte, wie schwarz die Obstbäume ihre kahlen Äste in den grauen Himmel streckten. Die Michalek und der Koschinetz unterhielten sich, Rosa zählte die Krähen, die auf den abgeernteten Feldern herumstolzierten, kurz aufflogen und dann weiterpickten.

Sie kamen viel zu früh an, gingen einen Sprung in die Kirche. Vor dem Altar stand das Podest, auf das der Sarg gelegt werden würde. Rosa kniete vor der Schutzmantelmadonna. Die Kante des Betschemels schnitt in ihr Knie. Gegrüßet seist du, Maria. Weißt du was? Ich bereue nichts von dem, was wir getan haben. Gar nichts. Das sag ich dir. Auf einer Säule stand der heilige Josef mit der Lilie in der Hand.

Die Michalek tupfte an Rosas Schulter. Erfrieren könnten sie später immer noch, jetzt würden sie drüben im Gasthaus etwas trinken, sie brauche einen Glühwein und eine Semmel dazu. Rosa war noch nie in einer fremden Wirtsstube gewesen. Es roch genauso wie im Gasthaus der Eltern. An dem einzigen besetzten Tisch hörten die Leute auf zu reden und musterten sie. Die Kellnerin verzog den Mund, als Rosa einen Kamillentee bestellte. Der fettige Suppengeruch aus der Küche sandte Schwaden von Übelkeit zu ihr herüber. Dann zündete ein Mann umständlich einen Zigarillo an, und sie schaffte es gerade noch zum Plumpsklo im Hof. Eine dicke grün schillernde Fliege surrte um ihren Kopf, selbst bei dieser Kälte. Als sie in die Wirtsstube zurückkam, wartete die Michalek schon im Mantel, schlug vor, ein paar Schritte spazierenzugehen, kalt sei es hier wie dort, aber vom Gehen würde ihnen wärmer.

Sie wanderten aus dem Ort hinaus, auf einem Schotterhaufen entdeckte die Michalek zwei gelbe Blumen. »Schau dir das an. Huflattich im Dezember. Der kommt doch sonst Ende Februar, Anfang März.« Rosa pflückte einen, trug ihn in der hohlen Hand.

Vor einem niedrigen Haus am Ende der Hauptstraße drängte sich eine Menschenmenge. Die Michalek griff nach Rosas Hand und drückte sie. »Wenn du nicht willst, müssen wir nicht hineingehen.« Rosa machte einen Schritt und noch einen Schritt auf das Haus zu. Im Raum neben der Einfahrt brannten Kerzen, in der Mitte stand der Sarg auf einem Tisch, daneben saß eine alte Frau, hinter ihr standen drei Männer, warum erschrak sie, als sie sah, daß einer von ihnen Peter war. Eine junge Frau reichte ihr einen Weihwasserkessel und einen Zweig vom Lebensbaum. Sie hob den Kopf und sah Josef im dunklen Anzug, einen Rosenkranz um die Finger geschlungen, fremd und wächsern, aber mit einem ganz kleinen verwunderten Lächeln, einem Lächeln, das sie kannte und doch nicht kannte. Sie hatte schreckliche Sehnsucht, seine Wangen zu streicheln, und eine große Scheu davor, das lag nicht nur an den Menschen ringsum. Die Michalek berührte ihren Arm, da sprühte sie Weihwasser in den Sarg und ging weiter, spürte den Blick der alten Frau, zu der sich Peter herabbeugte. Sie trat zur Seite, reichte den Zweig an die nächste in der Reihe weiter.

»Ist dir kalt?« fragte die Michalek draußen. Nein, ihr war nicht kalt. Ihr war gar nichts. Sie war völlig damit beschäftigt, dazustehen. Der Kirchturm schwankte, die Gesichter der Leute wurden länger und kürzer, breiter und schmäler. Ein Krähenschwarm zerkratzte den Himmel. Schläge dröhnten im Haus. Die Michalek flüsterte irgend etwas, Rosa verstand nicht, aber das war gleichgültig, sie mußte nur stehen, fallen durfte sie nicht. Der Pfarrer im schwarzen Ornat ging ins Haus, gefolgt von den Ministranten, fünf, sieben, oder acht? Weihrauchschwaden waberten über die Menge. Zwei Hunde bellten, einer mußte sehr groß sein, die Stimme klang tief und voll, der andere kläffte schrill. Wo war Barry? Sechs Männer trugen den Sarg aus dem Haus, einer davon war Peter. Die Michalek kniff Rosas Arm. »Jetzt darfst du nicht ohnmächtig werden, Mädel, später von mir aus, jetzt nicht. Atmen, tief atmen.«

Atmen, tief atmen, und dann gehen die Füße tatsächlich, reihen sich in den Trauerzug ein, ziemlich weit hinten bei den alten Frauen, und rundherum Gemurmel, gebenedeit ist die Frucht deines Leibes Jesus, den du o Jungfrau, nein, der für uns, du o Jungfrau ist nur im Freudenreichen, aber heute ist der Tag des Schmerzensreichen. Da vorne geht die Mutter zwischen zwei Töchtern oder Schwiegertöchtern. Ganz gerade geht sie direkt hinter dem Sarg. »Atmen!« Wie streng die Michalek klingt. Bohrt drei Fingernägel tief in Rosas Handgelenk. Der Sarg schwankt. Helles Holz ist das, Fichtenholz? Josef hätte es gewußt, natürlich hätte er es gewußt. Josef. Das Tor der Kirche steht weit offen, behutsam stellen die Männer den Sarg auf das Podest. Die Orgel läßt die Säulen schwanken. Die Lichter rund um das Altarbild reißen die Mäuler auf, beginnen sich zu drehen. Nur der Sarg steht fest. Die Michalek zieht Rosa zur letzten Bank, drückt sie auf den Sitz. Der Chorgesang rollt in Wellen über sie hinweg. Sie klammert sich an die Hand der Michalek, läßt sich treiben. Josefs Gesicht taucht auf, dieses spezielle Lächeln, wenn er merkte, wie sehr sie darauf wartete, daß er in sie eindrang, gleich darauf schiebt sich das wächserne Gesicht darüber. Sie reißt die Augen auf, die Lider müssen festgeklebt sein, sie knattern, nein, nicht knattern, wie heißt dieses Geräusch, egal.

Der Pfarrer dreht sich um und segnet die Gemeinde.

Die Glocken beginnen zu läuten, wie laut die sind, die Klöppel schwingen in Rosas Kopf, schlagen an ihre Schädeldecke. Die sechs Männer heben den Sarg auf ihre Schultern, die alte Frau geht hinter ihnen, sie weint nicht, aber Rosa sieht, wie sich Josefs Mutter mit ihren Blicken an dem Sarg festhält, von dem Sarg weitergezogen wird, hinaus auf den Friedhof. Die Trauergäste schließen sich an, langsam kommt Ordnung in den Zug, nur ein paar kleine Kinder laufen hin und her. Die Blaskapelle setzt ein, der Wind trägt einem Hornisten den Hut davon, ein Bub springt aus der Reihe, rennt hinter dem Hut her, der zwischen den Gräbern torkelt. Der Wind wird immer stärker, dreht, kommt von vorne, sticht Staub in die Gesichter, bald laufen allen Tränen über die Wangen.

Der Zug stockt, Rosa stößt an die Frau, die vor ihr geht, die dreht sich um, mustert Rosa, die Michalek entschuldigt sich für sie. Wenn die Füße einmal verstanden haben, daß sie gehen müssen, setzen sie Schritt vor Schritt, gehen weiter bis ans Ende der Welt. Der Sarg vorne ist nicht mehr zu sehen, die Männer müssen ihn abgestellt haben. Eine Winde quietscht, der Pfarrer spricht, seine Worte werden zu weißen Fahnen vor seinem Mund, treiben davon.

Langsam wird Rosa vorgeschoben, der Totengräber drückt ihr eine kleine Schaufel in die Hand. Sie schaut hinunter in die Grube, viel Erde liegt schon auf dem Sarg, nur hier und dort schimmert noch das helle Holz durch. Erst als die Michalek sie anstößt, leert Rosa ihr Schäufelchen in das Grab und läßt den Huflattich hinunterfallen, der sich in ihrer Hand geöffnet hat zu einer kleinen gelben Sonne. Die Michalek schiebt sie weiter. Ein Stück weiter vorne steht Josefs Mutter zwischen ihren Söhnen, überläßt allen, die vorübergehen, kurz ihre Hand. Peter sagt etwas zu Rosa, sie versteht ihn nicht, läßt sich von der Michalek auf die Straße führen, an der Kirche vorbei. Das Tor des Trauerhauses steht offen. Als sie vorbeigehen, kommt Barry herausgeschossen, springt an Rosa hoch, leckt ihre Hände, legt die Pfoten auf ihre Schultern, wirft sie um. Aus dem Haus schreit jemand nach dem Hund, der umkreist Rosa, sie kniet sich auf dem Gehweg hin, streichelt ihn. Er leckt ihre Wangen ab, bis die Michalek streng sagt, die Leute kommen schon, und sie wegzieht zum Kastenwagen, in dem der Koschinetz ungeduldig aufs Lenkrad trommelt.

Die Michalek schiebt Rosa in den Wagen, setzt sich seufzend. Sie hätten nicht kommen sollen, murmelt sie, das habe alles nur noch schlimmer gemacht, aber Rosa schüttelt den Kopf. Sie sei froh, daß sie wenigstens beim Begräbnis war, flüstert sie. Barry rennt dem Wagen nach, plötzlich packt ihn ein Mann am Halsband und versucht ihn von der Straße zu zerren, aber Barry setzt sich mitten auf die Straße und Rosa blickt zurück, bis die Straße eine Kurve macht und er nicht mehr zu sehen ist. »In dem großen Hof ist er besser dran«, behauptet die Michalek, »du hast doch gesehen, das sind freundliche Leute.«

Während sie über den Riederberg fuhren, ging der Mond auf, eine blasse, helle Sichel. Die Michalek führte Rosa ganz selbstverständlich an der Hand hinauf in ihre Wohnung, drängte ihr einen Teller Einbrennsuppe mit Kümmel auf und verfolgte den Weg eines jeden Löffels bis zum Mund mit strenger Miene. Die Suppe gluckerte in Rosas Magen, aber sie blieb drin.

»Wenn du mir was sagen willst, dann tu's, aber zwingen

werd ich dich nicht.« Rosa nickte, schüttelte den Kopf, nickte wieder. Die Michalek stand auf, holte die Weinbrandflasche aus der Anrichte, goß einen reichlichen Schluck in ihren Tee, dann auch ohne zu fragen in Rosas Tasse. Das sei jetzt Medizin, nicht Alkohol. Sie griff nach einer Serviette, stöhnte, weil sie sich zu weit gestreckt hatte, begann an einem besonders komplizierten Monogramm zu sticheln. Warten sei weniger anstrengend, wenn die Hände etwas zu tun hätten. Der ungewohnte Weinbrand stieg Rosa zu Kopf. Sie wußte, wie gut es ihr täte, sich der Michalek anzuvertrauen, sie wollte ihr sagen, wie dankbar sie sei für alles, und fand keinen Anfang, um das wirre Knäuel aufzudröseln, das ihr die Luft zum Atmen nahm, sie völlig ausfüllte. Statt der Worte kamen Tränen. Die Michalek tätschelte Rosa den Rücken und die Hände, wischte ihr mit dem eigenen Taschentuch die Tränen ab, gab ihr ein zweites zum Schneuzen.

»Ich muß ja nur weinen, weil Sie so gut zu mir sind«, schluchzte Rosa.

»Was für ein Blödsinn. Ich hätt dich für gescheiter gehalten.« Die Michalek ging Wasser für eine Wärmflasche aufstellen. Als sie zurückkam, drehte sie den Radioapparat an, zum ersten Mal seit Josefs Tod. »Alles hat seine Zeit«, murmelte sie. »Die Nachrichten sind auch nicht das, was man zum Aufheitern braucht, aber hören muß ich sie trotzdem.«

Schwermütige Musik tönte aus dem Apparat, machte das Weinen leichter, löste den Krampf. Rosa legte die Stirn auf ihre gekreuzten Unterarme, wiegte sich hin und her.

Plötzlich rief die Michalek: »Hör dir das an!« Über ihrem eigenen Schnüffeln und dem empörten Schnauben der Michalek verstand Rosa nur hier und da ein Wort aus dem Gebrüll. Die Michalek stand auf, trat ans Fenster, kam zurück, blieb vor Rosa stehen. »Ich hab noch zu tun. Du gehst besser schlafen. Morgen reden wir weiter.«

Rosa hörte sie noch lange hin- und hergehen, Laden öffnen, Papier rascheln. Sie spürte eine Bedrohung, obwohl oder vielleicht sogar weil sie gar nichts wußte, früher hatte sie manchmal gefragt, aber die Mutter hatte gesagt, Politik gehe sie nichts an, die sei schuld daran, daß der Vater zu saufen begonnen hatte, und sie solle sich lieber um ihre Aufgaben kümmern, es hatte sie auch nicht so besonders interessiert. Wenn im Wirtshaus einer von diesem Hitler anfing, gab es Streit, manchmal gingen Stühle drauf, und in jedem Fall gab es zerbrochenes Glas aufzukehren. Wie die Michalek dreingeschaut hatte, voller Angst. Es gab keine Sicherheit auf der Welt. Wo war Josef jetzt? Er hatte nicht gebeichtet, und weil sie nicht verheiratet waren, war alles Sünde, was sie miteinander getan hatten. »Nein«, sagte sie halblaut, »das war keine Sünde, das war gut, und schön war es auch, und der Josef ist im Himmel, wenn es einen Himmel gibt, und woher will der Herr Pfarrer wissen, wie es dort zugeht? Josef, wo immer du bist, hol mich zu dir.« Ihr Bauch zog und spannte, wenn sie die Hände draufdrückte, ließ der Schmerz nach. Es tat ihr leid, daß sie nicht mit Josefs Mutter gesprochen hatte, aber was hätte sie sagen können? Irgendwann schlief sie ein, irrte durch einen dunklen Gang mit vielen Türen, hinter einer davon wartete Josef, aber sie machte immer die falsche auf und der Gang dröhnte vom Echo brüllenden Gelächters. Als sie aufwachte, waren ihre Schenkel feucht und klebrig, das Nachthemd voll Blut. Auch auf dem Laken waren Flecke. So leise sie konnte stieg sie aus dem Bett und schlich zum Klo. Sie hatte nichts mitgenommen, keinen Bindengürtel, nichts, klemmte sich die Unterhose zwischen die Beine. Die Schlafzimmertür knarrte, die Michalek kam auf Rosa zu, nahm sie in die Arme, drückte sie an ihren weichen Busen, schob sie ins Badezimmer. »Ich such dir was, irgendwo muss ich noch was haben.«

Rosa liefen die Tränen über die Wangen. Sie hatte Angst gehabt, schwanger zu sein, Angst davor, es der Mutter zu sagen, jetzt war sie nicht erleichtert, nur traurig. Zu ihren Füßen bildete sich eine hellrote Pfütze. Sie konnte kein Bodentuch finden. Die Michalek brachte eines von ihren eigenen riesigen Nachthemden und Binden aus Zellstoff, so etwas hatte Rosa noch nie gesehen.

Später saßen sie am Küchentisch und tranken Tee aus Apfelschalen und Himmelschlüsselblüten. »Jetzt bist du traurig, gelt? Aber glaub mir, das ist keine gute Welt für ein Kind. Der Hitler wird kommen, das steht einmal fest, und dann gnade uns Gott.« Wie dem auch sei, die Leute würden ihre Hochzeiten trotzdem feiern, und bis dann müßten diese Kissenbezüge und die Tischtücher fertig sein, so oder so. Auch in den verrücktesten Zeiten gebe es Dinge, auf die man sich verlassen könne, und dazu gehöre, daß Mütter es als Weltuntergang ansähen, wenn ihre Töchter ohne die entsprechende Menge säuberlich gestickter Wäsche in die Ehe gingen. Übrigens werde sie sich in den nächsten Tagen umhören um eine andere Stelle für Rosa. Rosa erschrak. Sie werde wieder ordentlich arbeiten, versprach sie. Morgen, nein, jetzt gleich.

»Kind Gottes, so dumm kann doch eine allein gar nicht sein! Weißt du denn nicht, daß ich Jüdin bin?«

»Wieso?«

Die Michalek schüttelte den Kopf über so viel Dummheit. Weil sie zwei jüdische Großmütter und einen jüdischen Großvater habe. Ein Viertel zuviel nach diesen schwachsinnigen Gesetzen zum Schutz des deutschen Blutes. Wobei die eine Großmutter bei jedem Rosenkranz Vorbeterin gewesen sei und die andere jeden Samstag die Kirche geputzt habe. »Wenn der Hitler kommt, wirst du nicht mehr bei mir arbeiten dürfen. Aber das heißt noch lange nicht, daß heute nicht gearbeitet wird.«

Sie schien plötzlich wieder unnahbar wie in den ersten Wochen, ein ganz anderer Mensch. Beim Durchpausen der Monogramme auf die Servietten mußte man es vermeiden, das Blaupapier mit dem Handballen zu berühren, sonst gab es Flecke auf dem Damast. Als sie damit fertig war, sagte die Michalek, sie werde hier alles verkaufen, falls es sich noch verkaufen lasse, und zu den Verwandten fahren, die in der Nähe von Prag lebten. Das würde zwar ganz und gar nicht unschwierig sein, die Kusinen hätten sie eingeladen, aber sie seien sehr fromm, sie selbst wisse sich wahrscheinlich gar nicht zu benehmen in einem koscheren Haus, aber vielleicht sei es gut, das zu lernen, wenn man sie schon zur Jüdin mache, dann könne sie gleich eine richtige Jüdin sein.

Rosa verstand nichts. »Die Großmütter waren doch katholisch, oder habe ich mich verhört?«

»Du bist ja doch ein kluges Mädchen«, stellte die Michalek fest, und als sie Rosas verständnisloses Gesicht sah, fügte sie hinzu, es sei ein Zeichen von Klugheit, wenn man den Rassenwahn der Nazis nicht verstehe. Gleich darauf fiel ihr Blick auf einen zu lang geratenen Stich, und Rosa mußte zum ersten Mal seit langer Zeit etwas auftrennen.

Vier Tage nach Josefs Begräbnis schickte die Michalek Rosa nach Hause. Sie müsse sich ja doch daran gewöhnen, wieder dort zu wohnen, so leid es ihr tue. Abgesehen von allem anderen würden die Leute anfangen zu reden, und in diesen Zeiten könne das gefährlich werden. Der Vater nickte bloß, die Mutter musterte sie, als sähe sie ihre Tochter zum ersten Mal. Sie sagte jetzt bitte, wenn sie etwas von Rosa verlangte. Rosa fühlte sich fremd im Gasthaus, noch fremder in dem Zimmer, in dem sie geschlafen hatte, seit sie denken konnte. Sie fürchtete sich vor Weihnachten.

Immer wieder erwischte sie sich dabei, wie ihr Blick beim Hinaustreten aus dem Haus der Michalek zu dem Zaun flackerte, an den gelehnt Josef immer gestanden war, ein Bein auf die niedrige Mauer gestützt, in der rechten Hand Barrys Leine. Immer wieder meinte sie, Barry bellen zu hören. Immer wieder dachte sie, wenn sie etwas Interessantes hörte oder sah, das muß ich Josef erzählen. Du bist beschlossen in meinem Herzen, las eine angenehm tiefe Stimme im Radio. Josef war nicht nur in ihrem Herzen, er war in der Luft, die sie atmete, in ihrer Haut, überall, und gleichzeitig fehlte er ihr, fehlte ihr so sehr, eine offene Wunde, an die sie immer wieder anstieß. Abends im Bett trommelte sie mit beiden Fäusten an ihre Schlüsselbeine, an ihre Rippen, an ihre Unterarme, bis der Schmerz ein ungenügendes Gegengewicht bot gegen den ziehenden größeren Schmerz.

Die Mutter stellte eine kleine Fichte in die Gaststube, hängte bunte Kugeln daran und steckte fünf Kerzen an die Äste, die nie entzündet wurden. Sie schenkte Rosa eine Garnitur Unterwäsche aus graublauem Flanell, innen gerauht. Rosa hatte ein Tischtuch für sie genäht. Die Mutter strich über das Leinen, betrachtete das Muster aus gezogenen Fäden, legte das Päckchen zur Seite. Wo solle sie das denn um Himmels willen auflegen? Auf einen der Tische hier, wo der Bierschaum über den Rand der Gläser rinnen mußte, sonst beschwerten sich die Gäste, es sei nicht gut eingeschenkt? »Aber vielen Dank, lieb von dir.« Sie holte drei Scheiter, um nachzulegen. Der kleine Ofen glühte. Früher einmal hatten sie am Heiligen Abend um sechs Uhr geschlossen, heute meinte die Mutter, sie könne die beiden Männer, die, einer in der linken, einer in der rechten Fensternische, jeder allein an einem Tisch, in ihr Bier stierten, nicht hinauswerfen. Es sei einfach zu frostig geworden, acht unter Null, aber keine Rede von weißen Weihnachten. Ob Rosa ausnahmsweise ein Glas Wein mit ihr trinken würde? Rosa war drauf und dran abzulehnen, da sah sie den Hunger in den Augen der Mutter und nickte. Wo der Vater war, wußte sie nicht, es interessierte sie auch nicht.

Sie saßen einander gegenüber vor der Fichte, die schon jetzt Nadeln auf den Tisch geregnet hatte, räusperten sich abwechselnd und wußten nichts zu sagen. Als der Mann am linken Tisch »Noch ein Bier!« rief und die Mutter aufsprang, ging Rosa. Oben im Zimmer zog sie eines der Handtücher mit dem Monogramm RJ unter den Nachthemden heraus, breitete es über ihr Kopfkissen. Wie glatt sich das anfühlte, kühl und glatt. Bartstoppeln. Einmal noch ihre Wange an seinen Bartstoppeln reiben, den Druck seines Schlüsselbeins fühlen, sein Gewicht auf ihrem Körper. Josef. Sie biß in ihre Fingerknöchel.

Am Jahresende gab ihr Frau Michalek den ganzen Lohn und noch 50 Schilling dazu. »Für ein gutes neues Jahr, hätt ich gern gesagt, aber gut wird das ganz sicher nicht.«

Rosa bedankte sich und schob zehn Schilling zurück. »Ich muß doch die Rate für den Mantel bezahlen.« Die Michalek schlug die Hände überm Kopf zusammen. »Kind Gottes, dir ist wirklich nicht zu helfen! Den Mantel werd ich dir wohl noch schenken dürfen. Manchmal glaub ich wirklich ...« Sie stand auf, ging zum Fenster, kam wieder zurück, legte ihre warme weiche Hand auf Rosas Hand. »Laß gut sein, ja?« Rosa konnte nur nicken.

Mitte Februar begann Frau Michalek zu packen. Was sich alles angesammelt habe in den vielen Jahren, brummte sie. Zuletzt sei es doch nur eine Last. Sie nahm keine neuen Aufträge mehr an, die alten erledigte sie mit derselben peniblen Sorgfalt wie früher. Ihre Wäsche kam auf drei Stapel, einen, den sie mitnehmen wollte, einen für Rosa, einen für die Hausmeisterin. Jeden Abend füllte sie einen Korb, den Rosa heimschleppte. In der Kommode war längst kein Platz mehr. »Wie gut, daß du noch keine Ausstattung hast«, stellte Frau Michalek fest. »Jetzt kriegst du eine mit RM drauf. Mußt halt einen Müller oder einen Mayer heiraten.«

Eine Ausstattung werde ich nie brauchen, dachte Rosa, aber sie bedankte sich für jedes neue Stück. Einmal fragte sie, wofür das R stehe.

Frau Michalek lachte zum ersten Mal seit Tagen. »Rudol-fine«, sagte sie spöttisch und zog die letzten beiden Silben endlos in die Länge. »Meine Mutter hat den Kronprinzen verehrt. Abgesehen davon war sie eine vernünftige Frau. Schade, daß du noch nicht volljährig bist, wenn du eine Wohnung hättest, könntest du die ganzen Möbel haben. Das wäre mir wahrhaftig lieber, als sie für den Bettel zu verkaufen, den ich jetzt noch dafür bekomme. Und es wird nicht lang dauern, da wird's noch weniger sein, glaub mir. Aber so lang warte ich nicht, ich geh, bevor sie mich rausschmeißen, die Bagage. Es ist ja ein Witz: Mein jüdischer Großvater hat im Weltkrieg für Kaiser und Vaterland gekämpft und ein Bein verloren, der christliche ist daheim geblieben und hat Geschäfte gemacht, nicht immer ganz saubere. Hinterher hat er sowieso alles verspekuliert, schlau wie er war.«

Obwohl sie so oft mit einem Armvoll Wäsche, einem Stapel Geschirr zur Hausmeisterin hinuntergehen mußte, obwohl sich Frau Michaleks Schränke und Schubladen leerten und der Durchgang im Vorzimmer von Schachteln verstellt war, konnte Rosa nicht glauben, daß Frau Michalek tatsächlich abreisen würde. Irgend etwas würde geschehen, mußte geschehen, warum sollte diesen Hitler nicht der Blitz treffen, warum sollte ihn nicht ein tollwütiger Hund beißen, warum sollte er nicht mit dem Flugzeug abstürzen? Doch dann kam der Tag, an dem sie Schuschnigg mit belegter Stimme »Gott schütze Österreich« sagen hörten und Frau Michalek zum Nordbahnhof fuhr, um sich eine Fahrkarte zu besorgen. Nach ihrer Rückkehr erklärte sie, sie würden heute diesen letzten Auftrag erledigen, dann solle Rosa die Nähmaschine mit nach Hause nehmen, die gehöre jetzt ihr, der Sohn der Hausmeisterin würde ihr tragen helfen, morgen würden sie nach Schönbrunn in den Tiergarten gehen und Abschied feiern. »Wehe dir, du kommst auf die Idee, Trübsal zu blasen, dann kriegst du die Kündigung.«

Als Rosa den Mantel anzog, den ihr Frau Michalek zum Begräbnis gekauft hatte, kämpfte sie mit den Tränen, aber dann erwischte sie sich dabei, wie sie über die wilden Verfolgungsjagden der kleinen Paviane, die Raufereien der Bärenjungen, das gravitätische Watscheln der Pinguine lächelte. Sie staunte über die Spatzen, die direkt neben den riesigen Elefantenfüßen herumhopsten und tschilpten, bewunderte die unendlich lange Zunge einer Giraffe, die ihr wie eine blaue Hand vorkam, bedauerte den schwarzen Panther, der in immergleicher Richtung an den Käfigstäben entlangtrabte. Frau Michalek führte sie in den Kaiserpavillon, sie tranken Kaffee und aßen Nußtorte. Zwischendurch wunderte sich Rosa, daß ihr nicht jeder Bissen im Hals steckenblieb. Nach dem Kaffee sahen sie, wie geschickt die Robben und Seehunde Fische aus der Luft auffingen, die ihnen ein Wärter zuwarf. Frau Michalek erzählte von einem Besuch im Tiergarten mit ihrem Großvater, ihrem jüdischen Großvater, sagte sie betont und schaute die zwei Frauen, die sie anstarrten, herausfordernd an.

»Auch noch stolz darauf, diese Person«, sagte die eine Frau, und »Das wird ihr bald vergehen«, die zweite. Frau Michalek lachte laut.

Sie fuhren mit der Stadtbahn zurück nach Hütteldorf. Frau Michalek schickte Rosa nach Hause, sie werde sich jetzt ein Fußbad machen, und morgen solle Rosa bitteschön pünktlich um sechs kommen, es gebe genug zu schleppen, um sieben komme Herr Koschinetz mit seinem Lieferwagen, und um halb neun gehe der Zug. Zahlen, genaue Zeitangaben, dennoch nicht ganz wirklich.

Rosa wachte viel zu früh auf, hatte Angst davor, noch einmal einzuschlafen und dann vielleicht zu verschlafen, stand kurz nach halb sechs vor dem Haustor. Natürlich war es noch verschlossen, auch kein Licht in der Hausmeisterwohnung. Sie überquerte die Straße, blickte hinauf zu Frau Michaleks Wohnung. Plötzlich merkte sie, daß sie an Josefs Platz stand. Sie hielt sich am Zaun fest, bis das Haus wieder stillstand.

Etwas klirrte auf das Pflaster, sie brauchte eine Weile, bis ihr klarwurde, daß es ein Schlüssel war, den Frau Michalek aus dem Fenster geworfen hatte, daß sie hinaufgehen konnte. Gemeinsam mit Herrn Koschinetz trug Rosa Koffer und Kartons zum Wagen, Frau Michalek lief in der Wohnung herum und war im Weg. »Das Radio holst du gefälligst später«, herrschte sie Rosa an, »du glaubst doch nicht wirklich, daß ich den schweren Kasten mitschleppe? Womöglich ist der gar nicht koscher.« Als Rosa sich bedanken wollte, schlug Frau Michalek die Hände über dem Kopf zusammen und erklärte, sie sei wahrhaftig froh, daß ihr dieses strohdumme Kind bald nicht mehr auf die Nerven gehen werde.

Der Bahnhof kam Rosa vor wie eine Kirche, aber voll von Stampfen und Schreien und Rauch, das paßte doch nicht, war verwirrend, verwirrend auch die Menschen, die hin und her liefen, die hoch beladenen Karren der Gepäckträger, die vielen Gleise. Frau Michalek schickte Rosa und Herrn Koschinetz weg, sobald sie einen Platz gefunden hatte und ihr Gepäck verstaut war. Abschiede könne sie nicht leiden, und es könne sowieso nicht lange dauern, bis der Teufel diesen Kerl hole, inzwischen solle Rosa nicht vergessen, die Nähmaschine zu ölen und abends zuzudecken, der Staub sei schädlich, und den Wohnungsschlüssel müsse sie der Hausmeisterin bringen. Als sie Rosa umarmte, begannen die Tränen zu fließen, die sie so mühsam hinuntergeschluckt hatte. »Dumme Kuh«, flüsterte Frau Michalek, drückte Rosa kurz an sich und schob sie zur Tür.

Herr Koschinetz begleitete Rosa hinauf, Frau Michalek

habe ihm aufgetragen, sie mit dem Radioapparat nach Hause zu bringen. Als sie in den zweiten Stock kamen, stand die Wohnungstür offen und der Radioapparat war verschwunden. Die Hausmeisterin wußte von nichts.

Schon am nächsten Tag erschien eine Frau im Gasthaus, setzte sich in die Fensternische und redete verschwörerisch auf die Mutter ein. Nach einiger Zeit rief sie Rosa, beugte sich weit vor, berührte Rosas Wange mit dem Zeigefinger, zog ihr Augenlid nach unten, verlangte ihre Zähne zu sehen, nickte schließlich und meinte, sie würde es mit ihr versuchen. Den Likör bezahlte sie nicht.

»Zu der gehe ich nicht«, sagte Rosa. »Die Frau Michalek hat mich an eine Freundin empfohlen.«

Die Mutter zog Rosa in die Vorratskammer. Ob sie denn von allen guten Geistern verlassen sei. Sie müsse froh sein, überhaupt eine Stelle zu finden, eine Empfehlung von einer Jüdin sei das letzte, da wäre eine vorbestrafte Diebin noch besser dran, und überhaupt jetzt, wo der Vater endlich Aussichten habe und es garantiert aufwärts gehen werde. Jetzt sei es aus mit den Frechheiten, ein Glück nur, daß diese Michalek – sie sagte den Namen, als wäre es ein Schimpfwort – weg sei, immer habe sie Rosa gegen ihre Eltern aufgehußt, jetzt würden andere Saiten aufgezogen.

»Bis jetzt hast du geschimpft auf die Nazibagage«, sagte Rosa und bekam eine Ohrfeige, die sie gegen die Kartoffelsäcke warf. Aus der Wirtsstube schallte zum zweiten Mal der Ruf nach einem Bier, die Mutter schlurfte hinaus. Rosa blieb an die Wand gelehnt stehen. Im Grunde war es egal, was sie tat, was sie nicht tat. Es war egal, für wen sie arbeitete, welchen Lohn sie bekam, sie mußte ihn ohnehin abgeben. Frau Michalek war noch eine Brücke zu Josef gewesen. Jetzt war auch sie fort. Es war nicht so sehr Trauer, es war dieses furchtbare, endgültige Nicht-Dasein, an dem alles abprallte. Rosa betrachtete ihre Hände. Die hatten Josef gestreichelt.

Als sie zum ersten Mal zur neuen Arbeitsstelle ging, dröhnte vom Wiental herüber Motorenlärm, Rasseln, Klirren, Stampfen, ein Gewirr von Stimmen, Hupen, aber es kümmerte sie nicht, und als die Schrader sagte, dies sei ein großer Tag, nickte sie nur, was die Schrader ärgerte und zu einer langen Rede über Deutschland und Stolz und Heimkehr führte und wie dankbar Rosa sein müsse, nicht mehr dem zersetzenden jüdischen Einfluß ausgeliefert zu sein. Rosa beugte sich über das Tischtuch, das sie zu säumen hatte, schwieg auch, als die Schrader erklärte, ein so blödes Mädel sei ihr noch nie untergekommen, aber gut, schön dumm sei auch schön.

Noch am Abend war das Gasthaus voll mit Männern, die offenbar schon oft auf die neue, große Zeit getrunken hatten. Als sie endlich gingen, mußte Rosa den angekotzten Abort putzen, der im Urin schwamm. Würgend und hustend kam sie heraus, der Vater lachte schallend, die Mutter schimpfte über ihre Zimperlichkeit.

Am 2. April bekam Rosa frei. Die Eltern waren entsetzt, daß sie nicht mit auf den Heldenplatz gehen wollte. Wie man auf diese Gelegenheit verzichten konnte, das würden sie nie verstehen. »Denk doch, wir werden unseren Führer sehen!« Rosa behauptete, sie hätte arge Kopfschmerzen. Nach einem Griff an ihre Stirn stellte die Mutter fest, daß sie sich tatsächlich ziemlich heiß anfühle, worauf der Vater erklärte, bei einer so unglaublich blöden

Mutter wäre es ein Wunder, wenn die Tochter kein Trottel wäre.

Sie kamen Arm in Arm zurück. Rosa konnte sich nicht erinnern, sie je so gesehen zu haben, dabei war der Vater nicht einmal betrunken.

Am nächsten Tag kaufte er einen Volksempfänger. Wenn Hitler oder Goebbels im Radio eine Rede hielten, duldete er keine Gespräche in der Wirtsstube. Die Gäste ließen es sich gefallen.

Morgens und abends machte Rosa immer noch den Umweg über die Gasse, in der Josef gewohnt hatte. Einmal kam ein Mann aus dem Tor, der Rosa nach Atem ringen ließ. Sie ging einen Schritt näher, blieb stehen, der Mann sah Josef überhaupt nicht ähnlich, ging nur ähnlich wie er, federnd, erwartungsvoll, als warte etwas Besonderes am Ende der Gasse. Wenn sie nicht genau schaute, sah sie immer wieder aus dem Augenwinkel, im Wegblicken gleichsam, Josefs Haarschopf, die Art, wie er den Kopf trug, wie er mit einem Stöckchen einen Maschenzaun zum Klingen brachte. Danach war sie einsamer als zuvor.

Die Schrader hatte oft Besuch, eine ältere Frau, die Rosa jedes fertige Stück aus der Hand nahm, entfaltete, nah an ihre Augen führte, hin und her drehte, seufzte, es dann mit allen Anzeichen angewiderter Unzufriedenheit auf den Tisch warf und erklärte, heutzutage könne man wohl nichts Besseres erwarten, die Mädchen wären ja samt und sonders nur aufs Vergnügen aus, und es sei schließlich kein Wunder, was solle man bei einer Jüdin auch lernen. Manchmal gelang es Rosa wegzuhören, öfter aber trafen die Nadelstiche, und sie schluckte schwer an der Scham darüber, daß sie Frau Michalek nicht verteidigte.

An einem Samstagabend, als sie gerade fertig war mit dem Putzen der Gaststube und nur noch den Müll hinaustragen wollte, fiel ihr Blick auf einen Umschlag im Papierkorb, der an sie adressiert war. Sie leerte den Inhalt auf den Fußboden, sah in kleine Schnipsel zerrissene Blätter und erkannte Frau Michaleks Handschrift. Als sie versuchte, die Fetzen zusammenzusetzen, kam die Mutter, begann zu schimpfen.

Rosa sprang auf, hielt ihr den Umschlag entgegen. Ohne das geringste Anzeichen von schlechtem Gewissen erklärte die Mutter, sie und der Vater hätten beschlossen, Rosa zu schützen vor den Schwierigkeiten, in die sie unweigerlich kommen müsse, wenn sie weiter Kontakt zu dieser Jüdin habe. Die Mutter begann die Zettel aufzuklauben und zusammenzuknüllen. Rosa packte ihr Handgelenk, entwand ihr die Fragmente, wobei viele weiter einrissen, ließ die Tobende einfach stehen inmitten des Wusts von Papier, ging in ihr Zimmer, breitete die Schnipsel auf dem Bett aus. Es fehlte so viel, der Inhalt des Briefes ließ sich nur lückenhaft erahnen, aber die Wärme war da. Sie habe inzwischen wenigstens gelernt, sich in einem frommen Haus zu benehmen, schrieb Frau Michalek, aber sie würde zu gern wieder mit Rosa Radio hören. Immerhin hab ich die Adresse, dachte Rosa, ich werde ihr schreiben und mit dem Briefträger reden, daß er meine Briefe nicht der Mutter gibt. Er wird glauben, ich hätte einen Verehrer. Soll er nur.

Da waren sie, die schweren Schritte der Mutter auf der Treppe, gleich würde sie die Tür aufreißen, geklopft hatte sie noch nie, Rosa raffte die Zettel zusammen, stopfte sie in ihre Schürzentasche. Solange die Frau Michalek noch da war, hätte sie einen Platz gehabt, wo sie etwas Privates aufheben konnte, aber solange die Frau Michalek da war, hätte sie ihr nicht geschrieben. Josef hatte ihr auch nie geschrieben.

Die Mutter setzte zu einer langen, von Schluchzen unterbrochenen Rede über die Undankbarkeit ihrer Töchter an. Rosa vermied es, ihr ins Gesicht zu schauen. Ich muß Briefpapier kaufen, dachte sie, und Marken. Auf der Post ist ein Pult, dort kann ich schreiben. Sie habe doch immer nur das Beste für ihre Kinder gewollt, jammerte die Mutter, und keine Stütze, alles habe sie allein machen müssen, im Gasthaus und überhaupt, wenn sie noch einmal jung wäre, keinem Kind würde sie mehr das Leben schenken, sie nicht.

»Ich hab dich nicht drum gefragt«, sagte Rosa.

Die Mutter war noch in Tränen aufgelöst, als der Vater früher als sonst nach Hause kam. Er zog den Gürtel aus der Hose und verprügelte Rosa. Die Schnalle schnitt eine tiefe Wunde in ihre Wange. Die Mutter kam mit der Jodflasche, Rosa nahm sie ihr aus der Hand, tupfte selbst Jod auf die Wunde, rührte auch ihr Abendessen nicht an. Am nächsten Tag besorgte sie in der Mittagspause einen Umschlag und ein Blatt – die Verkäuferin musterte sie von oben bis unten und fragte, ob sie vielleicht nur ein halbes Blatt wolle. Als Rosa dann den Tintenstift ansetzte – eine Füllfeder besaß sie nicht, und die Stahlfeder aus der Schulzeit war längst irgendwo verschwunden –, wußte sie keine Wörter für das, was sie Frau Michalek sagen wollte, und ihre Schrift sah furchtbar krakelig aus. Es wurde ein kurzer Brief, und dennoch der längste, den Rosa in ihrem Leben schreiben sollte. Als sie auf dem Postamt eine Auslandsmarke verlangte, sagte der Beamte, bald würde eine Inlandsmarke genügen, Heil Hitler.

Auf dem Weg zurück zur Arbeit sah sie die eingeschlagene Scheibe im Schaufenster des Kleidergeschäfts und den Zettel mit der Aufschrift JUDE. Herr Meyer stand hinter der Glastür, sie grüßte, er fuhr zusammen, als hätte sie ihn erschreckt.

Die Schrader zeigte anklagend auf die Uhr in der Werkstatt. Sechs Minuten zu spät sei Rosa gekommen, sie hoffe doch sehr, daß das nicht einreißen würde, sonst könne sie sich um eine neue Stelle umsehen.

Die Wunde an Rosas Wange heilte schlecht. Jeden Tag erklärte die Mutter, Rosa sei selbst schuld, warum müsse sie den Vater immer reizen. Rosa antwortete nicht, sie redete überhaupt kaum mehr. Manchmal hatte sie das Gefühl, daß ihr die Lippen zuwuchsen, wenn sie doch den Mund aufmachen mußte, rissen Hautfetzen ab.

An einem Montag lagen auf dem Arbeitstisch keine Damaste, kein Batist, kein Leinen, sondern Drillich. Ab sofort seien Uniformhemden zu nähen, für Ajoursäume und Monogrammstickereien werde später genug Zeit sein, jetzt müsse erst einmal aufgeräumt werden in Europa, der Führer sei zwar für den Frieden, aber so wie es ausschaue, werde ihm nichts anderes übrigbleiben, als in den Krieg zu ziehen, um seine gerechten Ansprüche durchzusetzen. Rosa plagte sich sehr mit den Kragen, am ersten Tag mußte sie jeden zweiten abtrennen und neu annähen, weil sie schief saßen. Erst nach zehn ließ die Schrader sie gehen, und die Mutter zeterte, ob das denn jetzt schon wieder anfange und wer der Kerl sei.

Seit einigen Wochen saß jeden Abend ein grauhaariger Mann in der Wirtsstube bei einem kleinen Bier und grüßte sehr freundlich. An einem Freitag stand er auf, als Rosa hereinkam, und bat sie, sich zu ihm zu setzen. Sie wollte schon ablehnen, da sah sie die Mutter heftig nicken. Er schob ihr einen Stuhl zurecht, stellte sich vor. Müller heiße er, Ferdinand Müller, Schneider, seit vierzehn Monaten Witwer, er habe eine eigene Werkstatt, nichts Großes, aber genug zum Leben, das Haus sei in Ordnung, zwei Zimmer, ein großes Kabinett, und er bitte sie, seine Frau zu werden. Er sei natürlich kein Jüngling, neunundvierzig Jahre alt, sie müsse auch nicht gleich antworten, sie könne sich erkundigen bei allen Leuten, seine Frau habe es gut gehabt bei ihm, wenn Rosa sich entschließen könnte, ihn zu heiraten, würde er sie ehren und lieben. Tanzen könne er nicht.

»Ich auch nicht«, sagte sie, da lächelte er, und die Falten in seinem Gesicht sahen nicht mehr so streng aus. Er werde jetzt gehen und am Sonntag wiederkommen, wenn es ihr recht sei.

Sie reichte ihm zum Abschied die Hand, er hatte einen guten Händedruck, fest, aber nicht hart. Kaum hatte er die Tür hinter sich geschlossen, fiel die Mutter über Rosa her, aber bevor sie richtig in Fahrt kommen konnte, füllte sich die Gaststube mit SA-Männern, und Rosa war ausnahmsweise froh, sie zu sehen, brachte Bier, spülte Krüge und Gläser, schnitt Brot und Wurst auf, wich grabschenden Händen aus. Der Vater gab eine Runde aus, die Männer grölten ihre Lieder, bei denen es Rosa kalt über den Rücken lief. Gegen Mitternacht zogen sie ab, die Mutter hockte erschöpft in einer Ecke, sagte nichts, als Rosa die letzten Gläser auf ein Handtuch stülpte und hinaufging.

Ferdinand Müller. Sie liebte ihn nicht, würde nie wieder einen lieben, wie sie Josef geliebt hatte. Aber er war freundlich, er würde sie gewiß nicht prügeln. Sie würde einen eigenen Schrank haben, in den konnte sie das ganze schöne Leinen von Frau Michalek schlichten, lauter gerade Stapel, Kante auf Kante. Das M auf den Handtüchern und Servietten war dann auch richtig. Sie würde ein ordentliches Haus führen und ihm eine treue Frau sein. Und die Schrader konnte sie gern haben. Wenn die Frau Michalek noch da wäre, wäre alles anders gekommen.

Fünf Wochen später heirateten Rosa und Ferdinand in der Pfarrkirche zum heiligen Andreas. Die Mutter hatte ihr ein dunkelblaues Kostüm gekauft und eine weiße Bluse dazu. Es war kalt, aber Rosa weigerte sich, den Mantel anzuziehen, den ihr Frau Michalek geschenkt hatte, der war für Josefs Begräbnis gewesen, sie würde ihn weiter tragen, natürlich, aber nicht zu ihrer Hochzeit. Anna, die älteste Schwester, hätte Rosa auf der Straße gar nicht erkannt, sie lebte seit ein paar Jahren mit Mann und Tochter in der Nähe von Stuttgart und war nur zufällig in Wien. Hilde kam am Arm ihres Mannes mit den beiden Söhnen, alle drei in SA-Uniform. Vor der Kirche packte der Vater Rosas Arm und führte sie in die Kirche. Sie wunderte sich, wie viele Leute gekommen waren. Der Herr Koschinetz zwinkerte ihr zu, auch die Schrader stand da mit einem veilchengeschmückten Hut auf dem Kopf. Ferdinand wartete vor dem Altar, fremd sah er aus in seinem schwarzen Anzug, die Haare glatt zurückgekämmt. Er strahlte Rosa entgegen. Sie hatte geschwitzt, als sie ihm die Wahrheit über Josef sagte. Er sei auch keine Jungfrau, hatte er erwidert, und wie hätte sie ihm treu sein können, als sie ihn noch gar nicht kannte? Der Pfarrer redete vom kleinen Glück in großen Zeiten. Der Vater gähnte laut, die SA-Männer scharrten mit den Füßen, Hilde boxte einen von ihren Söhnen mit dem Ellbogen an, darauf saßen sie still. Die Mutter schluchzte in ihr Taschentuch, wie es sich gehörte. Anna blickte gerade vor sich hin, eine tiefe Längsfalte auf der Stirn.

Das Hochzeitsessen fand in der Wirtsstube statt, es gab Grießnockerlsuppe, Schweinsbraten mit Kraut und Knödeln und eine Torte, die Anna selbst gebacken und der Konditor mit weißen und roten Rosen verziert hatte. Der Vater schenkte immer wieder Wein nach, sich selbst am meisten. Nach dem dritten oder vierten Glas erzählte der ältere von Hildes Söhnen unter Prusten und Schenkelklopfen, welcher Spaß es gewesen sei, die Juden beim Gehsteigputzen zu beaufsichtigen, eine richtige Hetz, besser als Kirtag, und wie die geflennt hätten, besonders als ein Kamerad dem Alten die Schläfenlocken abschnitt, das war vielleicht ein Gezeter! Rosa sah eine Ader an Ferdinands Hals immer stärker pochen, sah, wie er die Fäuste ballte. Er stand auf, bedankte sich bei den Eltern und sagte, es sei Zeit zu gehen. Der könne es wohl gar nicht erwarten, flüsterte Hildes jüngerer Sohn feixend, laut genug, daß ihn alle hören konnten. Ferdinand warf ihm einen Blick zu, vor dem jeder andere errötet wäre.

Die Mutter fiel Rosa um den Hals und wünschte ihr Glück. Rosa schluckte schwer an ihrem Ekel vor so viel Theater. Draußen atmete sie auf, freute sich über den Sturm, der ihr ins Gesicht blies und die sorgfältig ondulierten Haare zerzauste. Ferdinand drückte ihren Arm.

Vor drei Wochen war sie mit der Mutter in seiner Wohnung gewesen. Jetzt waren alle Zimmer frisch gestrichen in einem zarten Gelb, Türen und Fenster glänzten weiß. Auf dem Tisch stand ein Strauß Rosen. »Willkommen daheim«, sagte Ferdinand. Er führte Rosa ins Schlafzimmer, um ihr den Wäscheschrank zu zeigen, den er mit weißem Papier ausgelegt hatte. Sie machte sich gleich daran, das Leinen aus den drei Kartons in die Fächer zu sortieren. »Hat das nicht später Zeit?« fragte er, aber drängen wolle er sie natürlich nicht, vor allem nicht, wenn sie solche Freude an dieser Arbeit habe. Er war so lieb, so fürsorglich, sie wollte ihn nicht enttäuschen, er war ganz bestimmt der beste Mann, den sie finden konnte, er hatte sie herausgeholt aus dem Elend daheim, sie schuldete ihm etwas, sie mochte ihn, es war keine Überwindung nötig gewesen, ihn zu küssen, aber das andere, das war so besetzt mit Josef, und war sie jetzt schlecht, weil sie einen anderen Mann geheiratet hatte?

Ferdinand kochte Kaffee, Bohnenkaffee zur Feier des Tages. »Jetzt hast du doch mich«, sagte sie. »Du mußt nicht mehr kochen.« Kochen habe er gelernt, sagte er, schon in der Zeit, als seine Frau krank war, das wäre kein Grund zum Heiraten gewesen.

»Und was war der Grund?« fragte sie. Er nahm sie in die Arme, hielt sie ganz leicht, fast wie der Bruder, den sie nie gehabt hatte, streichelte ihr Gesicht, ihren Hals. Sie sei in die Gaststube getreten, als käme sie von ganz weit her, sagte er in ihre Haare, wie vom Himmel gefallen, am liebsten hätte er gleich ihre Hand genommen und sie weggeführt, trotz allem, was dagegen sprach, aber den Mut, sie zu fragen, habe er erst gehabt, als er sah, wie unglücklich sie war. Sie kämpfte mit den Tränen.

Als er sie zum Bett führte, hatte es nichts zu tun mit dem, was zwischen ihr und Josef gewesen war. Nachher lag Ferdinand neben ihr, streichelte ihre Schulter. Er war ihr Mann.

Am Sonntag fuhren sie mit der Straßenbahn nach Grinzing. Beim Aussteigen reichte er ihr die Hand, die Geste gab ihr das Gefühl, etwas Besonderes zu sein. Sie wanderten auf den Kahlenberg und hinüber zum Leopoldsberg. Am Abend gingen sie ins Kino. Einen Augenblick lang fragte sie sich, wie die Mutter im Gasthaus allein zurechtkam. Sie schob den Gedanken von sich. Das ging sie nichts an.

Sie selbst machte den Vorschlag, in der Werkstatt zu helfen. Wenn ein Kunde einen guten Stoff brachte, befühlte ihn Ferdinand mit sichtlichem Vergnügen, drapierte ihn über seinem Arm, betrachtete den Fall, strich mit der Hand über das Material und setzte die Schere behutsam an. Meist stockte er irgendwann mitten in der Arbeit, schüttelte den Kopf und murmelte, er wolle nicht wissen, woher dieser und jener so feines Tuch bekommen habe. Einem SS-ler, der einen Stadtpelz enger gemacht haben wollte, sagte er unverblümt, er kenne diesen Mantel, er habe ihn selbst für den Herrn Meyer genäht, und fragte, wie es dem alten Herrn ginge. Der SS-ler stürmte aus dem Haus. Ferdinand sagte, der habe wenigstens noch einen Hauch von Schamgefühl, dafür müsse man schon dankbar sein in diesen Zeiten, andere hätten ihn wahrscheinlich bei der Gestapo angezeigt für diese Bemerkung. Paß auf, Ferdinand, dachte sie. Bitte paß auf.

Von Frau Michalek kam eine Karte mit guten Wünschen und Grüßen. »Warum schreibt sie kein Wort darüber, wie es ihr geht?« fragte Rosa.

»Wie soll es ihr gehen?« fragte Ferdinand zurück. »Du hast doch gesehen, was sie im November 38 mit den Juden gemacht haben, wie soll es ihr da gehen, jetzt, wo der Heydrich praktisch Reichsprotektor ist?«

Nichts hatte sie gesehen. Sie war zur Arbeit gegangen und zurück, jeden Tag, am Samstag und am Sonntag hatte sie im Wirtshaus bedient und Gläser gewaschen. Ferdinand blickte so düster, daß sie es nicht wagte, ihn zu fragen, was er meinte.

Es klopfte an der Tür, sie wollte öffnen, Ferdinand schob sie zur Seite, löschte die Lampe und ging selbst aufmachen, verriegelte die Tür, sobald der Mann sich in die Werkstatt geschoben hatte. Der Fremde drückte sich an der Wand entlang in den Winkel, in den kein Licht von der Straßenlaterne fiel. Er atmete schwer. »Ist es soweit?« fragte Ferdinand. Sie spürte, daß der Mann nickte. Ferdinand ging in die Küche, holte die Tasse ohne Henkel, in der sie das Haushaltsgeld aufbewahrten, sie hörte Scheine knistern. Mehr habe er nicht, sagte Ferdinand, aber das gebe er gern. Der Mann stöhnte. Es habe doch keinen Sinn, er könne genausogut bleiben und warten, bis sie ihn holten, den Fritz hätten sie schon, heute vormittag um elf. Den kleinen Hansi hätte eine Fürsorgerin weggebracht, wohin, hätten sie nicht gesagt, die Großmutter wäre dem Wagen noch nachgelaufen und mitten auf der Straße liegengeblieben. Er wollte sie ins Spital bringen, aber sie habe sich gewehrt. »Ich bitte dich, hau ab«, habe sie gesagt, »solange du noch kannst, ich hab keine Lust, zu deinem Begräbnis zu gehen.«

»Um deine Frau werd ich mich schon kümmern, mach dir keine Sorgen«, versprach Ferdinand. Das sei nicht mehr nötig, sagte der Mann, die Mizzi sei schon am Samstag zurückgefahren zu ihren Eltern nach Völkermarkt, die habe es nicht mehr ausgehalten, eigentlich sei er froh, er habe es schon lange erwartet. Rosa holte die Buchtel, die vom Mittagessen übriggeblieben war, wickelte sie in ein zerschlissenes Geschirrtuch und drückte sie dem Mann in die Hand. Seine Finger waren rissig und sehr kalt. Er müsse jetzt gehen, sagte er, ein Kollege von früher werde ihn in der Lokomotive mitnehmen, er müsse natürlich noch auf den Rangiergleisen einsteigen, mit ein bißchen Glück wäre er längst schwarz wie der Heizer, bevor eine Kontrolle käme. Ferdinand wollte ihn begleiten, das lehnte er schroff ab, jetzt sei nicht die Zeit für Husarenstücke, vielleicht könne Rosa einmal kurz vors Haus treten, ein Tuch ausbeuteln oder einen Bettvorleger, wenn sie einen hätten, und sich umsehen, ob da einer wartete. Eine Frau würde nicht so sehr auffallen.

Mit zitternden Knien ging Rosa hinaus, schüttelte das Staubtuch, bis es ihr aus den Händen fiel und sie es aufheben mußte, ging gebückt an der Vorgartenmauer entlang, als suche sie etwas auf dem Trottoir. Es war kein Mensch auf der Straße, alle Fenster waren geschlossen, nur in wenigen Wohnungen brannte Licht. Als der Mann schon im Gehen war, fiel ihr ein, daß ein Stück Kantwurst zwischen den Küchenfenstern lag, das mußte sie ihm noch mitgeben, sie leerte den Zucker in einen Suppenteller, weil sie keine andere Tüte hatte.

»Der Arme wird Kantwurst mit Zucker essen müssen«, sagte sie später zu Ferdinand. Er drückte sie an sich. »Wenn das alles ist ...«

In der Nacht hörte sie ihn mit den Zähnen knirschen.

Beim Rasieren sagte er, ohne sich umzudrehen: »Ich hätte dich nicht heiraten dürfen.«

Sie erschrak. Was hatte sie falsch gemacht? Er schüttelte den Kopf, strich ihr über die Wange. »Du weißt ja nicht, wie lieb ich dich hab, ich fürcht nur, daß ich dich unglücklich mache.«

»Nein«, sagte sie. »Ich bitte dich nur, sei vorsichtig.«

Immer wieder klopfte es spät abends oder sogar mitten in der Nacht ans Fenster, an die Tür, dann stand wieder ein Fremder da, der mit Ferdinand flüsterte und heißhungrig aß, was sie vor ihn hinstellte. Sie gewöhnte sich an, mehr zu kochen, wenn zwei, drei Wochen vergingen, ohne daß einer kam, wunderte sie sich. Einmal aßen sie vier Tage lang Erdäpfelgulyas und mußten zuletzt den sauer gewordenen Rest wegwerfen.

Jeden Abend im Bett legte sie den Kopf auf Ferdinands Brust, aneinandergeschmiegt schliefen sie ein. Wenn er in sie eindrang, umklammerte sie ihn mit den Beinen, versuchte ihn festzuhalten, aber er schaffte es immer, sich im letzten Moment zurückzuziehen. Später, sagte er, würden sie ein Kind haben und ein Jahr drauf noch eines. Nicht jetzt, erst wenn der ganze Irrsinn vorbei sei. Dann, und sie müßten gewiß nicht furchtbar lange warten, in den letzten Monaten hätte er schon dreimal von einer gelungenen Flucht aus einem Nebenlager von Mauthausen gehört, da versicherten sich die Aufseher ganz bestimmt für später, die wüßten wohl schon, daß es eine Zeit danach geben würde, und bauten vor.

»Ich hätte so gern jetzt ein Kind«, flüsterte sie in seine Halsgrube.

»Mir tut jedes Kind leid, das jetzt geboren wird«, sagte er. Er streichelte ihr Haar, einen Augenblick lang kam es ihr vor, als betrachte er sie als sein Kind. »Bald«, versprach er ihr. »Du wirst sehen, es kann nicht mehr lang dauern.« Sie knöpfte seine Pyjamajacke auf.

Es klopfte ans Fenster. Dieser Besucher blieb eine ganze Woche, Ferdinand schleppte eine große Kiste in den Schuppen und schlichtete den Holzstoß so, daß dahinter ein schmaler Gang frei blieb. Dort versteckte sich der

Mann, sobald Schritte auf das Haus zukamen oder auch nur draußen innehielten. Sie meinte, ein Hund wäre gut, der würde früher hören als sie, ob jemand kam, aber Ferdinand sagte, der Hund würde bei jedem Klopfen bellen und die Nachbarschaft wecken. Sie gab es auf zu fragen, wer die Leute waren und warum sie kamen. Je weniger sie wisse, desto besser, erklärte Ferdinand. Natürlich wäre es schön für ihn, wenn er sich aussprechen könne, aber gefährlich für sie. Der einzige Schutz für sie sei es, nichts zu wissen, dann müsse sie nicht aufpassen, was sie sage. Es sei schlimm genug, daß sie überhaupt hineingezogen werde. Er hätte wissen müssen, was sich da zusammenbraute, dumm sei er gewesen und selbstsüchtig. Seine Mutter habe schon recht gehabt, als sie sagte, alte Esel seien die größten Esel. Rosa hätte ihn so gern getröstet. Die Falten in seinen Wangen wurden von Tag zu Tag tiefer, wie mit dem Messer eingeschnitten.

»Traust du mir nicht?« fragte sie.

Er ging in der Werkstatt auf und ab, blieb vor der Nähmaschine stehen, ölte sie, wischte sorgfältig mit einem weichen Tuch über das Schiffchen und die Platte, wischte noch einmal darüber. Das sei nicht das Problem, sagte er schließlich. »Ich weiß nicht, wie weit ich mir selber trauen kann. Wahrscheinlich weiß man das immer erst, wenn's zu spät ist.«

Immer seltener kamen Kunden mit neuen Stoffen, es waren fast nur Änderungen zu machen, und immer öfter brachte eine Frau einen Anzug, legte ihn behutsam auf den Tisch, als wäre er lebendig und krank, und sagte, der Mann brauche den ja nun nicht mehr, ob Ferdinand vielleicht einen Anzug für den Sohn daraus machen könne.

Einmal tauchte der Vater auf, die Hakenkreuzbinde am

Ärmel. Sie stellte ihm einen Hagebuttentee hin, er rümpfte die Nase. Wo denn Ferdinand sei. Sich am hellichten Vormittag herumzutreiben in diesen Zeiten, wo alle Kräfte gebraucht würden für den Endsieg, das verstehe er einfach nicht, und Rosa solle gefälligst nicht feixen, sonst könne er für nichts garantieren. Er hob die Faust, betrachtete sie gründlich, ließ sie auf den Tisch fallen. Stecknadeln hüpften auf der Platte, ein paar zischelten über den Holzboden. Rosa tauchte das Bügeltuch ins Wasser, breitete es sorgfältig über den aufgetrennten Ärmel, fuhr mit dem Eisen darüber, schüttelte den Stoff aus, damit sich die feinen Härchen wieder aufrichten konnten. Es war ihr wirklich gleichgültig, daß der Vater die rechte Faust in die linke Handfläche schlug, die Stirn runzelte, aufstand, mit vorgerecktem Kinn und breit schwingenden Armen zum Fenster stelzte, zurückkam, direkt vor ihr stehenblieb.

»Redest du nicht mit mir?«

»Du hast mich nichts gefragt«, sagte sie und breitete den zweiten Ärmel aus.

An seinem Hals zuckte eine Ader auf und ab. Er tat ihr fast leid. Sie mußte aufpassen, sonst würde sie den Ärmel versengen. Auf der Straße schrien Kinder.

Die Tür ging auf, Ferdinand kam herein, begrüßte den Vater mit einer Höflichkeit, die Rosa fast wie Hohn vorkam, fragte, was er ihm anbieten dürfe.

»Bestimmt nicht so ein Luriwasser!« Der Vater schob den Becher mit einer angeekelten Geste von sich, Tee schwappte auf den Tisch. Ein Bier könne er ihm bringen.

Rosa lief mit dem Krug aus dem Haus, froh, für ein paar Minuten entkommen zu können, gleichzeitig unruhig, weil sie fürchtete, auch Ferdinands Geduld könnte ihre Grenzen haben.

Der Vater trank direkt aus dem Krug, wischte mit dem Unterarm Bierschaum von Wangen und Oberlippe, beugte sich weit vor, packte Ferdinand am Arm und redete leise auf ihn ein. Bei jedem s oder z schimmerte ein Sprühregen auf Ferdinands Gesicht.

Rosa zog sich in die Küche zurück, drückte Erdäpfel durch die Presse, schälte und hackte Zwiebeln und Knoblauch, warf sie ins tanzende Schmalz, über dem Rühren und Mischen und Abschmecken vergaß sie fast, daß der Vater nebenan saß. Der Vater? Gewiß doch, der Vater. Der Schnurrbart aus Bierschaum, dieses Zwinkern in den rot geäderten Augen, diese Blicke auf ihren Hintern, das alles passte nicht zu diesem feierlichen Wort. Vater unser, der du bist. Du sollst Vater und Mutter ehren. Diesen Vater? Diese Mutter? Sie habe sich so geschämt, als sie mit fünfzig schwanger war, hatte die Mutter gesagt. Rosa schüttelte sich. Dieser ungewaschene, nach Bier stinkende Mann und diese in Selbstmitleid verfettete, ewig nörgelnde Frau in einem Bett, einander umarmend? Bei dem bloßen Gedanken ekelte es sie vor sich selbst. Sie formte den Erdäpfelteig zu Kugeln, klopfte Laibchen zurecht und setzte sie in die Pfanne.

Ferdinand rief nach ihr. Ihr Vater wolle sich verabschieden, er werde ihn ein Stück begleiten, er habe noch einen Weg, werde aber bald zurück sein. Der Vater musterte sie mit einem widerlichen Grinsen. Hinter den Männern fiel die Tür zu, die Lampe schaukelte in der Zugluft, der Vorhang wurde hinausgeweht und verfing sich am rauhen Putz. Rosas Beine begannen zu zittern, schlugen aneinander, als sie sich hinsetzte. »Tief atmen«, sagte sie halblaut, »tief atmen. An etwas Schönes denken.« Plötzlich fielen ihr die Laibchen ein, sie sprang auf, stolperte, fing sich im letzten Moment, rannte in die Küche und drehte die Gasflamme unter der Pfanne klein. Noch war nichts angebrannt.

Als Ferdinand eine Viertelstunde später zurückkam, fiel sie ihm um den Hals und klammerte sich an ihn.

»Hab keine Angst«, sagte er. »Du mußt keine Angst haben.« Da wußte sie, daß er sich selbst Mut zu machen versuchte, und gleichzeitig ahnte sie noch einen Grund, warum er ihr nie eine richtige Antwort gab, immer nur sagte, es sei besser für sie, wenn sie nicht zu viel wüßte. Man soll nichts heranreden, hatte Frau Michalek manchmal erklärt. Was man gesagt hat, wird wirklicher. Aber was man nicht sagt, dachte sie, das wächst doch und wächst und frißt einen von innen auf.

»Ich bin deine Frau«, sagte sie. Er drückte sie so fest, daß sie nur mit Mühe einen Aufschrei unterdrückte. »Wir sollten doch alles teilen«, fuhr sie fort.

»Ja«, sagte er.

Die Erdäpfellaibchen! Sie lief in die Küche. Ferdinand ging ihr nach, umarmte sie von hinten, hielt sie fest, während sie Teller und Gabeln aus dem Schrank holte.

»Du riechst so gut«, murmelte er in ihre Haare.

Nach Zwiebeln und Knoblauch, dachte sie. Du hast Hunger. Sie machte sich los, füllte die Teller, er setzte sich an den Tisch, stützte die Ellbogen auf, ließ den Kopf auf die Hände fallen, als er ihren Blick spürte, straffte er sich, nahm die Gabel in die Hand. Es machte ihr Freude, ihm beim Essen zuzuschauen, zu sehen, wie es ihm schmeckte. Er putzte den Teller mit einem Stück Brot aus, legte seine Hand auf ihre. Am Abend machten sie einen Spaziergang, zeigten einander den Teppich aus Schneeglöckchen in einem Vorgarten, die Primeln in einem anderen. An einer

Weide hatten sich die Palmkätzchen in gelbe Küken verwandelt, immer noch umsummt von drei Bienen, obwohl es schon dämmerte. Er legte den Arm um ihre Schulter, sie umfaßte seine Taille. Ihre Schritte paßten sich schon längst selbstverständlich aneinander an.

Wie sehr er ihr ins Herz gewachsen war, wurde ihr erst so richtig bewußt, als sie ihn abholen kamen. Zwei Männer in schwarzen Ledermänteln rissen die Tür zur Werkstatt auf, klopften nicht, grüßten nicht. Ferdinand war beim Zuschneiden über den Arbeitstisch gebeugt, blickte auf. »Du, Toni?« entfuhr es ihm, worauf ihm der eine Mann eine Ohrfeige versetzte, die ihn taumeln ließ. Der andere packte die Schere, warf sie zu Boden. Jetzt ist die Spitze verbogen, dachte Rosa und gleich darauf: Als ob es darauf ankäme.

Blut lief Ferdinand aus der Nase, tropfte auf sein Hemd. »Sie weiß von nichts«, sagte er.

»Maul halten!« schrie der, der Toni hieß. Ferdinand griff in die Hosentasche, bekam eine zweite Ohrfeige. Rosa wischte sein Gesicht mit ihrem Taschentuch ab.

»Sie hören von uns«, sagte Toni, oder war es der andere? Einer faßte Ferdinands linken Arm, einer den rechten.

»Tut mir leid, Rosa.« Ferdinands Mund stand schief in seinem Gesicht. Rosa klammerte sich an ihn, Toni zerrte sie weg, sie fiel gegen den Tisch.

»Los, wird's bald?« An der Tür drehte sich Ferdinand noch einmal um, bewegte die Lippen, wurde hinausgezogen.

Erst als das Haustor zufiel, konnte Rosa sich wieder bewegen, lief hinaus, Toni saß am Steuer, der andere warf die Autotür zu, drehte sich zu Rosa um, hob feixend die Hand wie zum Gruß. Sie rannte hinter dem Wagen her, der bog rechts ab, beschleunigte. Eine schwarze Auspuffwolke hüllte sie ein.

Es gab niemanden, den sie um Hilfe bitten konnte. Ferdinand war es gewesen, zu dem die Leute um Hilfe gekommen waren. Er hatte nie von einer Familie gesprochen, auch zur Hochzeit waren keine Verwandten gekommen. »Du bist meine Familie«, hatte er gesagt, als sie ihn nach seinen Angehörigen fragte. Die schwarzen Ledermäntel waren Gestapo. Ihr Vater trug das Parteiabzeichen, er kannte viele Leute, aber er würde Ferdinand nicht helfen, sie wußte zwar nicht, was neulich zwischen den beiden Männern vorgefallen war, aber das, was jetzt geschehen war, hatte damit zu tun. Der Gedanke war ungeheuerlich, setzte sich gerade deswegen fest.

Sie würde zur Polizei gehen. Bei der Polizei gebe es noch ein paar anständige Menschen, hatte Ferdinand gesagt. Sie warf den Mantel über, wunderte sich, wieso unten ein Knopfloch übrigblieb, versuchte es noch einmal, ließ den Mantel offen, er flatterte beim Laufen, ein Windstoß wickelte ihn um ihre Beine.

In der Wachstube saßen zwei alte Männer. Einer von ihnen war oft ins Wirtshaus der Eltern gekommen, jetzt tat er, als ob er sie nicht kenne. Erst als der andere in einen Nebenraum zum Telefonieren ging, sah er sie mit einem Anflug von Mitleid an und schüttelte leicht den Kopf.

Sie könne in der Rossauer Kaserne nachfragen, ob dort ein Ferdinand Müller registriert sei, aber das dauere manchmal, besonders bei Politischen. Die würden meistens gleich auf den Morzinplatz gebracht, und dort würde sie frühestens in einer Woche Auskunft bekommen.

Sie rannte los, blieb nur kurz stehen, wenn das Seitenstechen zu arg wurde und jeder Atemzug ihren Brustkorb zu sprengen drohte, ging ein paar Schritte, lief wieder. Es wäre ihr unerträglich gewesen, auf die Straßenbahn zu warten, solange sie lief, war sie nicht untätig. Ferdinand. Heilige Maria Mutter Gottes, paß auf ihn auf. Unter deinen Schutz und Schirm ... Wie geht das weiter? Schutz und Schirm, Schutz und Schirm klopften ihre Füße auf das Straßenpflaster.

Das Tor der Kaserne war geschlossen. Davor stand ein Uniformierter. Sie holte tief Atem und sprach ihn an. »Entschuldigen Sie bitte ...« Er reagierte nicht, blickte über sie hinweg. Sie versuchte es noch einmal, es war, als rede sie mit einem Stein. Einen Augenblick lang fürchtete sie, daß ihre Stimme versagt hatte. Plötzlich fiel ihr ein, daß sie die magische Formel vergessen hatte. »Heil Hitler!« Ferdinand würde ihr verzeihen.

Die rechte Hand schnellte hoch, der Uniformierte brüllte: »Heil Hitler!« und unmittelbar darauf: »Warum denn nicht gleich?« Er hörte sich an, was sie zu sagen hatte, trat zur Seite und ließ sie ins Haus. Der Portier in seiner Loge schien zu schlafen. Als sie ans Fenster klopfte, schreckte er hoch. Seine Augen waren wäßrig, er suchte lange in einem Verzeichnis, ließ den Zeigefinger von Zeile zu Zeile wandern, blätterte zurück, in seinem »Leider nein« schwang ehrliches Bedauern mit. Sie fragte ihn nach dem Weg zum Morzinplatz. Er blickte ihr ins Gesicht, nickte, schüttelte den Kopf, sah sich erschrocken um; als er sicher war, daß sie allein waren, flüsterte er, es sei besser, daheim zu warten, falls man sie benachrichtigen wollte, würde man sie dort suchen, am Morzinplatz würde man ihr ohnehin nichts sagen, und für den Fall, daß ihr Mann loskäme, würde er doch gewiß nach Hause gehen. Er fummelte in der Tasche seines grauen Arbeitsmantels, jetzt erst sah sie, daß ihm an der rechten Hand drei Finger fehlten; er öffnete das kleine Fenster und hielt ihr ein Stollwerck entgegen. Sie bedankte sich, umklammerte die Karamelle wie einen Talisman.

Draußen lehnte sie sich kurz an eine der Platanen auf dem Platz vor der Kaserne. Der alte Mann hatte wahrscheinlich recht, er hatte es gutgemeint mit ihr, trotzdem machte sie sich auf den Weg.

Der Wachhabende wies sie nicht nur ab, er vermittelte ihr den Eindruck, sie könne sich glücklich schätzen, wenn sie nicht sofort festgenommen würde. Minutenlang lehnte sie zitternd am Geländer der Stadtbahn. Warum hatte sie nicht darauf bestanden, eingelassen zu werden? Feig, feig, oberfeig, hatten die Mädchen in der Schule gesungen.

Auf dem Heimweg stolperte sie immer wieder, mußte sich an einer Hausmauer abstütztn, an einem Laternenpfahl. Eine Frau musterte sie von oben bis unten, verzog die Mundwinkel, wandte sich ab.

Die Wohnung wirkte fremd, als wäre jemand hier gewesen, hätte jedes Ding in die Hand genommen, hin und her gedreht und dann fast so wieder hingestellt, wie es zuvor gestanden war, aber eben nur fast. Sie lehnte lange am Arbeitstisch, starrte auf die Schneiderkreide, den mit Stecknadeln bespickten hufeisenförmigen Magneten, die Zwirnspulen. »Nein«, sagte sie laut, »alles ist richtig, nur eben gleichzeitig ganz und gar falsch.« Plötzlich wußte sie, woran das lag: Alles in diesem Raum war auf Ferdinand ausgerichtet, ohne ihn fiel alles auseinander. Sie deckte die Nähmaschine zu, wie es Ferdinand jeden Abend machte.

Das Feuer im Ofen war ausgegangen, es war kalt im Zimmer. Der Glutrest im Küchenherd erlosch, als sie ein Holzscheit darauf legte. Rosa setzte sich an den Tisch und begann das Futter des Mantels zu säumen, das Ferdinand aufgesteckt hatte, als sie ihn holen kamen. Sie mußte schwarzen Zwirn nehmen, es gab keine graue Nähseide mehr, ihre winzigen Stiche waren kaum sichtbar. Ferdinand würde zufrieden sein.

Und wenn er nicht mehr zurückkam? Das durfte sie nicht denken. Er würde zurückkommen. Sie würde diesen Mantel fertigmachen, heute abend noch, morgen früh konnte sie ihn dem Kunden bringen und dann auf dem Rückweg ein Stück Fleisch besorgen zur Feier des Tages. Ferdinand würde Hunger haben. Sie überlegte, ob sie das Fleisch kochen und mit Apfelkren und Erdäpfelschmarren auftischen oder doch lieber Gulyas machen sollte, das gab mehr aus. Nein, dachte sie, kein Gulyas. Nie wieder Gulyas. Was für ein Unsinn.

Der Futterstoff verrutschte immer wieder. Sie mußte den Saum bügeln, sonst würde er nie glatt werden. Dazu brauchte sie erst einmal ein ordentliches Feuer im Herd, ein elektrisches Bügeleisen besaßen sie nicht. Als die Platte heiß war, stellte sie das Eisen darauf, probierte an einem Zeitungsblatt, ob die Wärme stimmte, konzentrierte sich auf ihre Arbeit. Sobald sie fertig war, würde Ferdinand kommen.

Dämmerung kroch aus den Ecken des Zimmers, erreichte die Fensternische. Sie knipste die Lampe nicht an, es war, als gäbe sie die Hoffnung auf, wenn sie Licht machte. Immer tiefer beugte sie sich über das Bügelbrett. Schon wieder eine Falte. Sie strich den Stoff glatt, berührte mit einem Finger das heiße Eisen, fast hätte sie es fallen lassen.

Im Licht der Straßenlaterne, das durchs Fenster fiel, betrachtete sie die Blase. Wie schnell die wuchs. Der Schmerz begann erst später zu pochen. Sie blies auf den Finger, wie es Mütter bei Kleinkindern machten.

Wenn Ferdinand jetzt die Straße heraufkam, würde er glauben, sie wäre gar nicht zu Hause, weil alles dunkel war. Sie lief zum Schalter, stieß sich an einer Kante des Tischs an. Draußen gingen Frauen vorbei, unterhielten sich, lachten. Wenn doch eine von ihnen zum Fenster träte, sie würde sie hereinbitten, dann könnte sie vielleicht sogar Tee trinken.

Die Maserung des Schranks war bedrohlich, eine Gestalt mit riesigen spitzen Fellohren. Alles sah fremd aus. Ferdinand, wo bist du? Maria, breit den Mantel aus. Ich weiß, ich habe lange nicht gebetet, schütz ihn trotzdem, hör du mich. Gegrüßet seist du, Maria, du bist voll der Gnade, der Herr ist mit dir. Ferdinand ist ein guter Mensch, das weißt du doch. Laß ihn nicht allein, laß mich nicht so allein. Ihre Knie schlugen aneinander, sie zwang sich still zu sitzen, da begannen die Muskeln in ihren Beinen zu krampfen. Sie stand auf, ging im Zimmer herum, jedes Möbelstück trat ihr in den Weg.

Um zehn hielt sie es nicht mehr aus in der Wohnung, rannte hinüber zum Gasthaus. Der Vater saß in einer Runde von Männern, etliche davon in Uniform. Bierschaum tropfte von diesen in die Mitte der Oberlippe gekleckseten Schnurrbärten, die wie die Hakenkreuze an den Revers ihre Parteizugehörigkeit deutlich machten. Rosa machte ihm Zeichen, er wich ihrem Blick aus. Die Mutter kam aus dem Vorratsraum, in einer sauberen schwarz glänzenden Kleiderschürze, mit neuer Dauerwelle. Ihre Augen flatterten über Rosas Gesicht, krallten sich am Zapfhahn fest, den sie sofort zu polieren begann. Rosa trat zu ihr. »Sie haben den Ferdinand geholt«, flüsterte sie. Die Mutter drehte sich weg, sagte über die Schulter zurück, das dürfe Rosa nicht wundern, sie habe sie oft genug gewarnt, ob ihr denn nicht klar sei, daß jetzt die Stunde der Wahrheit gekommen sei. Vollgestopft mit Sätzen aus dem Radio ist sie, gegen die komme ich nicht an, die sind zu laut, ging es Rosa durch den Kopf. Ich muß es mit dem Vater versuchen, trotz allem. Sie nahm der Mutter das Tablett mit den frischen Biergläsern aus der Hand und trat zum Tisch. Der Vater schaute auf, aber nicht in ihre Richtung, schüttelte den Kopf, knurrte, sie sehe doch, daß er beschäftigt sei.

»Ich muß aber mit dir reden.« Sie bemühte sich sehr, ihrer Stimme einen festen Klang zu geben. Es gelang ihr so weit, daß er sie kurz ansah, aufstand und in die Runde verkündete: »Bierlein rin, Bierlein raus.« Sie folgte ihm zur Tür des Pissoirs. »Der Ferdinand«, begann sie. »Selber schuld«, sagte er, den Finger am Hosenknopf. »Ich hab ihn gewarnt. Ich hab ihm gesagt, was er tun muß.«

Rosa griff nach seinem Arm. »Vater, bitte!« Er schüttelte ihre Hand ab. Das hätte sie sich früher überlegen müssen, und flennen helfe jetzt auch nicht. Mit wiegenden Schritten ging er ins Pissoir.

Sie wartete, bis er wieder herauskam, machte noch einen Versuch. Er lachte ihr ins Gesicht. Was sie sich denn einbilde, er werde sich doch nicht für eine wie sie in Schwierigkeiten stürzen. Von wegen Vater, sie sei ihm doch nie eine Tochter gewesen.

Die Mutter murmelte etwas, als sie an ihr vorbeilief, Rosa verstand kein Wort. Sie rannte den ganzen Weg nach Hause, tauchte ihr Gesicht in eine volle Waschschüssel, spritzte sich Handvoll um Handvoll kaltes Wasser ins Gesicht.

Das läßt sich nicht wegwaschen, das läßt sich nicht wegwaschen, was läßt sich nicht wegwaschen, die Schande natürlich, die Scham, aber ich schäme mich doch gar nicht, für ihn würde ich noch ganz anders betteln, natürlich schäme ich mich, für die Eltern schäme ich mich. Sie trocknete sich ab, setzte sich an den Tisch, trennte einen Wintermantel auf, verwendete eine von Ferdinands alten Rasierklingen, wenn sich der Faden nicht mit einer Stecknadel herausziehen ließ, schnitt kein einziges Mal in den Stoff. Kurz vor fünf Uhr früh, als der Mantel zertrennt war, legte sie den Kopf auf die Arme und schlief sogar ein, um sechs war sie wieder wach, wusch sich, bürstete ihre Haare, kämmte sie sorgfältig, zog eine saubere Bluse an und machte sich auf den Weg zum Landesgericht. In ihrer Eile stieß sie immer wieder mit Passanten zusammen. Manche schimpften, ein alter Mann rief ihr nach: »Mädel, so schlimm wird es schon nicht sein!«

Vor dem riesigen grauen Gebäude blieb sie stehen, bis sie wieder zu Atem kam, dann wandte sie sich an den Polizisten vor dem Tor. Er schickte sie zum Portier, der nickte bei jedem Wort, das sie sagte. In seinem Nicken meinte sie Mitgefühl zu spüren und sagte mehr, als sie eigentlich wollte, bis er zwei Finger auf seine Lippen legte. Am Ringfinger fehlte ein Glied, über dem letzten Knöchel wucherte wildes Fleisch. »Wenn das so ist«, flüsterte er, »dann ist er bestimmt im Metropol, da kann ihm kein Herrgott helfen und du schon gar nicht. Ich bitt dich, geh heim.« In diesem Moment kam ein Mann im Talar, der Portier nahm Haltung an, sein rechter Arm fuhr in die Höhe. »Heil Hitler, Herr Staatsanwalt.« Der

Staatsanwalt rauschte vorbei, der Portier fuhr Rosa an. Gehen solle sie, verdammt noch einmal, gehen, und zwar schnell.

Sie ging, aber nicht nach Hause, sondern auf den Morzinplatz, ging, obwohl sie keine Hoffnung mehr hatte, aber gehen war immer noch leichter, als daheim sitzen und warten, wurde schon vor dem Tor angebrüllt und bedroht, wenn sie nicht sofort verschwinde, ging zur Rossauer Kaserne. Aber auch hier wollte man nichts von einem Müller, Ferdinand, wissen.

Als sie den Platz überquerte, schwankten die Bäume, wieso waren die von buntem Flackerlicht überstrahlt, da wurde sie unter beiden Armen gepackt, sie spürte sich wegsacken, hörte ihre Absätze über den Boden schleifen, aber das hatte nichts mit ihr zu tun, es war ohnehin alles egal. Dann fühlte sie etwas Hartes unter sich, in ihrem Rücken, eine schrille Stimme sagte, man müsse ihre Beine hochlagern. Einen Moment lang war alles gut, sie mußte nichts mehr tun, durfte sich fallen lassen, gleich darauf wurde ihr etwas Nasses, Kaltes auf die Stirn gelegt. Durch die geschlossenen Lider stach die Sonne in ihre Augen, Tropfen kitzelten über ihr Gesicht. »Sie kommt schon wieder«, sagte eine zweite Stimme. Rosa merkte verwundert, daß sich ihre Finger bewegen ließen, einzeln und alle zusammen. Sie setzte sich auf. Vor ihr standen zwei Frauen, eine älter, eine jünger als sie. Die Ältere legte ihr den Arm um die Schulter und half ihr beim Aufsetzen. Die Jüngere fummelte in einem Beutel, zog einen halben Wekken Brot heraus, brach einen Bissen ab und reichte ihn Rosa, die sofort den Kopf schüttelte. Die Ältere sagte streng: »Du hast bestimmt nichts gegessen, das mußt du jetzt langsam kauen und gut einspeicheln.« Folgsam öffnete Rosa den Mund, kaute und kaute, der Bissen wurde immer größer, wurde ein süßlicher Papp, nie könnte sie den schlucken, und dann tat sie es doch unter den besorgten Blicken der beiden Frauen. Die Jüngere deutete mit dem Kinn auf die Kaserne. »Deiner auch?« Rosa nickte, hob die Hände mit gespreizten Fingern, nickte wieder. Die Ältere drückte ihre Hand. »Ich weiß, wie's dir geht. Meiner ist da drinnen, das ist wahrscheinlich noch ein Glück, aber man kann nie wissen, ein Kollege hat ihn de-nun-ziert.« Sie sprach jede Silbe einzeln aus. Bei ihr habe es drei Tage gedauert, bis sie erfuhr, wohin sie ihren Mann gebracht hatten, bei der Julie – sie zeigte auf die Jüngere – eine ganze Woche. »Vorbereitung zum Hochverrat«, sagte Julie, und »Verbrechen nach dem Heimtükkegesetz«, sagte die andere, als stellten sie sich damit vor. Sie heiße übrigens Marie, fügte die Ältere hinzu, und sie wohnten beide im Karl-Marx-Hof, auch wenn man den jetzt Heiligenstädter Hof nennen müsse, und außerdem sei es Zeit, nach Hause zu gehen, ihr Enkel komme immer halb verhungert aus der Schule. »Und ich muß die Kinder abgefüttert haben, bevor ich in die Nachmittagsschicht gehe«, erklärte Julie. Rosa stand auf, als die Frauen sahen, wie mühsam sie humpelte, nahmen sie sie in die Mitte und gingen mit ihr bis zur Straßenbahnhaltestelle.

Daheim steckte sie die brennenden Füße ins Lavoir, sah erst beim Abtrocknen die großen blutigen Blasen an beiden Fersen. Sie war so sicher gewesen, daß sie Julie und Marie alles sagen durfte auf dem Weg zur Straßenbahn. War das auch richtig gewesen? Ja, es war richtig. Ganz bestimmt. Wie schade, daß die zwei nicht hier in der Nähe wohnten. Es wäre so gut, einfach hinüberzulaufen, ein paar Minuten miteinander zu reden. Marie hatte Rosa erklärt, Ferdinand werde mit großer Wahrscheinlichkeit im Metropol verhört, die Gestapo, hatte sie gesagt, werde immer nervöser, die hörten auch BBC London, die hätten Zugang zu allen Informationen und meinten trotzdem immer noch, sie könnten das Rad noch einmal umdrehen, wenn sie nur jedes Widerstandsnest im Land ausräucherten, aber das würde ihnen nichts nützen, gar nichts würde es ihnen nützen, und Rosa müsse stolz sein auf Ferdinand. Wenn ich nur mehr wüßte, dachte sie, ich hätte mehr fragen müssen, ich hätte mich nicht zufriedengeben dürfen, wenn er sagte, je weniger ich weiß, desto besser ist es. Marie hat auch gesagt, es ist gut, wenn ich jeden Tag hingehe und mich erkundige, ein Gefangener, nach dem niemand fragt, ist ein toter Gefangener, hat sie gesagt. Aber ich soll die Straßenbahn nehmen, hat sie gesagt, Ferdinand hat nichts davon, wenn ich mich kaputtmache. Trotzdem waren die Blasen irgendwie beruhigend, ein Opfer für ihn. Das darf ich ihm nie sagen, sonst lacht er mich aus. Oder vielleicht doch nicht. Es würde mir auch gar nichts ausmachen, wenn er mich auslacht. Wenn er lacht, hüpft sein Adamsapfel auf und ab. Ich lieb dich, Ferdinand. Ich lieb dich wirklich.

Frau Michalek würde wissen, was zu tun war, immer hatte sie gewußt, was zu tun war. Wie lange war es her, seit sie geschrieben hatte? Vier Wochen oder schon fünf? Die Zeit war so schnell vergangen, Rosa hatte zwar an sie gedacht, aber wie im Vorübergehen. Dankbar war sie ihr, sehr dankbar. Jetzt hätte sie ihr schreiben wollen, doch dann hätte sie sagen müssen, was gestern geschehen war, und das konnte sie nicht. Sobald Ferdinand wieder zu Hause war, würde sie Frau Michalek schreiben. Heute wäre es besser, zu Marie zu gehen oder zu Julie, am besten mit beiden an einem Tisch zu sitzen. Sie fühlte sich so furchtbar leer.

Irgendwann stand sie auf, aß im Stehen einen Rest kalte Nudeln aus dem Topf, etwas mußt du essen, hatte Marie gesagt, sonst stehst du es nicht durch. Kauen, du mußt kauen. Plötzlich war eine ungeheure Wut da auf den Vater. Nie hatte sie ihn um etwas gebeten, nie hatte er etwas für sie getan. Gezeugt hatte er sie, und das hatte mit ihr nichts zu tun gehabt, aber auch schon gar nichts. Gestern hätte sie ihn gebraucht. Sie hieb mit der Faust auf den Tisch, immer und immer wieder, bis ihre Hand schmerzte. »Davon hast du auch nichts, Ferdinand«, sagte sie laut.

Sie mußte sich zwingen, ins Bett zu gehen, zog die Decke über den Kopf, lag zusammengekrümmt wie ein Ungeborenes, als sie endlich nicht mehr fror, streckte sie sich aus, die Arme über der Brust gekreuzt. So liegt man im Sarg, fiel ihr ein. Sie legte eine Hand auf ihren Bauch, spürte plötzlich eine Bewegung. Eine ganz deutliche Bewegung, als wäre da ein Ärmchen, das gegen die Bauchdecke boxte. Unsinn. Sie war nicht schwanger. Das war ihr Darm, oder vielleicht eine Ader, die pochte.

Am Morgen klebte sie Heftpflaster auf die Blasen und fuhr zum Metropol, als der Wachhabende sie weggescheucht hatte, ging sie zur Rossauer Kaserne, wartete dort, sah aber weder Marie noch Julie. Ein paar Mal öffnete sich das Tor und ein Arrestantenwagen fuhr in den Hof, da bekam sie rasendes Herzklopfen. Auch am nächsten und am übernächsten Tag fuhr sie in die Stadt, war nicht einmal mehr enttäuscht, wenn sie weggejagt wurde, sie ging hin, weil sie hinging, das war alles, danach stand sie vor der Rossauer Kaserne, bis das Tor zehn Mal aufgegangen und wieder ins Schloß gefallen war.

Die Frau, die den Mantel abholte, den Rosa am Abend von Ferdinands Verhaftung noch fertig gesäumt hatte, behauptete, sie hätte im vorhinein für die Arbeit bezahlt. Rosa hatte nicht die Kraft zu kämpfen, sie sah die Frau nur an und wiederholte: »Das ist nicht wahr.« Schließlich warf ihr die Frau einen Geldschein vor die Füße. Rosa hätte ihn ihr gern ins Maul gestopft, da fiel ihr ein, daß sie sich das nicht leisten konnte. Sie hob das Geld auf und wies auf die Tür. Drei Tage später holte ein Kunde den aufgetrennten Mantelstoff ab. Der Herr Müller werde den Mantel ja doch nicht mehr nähen können. Was wußte der Mann, und woher? Sie packte ihn am Ärmel, flehte ihn an, ihr zu sagen, was er gehört hatte, er riß sich los. Die Haustür fiel donnernd zu.

Den Weg zum Metropol ging sie wie im Schlaf, nicht, daß sie noch einen Funken Hoffnung gehabt hätte, etwas zu erfahren, etwas zu erreichen, aber es wäre ihr unmöglich gewesen, einen Tag anders zu beginnen als mit diesem Weg. Einmal fuhr sie danach zu Hilde, die bot ihr Kaffee an, echten, duftenden Bohnenkaffee, aber als Rosa um Hilfe bat, bekam sie nur eine geballte Ladung von guten Ratschlägen, die sich samt und sonders nur darauf bezogen, was sie anders hätte machen müssen, was sie und Ferdinand hätten unterlassen müssen, und im übrigen habe die Schwester nun wirklich genug eigene Sorgen und ganz und gar keine Lust, ihren Mann noch weiter zu verärgern.

Rosa schleppte sich zu Julie, es wäre ihr nicht richtig erschienen, mit der Straßenbahn zu fahren, warum, wußte sie nicht, es war auch gleichgültig, ob Julie und Marie sie sehen wollten oder nicht, sie mußte einfach hingehen, irgendwo hingehen war besser, als ziellos herumzulaufen, und daheim war längst nicht mehr daheim, es gab auch nichts mehr zu tun, die Einfassung des Herds glänzte wie frisch geputztes Silber, der Boden war geschrubbt, der fadenscheinige Teppich geklopft, die Fenster geputzt, die Vorhänge gewaschen, die Nähnadeln der Größe nach ins Kissen gesteckt, die Knöpfe nach Farben sortiert.

Der Weg war weiter, als sie gedacht hatte, kilometerlang war dieser Karl-Marx-Hof mit den offenen Wunden in den Mauern. Bei uns, hatte Julie gesagt, kann eine gar nicht vergessen, daß sie auf Arbeiter geschossen haben und daß damit alles angefangen hat. In der Anlage zwischen den Gebäuden spielten Kinder, in einem Baum rief ein Vogel immer dieselben zwei Töne.

Julie öffnete die Tür einen Spalt, starrte Rosa an, als wüßte sie nicht, wer vor ihr stand, dann packte sie ihre Hand, zog sie in die Küche. »Wann hast du zum letzten Mal etwas gegessen?«

Rosa schüttelte den Kopf, wußte die Antwort nicht. Julie setzte einen Topf auf den Herd, goß eine halbe Tasse Wasser hinein, pflückte zwei Stengel Petersilie aus dem Fensterkistchen. »Ist nur ein Rest Erdäpfelsuppe«, sagte sie, »aber es wird dir guttun, etwas Warmes in den Magen zu kriegen.« Sie rührte so heftig in dem Topf, daß ihre schmalen Schultern sich mitbewegten und die Kittelschürze am Rücken Falten schlug. Vor drei Tagen, nach neun Uhr abends, das Haustor sei schon zugesperrt gewesen, habe einer gepfiffen unten im Hof, sie habe natürlich sofort das Fenster aufgerissen, aber da sei nicht Karl gestanden, sondern ein Fremder, ein Eisenbahner, der habe Karl zufällig gesehen, als sie ihn in einen Waggon verluden zusammen mit anderen Gefangenen, der Marie ihrer sei auch dabeigewesen, wahrscheinlich seien sie nach

Mauthausen gebracht worden. Komisch, wie viele Familien denselben Erkennungspfiff hätten. Im Nebenzimmer begann ein Kind zu weinen, Julie ging hinüber, kam mit dem Kleinen auf dem Arm zurück, der war völlig verschwitzt, die Haare verklebt, er zappelte und schlug mit geballten Fäusten um sich, schrie immer lauter, spuckte den Schnuller aus, den ihm Julie in den Mund steckte, brüllte, bis sein Gesicht dunkelrot war. »Manchmal könnt ich ihn aus dem Fenster werfen«, sagte Julie und streichelte dabei mit zwei Fingern über den runden Kopf. Rosa starrte auf das Dreieck, wo die Adern pulsierten. Wie verletzlich ein Mensch war.

Julie stellte einen Teller auf den Tisch, erstaunlich, wie sicher sie mit einer Hand das Kind hielt und mit der anderen Suppe schöpfte. »Iß, bevor's kalt wird.« Es bedeutete eine Kraftanstrengung, den Löffel zum Mund zu führen, hineinzublasen, zu schlucken. Der Kleine greinte nur mehr, Julie setzte sich, schaute Rosa beim Essen zu. Die warme Suppe beruhigte den kratzenden Hals, den krampfenden Magen. »Wie eine Heilsalbe«, sagte Rosa. Julie wiegte den Kopf hin und her. Eine Salbe werde mit Fett angerührt, und was da drin an Schmalz sei, das wäre kaum so viel wie das Schwarze unterm Fingernagel.

Es klopfte an die Wohnungstür. Rosa sah Julie zusammenzucken, sie war also nicht die einzige, die bei jedem Geräusch das Schlimmste fürchtete. Der Kleine hörte auf zu jammern und riß die Augen auf. Eine Frau trat ein, deutete mit einem Anheben ihres Kinns auf Rosa, holte aus ihrer Schürzentasche eine aus Zeitungspapier gedrehte Tüte und reichte sie Julie. Fencheltee für den Kleinen, das beste Mittel gegen die Blähungen. Julie wies auf Rosa. »Ihren haben sie auch geholt.« Die Frau fragte, in welcher

Gruppe Ferdinand gewesen sei, und Rosa schämte sich wieder einmal, weil sie es nicht wußte, weil sie im Grunde gar nichts wußte. »Es sind halt immer wieder Leute gekommen, einer ist eine ganze Woche geblieben, oder waren es zehn Tage?« Die Frau schüttelte heftig den Kopf. »Männer!« In ihren Mundwinkeln standen Spuckeblasen, als sie es merkte, wischte sie mit dem Ärmel darüber. »Männer!« wiederholte sie. Die glaubten doch tatsächlich, ihre Frauen zu schonen, wenn sie ihnen nichts sagten, und zuletzt müßten es doch die Frauen ausbaden und stünden auch noch als die Blöden da. Wenn ihrer trotz allem zurückkäme aus dem Lager, das schwöre sie, da würde sie ihm die Meinung sagen, und zwar gründlich. Den Kopf würde sie ihm waschen. Julie fing an zu lachen, die Frau drohte ihr mit der Faust und lachte dann mit. Rosa stand auf, Julie hielt sie nicht zurück, sagte auch nicht, wer die Frau war.

Auf den Gärten entlang der Bahnlinie lag goldenes Licht. Ein Mann nagelte Streifen von Teerpappe auf das Dach einer Schrebergartenhütte, in einem Baum saßen zwei Kinder, jedes einen verschrumpelten Apfel in der Hand, und baumelten mit den Beinen, eine alte Frau steckte Reiser zwischen die jungen Erbsenpflanzen. Alles so normal, als wäre die Welt in Ordnung. Aus einer Seitengasse kam ein junger Mann, der ein Bein zwischen zwei Krücken schwang. Das zweite Hosenbein war leer und hochgeschlagen. Er schwankte, konnte noch nicht richtig mit den Krücken umgehen. Als er Rosas Blick bemerkte, fing er an zu schreien. Was sie da zu glotzen habe, sie blöder Trampel. Er hob eine Krücke.

Die Schaffnerin, die am Eingang zur Stadtbahn die Karten kontrollierte, musterte Rosa. Sah man es ihr an, daß etwas mit ihr nicht in Ordnung war, daß sie nicht mehr dazugehörte? Wie schwer ihre Füße waren, jede Stufe ein Hindernis. Ein Zug fuhr ein, der Waggon war leer, trotzdem zögerte sie, sich hinzusetzen. Von der langen Brücke zwischen den Stationen Heiligenstädter Straße und Nußdorfer Straße sah sie tief unter sich einen Bauhof und zwei Männer, die Kantholz ausluden. Sie konnte das Zittern ihrer Beine nicht beherrschen, sosehr sie ihre eigenen Knie umklammerte. Ich bin's, dachte sie, an mir liegt es, ich bringe nur Unglück, erst Josef, dann Ferdinand, ich hätte nie geboren werden dürfen, meine Mutter hat es oft genug gesagt.

Als sie auf den Anschluß nach Hütteldorf wartete, sah sie eine kleine Maus zwischen den Gleisen herumrennen. »Hau ab«, flüsterte sie, »die Stadtbahn kommt gleich, ich hör sie schon.« Ein Mann packte sie am Ellbogen, riß sie zurück. Da erst wurde ihr bewußt, daß sie sich immer weiter vorgebeugt hatte. Der Mann schrie etwas, sie verstand kein Wort, er bugsierte sie in den Waggon, schob sie auf einen Sitzplatz, blieb neben ihr stehen. Seine blaue Jacke roch stark nach Harz. Sie weinte doch nicht, warum liefen ihr Tränen über die Wangen, warum mußte sie so dringend die Nase putzen? Wo war ihr Taschentuch, sie hatte es in den Ärmel gesteckt. Rotz lief über ihre Oberlippe, sie wischte ihn mit dem Handrücken ab. Die Dame auf dem gegenüberliegenden Sitz verzog den Mund und drehte sich ostentativ zum Fenster.

Beim Aufsperren der Wohnungstür fiel Rosa der Schlüssel aus der Hand, klirrte auf den Steinplatten. Sie hob ihn auf, ließ ihn noch einmal fallen. Ich muß mich zusammenreißen, ich darf mich nicht so gehenlassen. Warum muß ich? Es hat ja doch alles keinen Sinn.

Sie schlug mit dem Kopf an die Wand, das half auch nicht, aber sie schlug weiter, bis die Nachbarin an die Wand klopfte. Sie legte sich ins Bett, sie stand auf, sie wusch sich, sie ging jeden Tag zur Rossauer Kaserne und zum Metropol. Einer von den Wachhabenden vor der Kaserne schüttelte schon den Kopf, wenn er sie von weitem sah, ersparte ihr, die Frage zu stellen. Sie hatte das Gefühl, daß ihr Mund zuwuchs. Wenn sie gähnen oder husten mußte, spürte sie, wie ihre Oberlippe an den Zahnhälsen klebte. In den Karl-Marx-Hof fuhr sie kein zweites Mal, Julie und Marie hatten ihre eigenen Sorgen. Solange noch Haferflocken in der Dose waren, kochte sie mit Wasser einen Brei, den sie mit einem Teelöffel aß, dann brauchte sie den Grieß auf und zuletzt das Mehl. Die henkellose Tasse mit dem Haushaltsgeld war leer. Eines Tages kam eine Nachbarin und fragte, ob sie ihr die Zigarettenmarken auf der Lebensmittelkarte verkaufen würde, sie rauche ja doch nicht. Sie könne die ganze Karte haben, sagte Rosa. Die Nachbarin gab ihr Geld für die Fett- und Fleischmarken. Jetzt konnte Rosa Magermilch kaufen, Zucker, Malzkaffee, Mehl und Haferflocken, sogar ein Ei. Von dem Kaffee mit Milch und Zucker bekam sie Durchfall, ihr Magen vertrug anscheinend gar nichts mehr. Auch gut. An einem Mittwoch rutschte ihr Rock so weit über die Hüften, daß sie ihn mit den Händen festhalten mußte, um nicht im Unterkleid dazustehen. Sie verbrachte den ganzen Nachmittag damit, den Rock enger zu machen, dabei brach eine von den kostbaren Nähmaschinennadeln ab.

Vor der Kaserne blühte dunkellila und weißer Flieder. Rosa versuchte auszurechnen, wieviel Zeit vergangen war, seit die Gestapo Ferdinand abgeholt hatte. Es gelang ihr nicht. Sie wußte auch nicht mehr, ob die drei widerspenstigen borstigen Haare an seiner rechten oder an seiner linken Augenbraue in die Höhe standen. Zum ersten Mal durchsuchte sie seine Lade in der Kommode, aber sie fand nur ein Bild von ihm mit einer jungen Frau, wahrscheinlich das Hochzeitsfoto, da war er höchstens zweiundzwanzig, unvorstellbar, daß er einen so kecken Schnurrbart getragen hatte, wie ein Dragoner sah er aus, die Jacke über eine Schulter geworfen, und die Frau lachte so verschmitzt. Achtundzwanzig Jahre hast du mit ihm gehabt, dachte Rosa. Achtundzwanzig Jahre! Sein Taufschein war in der Lade, sein Gesellenbrief, das Abgangszeugnis von der Hauptschule mit lauter »vorzüglich« und einem »sehr gut«. Sie machte die Lade zu, sie konnte doch nicht in seinen Sachen wühlen, das war ja gerade, als wäre er ... Von seiner Vergangenheit würde er ihr später erzählen, hatte er versprochen. In der Nacht träumte sie endlich wieder von ihm, als sie viel zu früh aufwachte, hielt sie es im leeren Bett nicht aus, obwohl sie noch müde war, und wußte wieder nicht, welche Augenbraue die struppigere war.

Am frühen Morgen hatte es noch geregnet, jetzt schien die Sonne von einem sehr hellen Himmel, ließ jedes Blatt auf den Alleebäumen einzeln aufleuchten, an den Oberleitungen der Straßenbahn funkelten letzte Tropfen, Straßen und Gehsteige glänzten. Ein kleiner Bub hüpfte in einer Pfütze auf und ab, eine alte Frau rannte ihm nach, begann zu schimpfen und mußte dann lächeln vor seiner Begeisterung. Rosa erwischte sich bei dem Gedanken, daß an einem solchen Tag vielleicht doch noch alles anders werden könnte, versuchte ihn zu verscheuchen, weil sie das trübe Dunkel fürchtete, das unweigerlich folgen würde, wenn sie wieder enttäuscht wurde. Dennoch spürte sie, wie sich ihr Rücken straffte, wie die Füße den Boden anders berührten, und sie war, nachdem der alte Portier den Kopf geschüttelt hatte, auch nicht mehr ganz so verzweifelt wie sonst. Er steckte ihr wieder ein Stollwerck zu.

Als sie heimkam, öffnete die Nachbarin ihre Wohnungstür und reichte Rosa einen Brief. Rosa gelang es, danke zu sagen, das Angebot, den Brief bei der Nachbarin zu lesen, lehnte sie ab. Minutenlang saß sie mit dem Kuvert in der Hand am Küchentisch, bevor sie sich aufraffen konnte, es zu öffnen. Das war kein Brief, das war ein Formular mit Schreibmaschine ausgefüllt. *Ferdinand Müller, geboren am 23.7.1894, Schutzhäftling, verstorben am 8.6.1944 an linksseitiger Lungenentzündung trotz bester medizinischer Versorgung.*

Lungenentzündung, Ferdinand hatte doch keine Lungenentzündung, das mußte ein Irrtum sein, ein schrecklicher Irrtum, man hatte ihr das Formular geschickt, obwohl es nicht stimmte, nicht stimmen konnte. Sie drehte das Blatt hin und her, legte es mit der Rückseite nach oben auf den Tisch, drehte es wieder um, las Zeile für Zeile, Buchstabe für Buchstabe. Verstorben am 8.6.1944. An dem Tag, an dem sie Julie besuchte. *Gegen die Ausfolgung der Urne bestehen, wenn eine Bescheinigung der örtlichen Friedhofsverwaltung beigebracht wird, daß für ordnungsmäßige Beisetzung Sorge getragen wird, keine Bedenken.* Eine Sterbeurkunde, las sie weiter, könne sie bei Einsendung der Gebühr von RM 72 beim Standesamt Mauthausen II, (12b), Mauthausen/Oberd. anfordern.

Sie sprang auf, rannte zum Gasthaus. Die Mutter schnitt Zwiebeln, drehte sich erst um, als Rosa ihren Ärmel berührte. Wie sie denn aussehe, man müsse sich ja schämen, nicht einmal ordentlich frisiert. Rosa hielt ihr die Nachricht hin. Die Mutter wandte sich wieder ihren Zwiebeln zu. Ohne Brille könne sie nicht lesen, und sie habe zu tun. »Der Ferdinand soll an einer Lungenentzündung gestorben sein«, flüsterte Rosa. Sie konnte das nicht laut sagen, damit würde es wahr, und es durfte nicht wahr sein. Die Mutter hackte weiter, ganz regelmäßig aus dem Handgelenk heraus, zerschnitt eine neue Zwiebel, warf die Stücke in den Topf auf dem Herd. »Das war zu erwarten«, sagte sie, ohne Rosa anzusehen, »wenn einer so blöd ist und sich dem Gang der Geschichte entgegenstellt.« Das ist doch nicht sie, die so redet, daß sie herzlos ist, hab ich gewußt, aber *Gang der Geschichte*? Woher hat sie das? Die Mutter begann Kartoffeln zu schälen, eine perfekte Spirale hing an ihrem Messer. Sie brauche Geld für die Urne, flüsterte Rosa. »Na und?« fragte die Mutter. Na und, was heißt na und, ich brauche es, damit sie mir sagen, daß alles ein Irrtum war, dann können sie das Geld gern behalten. Das gehe sie doch nichts an, fuhr die Mutter fort. »Hättest du auf mich gehört, dann wär dir das erspart geblieben. Außerdem hab ich selbst nichts.« Darum hast du auch den neuen Volksempfänger und sogar einen Schallplattenspieler, die neuen Vorhänge an den Fenstern und Seidenstrümpfe an den Beinen. Rosa wunderte sich, daß ihr das alles auffiel. »Ich hab jeden Pfennig abgeben müssen, den ich verdient habe, und jetzt brauche ich das Geld«, sagte sie. Sie trat einen Schritt vor, die Mutter wich zurück, stieß an die Kredenz, Gläser klirrten gegeneinander, die Mutter hob den Unterarm vors Gesicht, stolperte zur Kasse, riß die Lade auf. »Da, nimm! Nimm und verschwinde!« Rosa nahm die Scheine. Ich kann es mir nicht leisten, stolz zu sein. Aber danke sag ich nicht. Sie drehte sich um und lief davon. »Der Teufel soll dich holen!« schrie ihr die Mutter nach. Da endlich fand sie ihre Stimme wieder und konnte antworten: »Das hat er schon getan, dich und mich und alle anderen, und er hat auch einen Namen.« Zu Hause ließ sie sich aufs Bett fallen, das ratterte unter ihr, hinter ihren Augen war ein furchtbarer Druck, sie preßte beide Mittelfinger gegen die Lider, doch das half auch nicht. Später stand sie auf und zählte das Geld. Es war nicht einmal halb soviel, wie sie brauchte.

Zwei Tage später stand der Vater vor der Tür. Rosa begann zu zittern. Der Vater drängte sich an ihr vorbei, ging zum Tisch, setzte sich, starrte sie aus rotunterlaufenen Augen an. »Armes Mädel. Sie hat Angst, das mußt du verstehen. Man hört das eine und andere, es geht nicht so gut, wie die Leute glauben.« Das mit der Urne wäre ein Blödsinn, die würden sich doch nicht die Mühe machen, die Asche von einem jeden extra zu sammeln, die kehrten einfach ein paar Handvoll zusammen, und das wäre es dann. Sie könne genausogut die Asche aus ihrem Herd begraben. Er tätschelte ihren Arm, seine Berührung war ihr widerlich, sie war völlig verwirrt, so kannte sie ihn nicht, sie fühlte eine unbestimmte Bedrohung. »Ist schon gut«, sagte sie. Er hielt die Hand auf. Das Geld solle sie ihm zurückgeben, dann könne sie auch nach Hause kommen.

»Nein.«

Er hob drohend die Hand.

»Schlag nur zu«, flüsterte sie, »mir kannst du nicht mehr weh tun.«

Plötzlich stand er auf und ging mit schweren Schritten zur Tür, drehte sich noch einmal um, wartete, dann schüttelte er den Kopf und machte die Tür ungewohnt leise hinter sich zu.

Am Morgen war sie auf dem Weg zur Rossauer Kaserne, bevor ihr einfiel, daß es keinen Sinn mehr hatte, und dann lief sie erst recht weiter. Sonst hätten die ja gewonnen. Als sie heimkam, lag wieder ein Brief da. Sie müsse sich in einer Trikotagenfabrik in Liesing melden, Montagmorgen um sechs Uhr, pünktlich. Heil Hitler. Fast hätte sie gelacht.

Die Frauen in der Fabrik waren mißtrauisch, redeten nur das Nötigste, aber es kam auch vor, daß eine von ihnen Rosa ein aus dem ›Völkischen Beobachter‹ gedrehtes Stanitzel voll reifer Kirschen hinhielt und eine auffordernde Geste dazu machte, daß eine lächelte, wenn sie gemeinsam einen Korb voll langer Unterhosen oder Unterhemden ins Lager trugen, wie seltsam, das Wort *Lager* hatte auch noch eine andere Bedeutung, trotz allem, das hatte sie schon fast vergessen, es kam vor, daß eine »Helfgott« sagte, wenn eine andere nieste. Einmal sagte eine bei der Gelegenheit »Heil Hitler« und etliche kicherten. Rosa dachte, sie seien alle alt, mindestens fünfzig, wenn nicht sechzig, bis sie eines Tages beim Waschen in den Spiegel blickte und feststellte, daß sie genauso grau und verhärmt aussah. Sie hatte das Geld zur Post getragen, gleich nachdem sie es von der Mutter bekommen hatte, aber nichts weiter gehört, keine Bestätigung, auch keine Antwort auf den Brief, in dem sie schrieb, daß sie den Rest so bald wie möglich schicken würde. Vielleicht bedeutete das doch, daß eine Verwechslung vorgelegen hatte, ein Irrtum. Sie hatte gehört, wie zwei Frauen in der Mittagspause darüber redeten, daß der Bruder der einen mit einem amputierten Bein und einer Silberplatte im Kopf zurückgekommen war, Monate nachdem seine Mutter die Todesnachricht erhalten hatte. Der war zwar Soldat gewesen und nicht Häftling, aber es zeigte doch, daß auch die da oben nicht alles wußten, daß sie Fehler machten. Immer wieder meinte Rosa, Ferdinand in der Ferne zu sehen, und beim Näherkommen war es jedesmal ein Fremder, der ihm nicht einmal ähnlich sah. Sie ging zur Arbeit, tat, was man ihr anschaffte, ging nach Hause, kochte ein paar Kartoffeln, ein bißchen Gemüse, aß, ohne zu schmecken, was auf ihrem Teller war. Im Gehen zählte sie ihre Schritte, die Straßenlaternen, die offenen Fenster. Wenn eine ungerade Zahl herauskam, nickte sie. In den Nächten fand sie keinen Platz im Bett und fror, obwohl sie Ferdinands dicke Socken anzog und seinen alten Pullover über dem Nachthemd trug. Manchmal wachte sie schweißgebadet auf, immer mit dem Gefühl eines Verlustes. Sie träumte nie mehr, jedenfalls erinnerte sie sich an keine Träume. Einmal dachte sie: So tot, wie ich tot bin, können die Toten gar nicht sein. Wenn die Sirenen heulten und die Menschen in die Luftschutzkeller hasteten, hatte sie keine Eile. Manchmal betrachtete sie ihre Füße und wunderte sich, daß sie einen Schritt vor den anderen setzten, fast taten sie ihr leid, arme Füße, die wußten noch nicht, daß das Gehen keinen Sinn mehr hatte. Einmal wurde ihr die Lebensmittelkarte gestohlen, auch das war ihr gleichgültig, bis sie während der Arbeit ohnmächtig wurde und zwei Kolleginnen sie hinaustragen und auf eine Bank legen mußten. Als sie die Augen öffnete, erklärte eine von den älteren Frauen: »Die ist schwanger, ich sag euch, die ist schwanger.« Da fing Rosa an zu lachen und konnte nicht aufhören, ihre Kehle, ihre Speiseröhre brannte, so mußte es sein, wenn man Säure getrunken hatte. Martha, eine von den wenigen, deren Namen sie sich gemerkt hatte, legte Rosa den Arm um die Schulter und führte sie zurück an ihren Arbeitsplatz. Der Vorarbeiter blaffte sie an, sie wüßten offenbar nicht, daß sie hier keineswegs in einem Sanatorium seien, und drohte damit, Meldung zu erstatten, wobei er wie immer, wenn er seine Autorität herausstrich, vergeblich versuchte, norddeutsch entschlossen zu klingen. Dabei machte er aus der Meldung eine Melttung. Mitten im Satz wurde er von Sirenengeheul unterbrochen und scheuchte die Frauen in den Luftschutzkeller. Nach dem Schieben und Drängeln auf der Stiege und dem Kampf um die besten Sitzplätze trat plötzlich Ruhe ein, es wurde nur noch geflüstert und nach draußen gehorcht. Jeder Einschlag wurde kommentiert, weit entfernt, die Armen, Gott sei Dank nicht hier, nein, doch nicht ganz so weit, Jesusmariajosef, es kommt näher. Viele bissen in die Knöchel ihrer gefalteten Hände. Rosa schloß die Augen, links und rechts von ihr saßen eng gedrängt andere Frauen, da konnte sie nicht fallen. Sie schaukelte vor und zurück, bis der Vorarbeiter sie anschnauzte, sie solle gefälligst stillsitzen, sie mache alle verrückt. Der Angriff dauerte viel länger als sonst, nach der Entwarnung verlangte der Vorarbeiter ganz selbstverständlich, daß die verlorene Arbeitszeit eingeholt werden müsse. In der Dämmerung ging Rosa nach Hause. Eine Kastanie fiel ihr mit sattem Klang vor die Füße, sie hob sie auf, glatt und kühl lag die braune Kugel in ihrer Hand.

Als sie in ihre Gasse einbog, glaubte sie einen Augenblick lang, sie hätte sich im Weg geirrt. Da, wo das Nachbarhaus sein sollte, stand eine einzige Mauer, an der hing vor gestreifter Tapete eine goldgerahmte Madonna mit dem Jesusknaben und Johannes dem Täufer, ganz unversehrt im dritten Stock, in den keine Stiege mehr führte. Eine Katze schrie, nach einiger Zeit wurde Rosa klar, daß es keine Katze war, die da schrie, sondern eine Frau. Ein Rettungswagen fuhr vor. Hier kann ich doch nichts tun, dachte Rosa, ich muß nach Hause. Ein Mann trat ihr in den Weg. Da könne sie nicht durch. »Aber ich wohne hier«, sagte sie. Er packte sie am Arm, wies nach rechts. Hoch oben auf einem Schutthaufen stand Ferdinands Nähmaschine und das Schwungrad drehte sich.

»Ich muß die holen«, murmelte Rosa. Der Mann hielt ihren Arm so fest, daß es weh tat. Viel zu gefährlich, sie würde einbrechen, sie solle froh sein, daß sie nicht zu Hause gewesen war, da drüben sei jemand von der Winterhilfe, die würden ihr erst einmal einen heißen Tee geben.

»Ich muß sie aber holen«, wiederholte Rosa, »sie ist doch vom Ferdinand.« Der Mann fragte, ob sie eine Familie in Wien habe. »Nein«, sagte sie. »Nein, hab ich nicht.« Sie riß sich los, wurde von hinten ergriffen und festgehalten. Irgendwann hörte sie auf, sich zu wehren. Das Schwungrad drehte sich immer noch.

Eine alte Frau löste sich aus der Menge der Umstehenden, kam auf Rosa zu, gab ihr links und rechts zwei kräftige Ohrfeigen.

»Wie kommst du dazu zu behaupten, du hast keine Familie?« Sie wandte sich an die zwei Uniformierten. »Es ist der Schock«, erklärte sie, »und jetzt bring ich sie heim.«

Rosa war so verblüfft, daß sie sich widerstandslos abführen ließ, trottete neben der Frau her, die ihren Ellbogen umklammerte und pausenlos flüsterte: »Kein Wort mehr, sei still, du weißt ja nicht, in was du dich reinreitest.«

Vor einer Wohnungstür, an der die Farbe abblätterte, fummelte die Frau in ihrer abgegriffenen Tasche, murmelte, daß sie mit einer Hand den Schlüssel nicht finden könne und Rosa jetzt bitteschön keinen Unsinn machen sollte. Wie die Messingbeschläge und die Namenstafel glänzten. Die Frau schloß die Tür auf, schob Rosa in ein winziges Vorzimmer, schlüpfte aus den Schuhen, reichte Rosa ein Paar karierte Männerpantoffeln mit niedergetretenen Fersen und schlurfte in die Küche. Sie stellte einen Teekessel auf den Herd, legte einen Finger auf den Mund. »Später«, sagte sie und wies auf einen der beiden Stühle. Rosa betrachtete das in festen Maschen rund gehäkelte Kissen, bunt wie ein Bauerngarten, bevor sie sich setzte. Die Frau füllte einen Becher mit Hagebuttentee, goß Obstler hinein und mindestens zwei Eßlöffel dickflüssigen Honig. Mit einem zweiten Becher setzte sie sich Rosa gegenüber.

»Du wunderst dich, gelt?« Rosa nickte mehrmals. Die Frau zeigte auf die Pantoffeln. »Die haben ihm gehört, verstehst du?« Rosa starrte die Frau an. Wahrscheinlich war sie verrückt, aber es tat gut, an ihrem Küchentisch zu sitzen. Sie spürte den ungewohnten Schnaps, der leichte Schwindel war merkwürdig angenehm.

Die Frau nickte mehrmals. Natürlich, es sei dumm von ihr, immer wieder vergesse sie, daß längst nicht jeder im Bezirk ihren Karli gekannt hatte, obwohl er, das müsse sie schon sagen, so eine Art Berühmtheit gewesen sei, auf seine Art selbstverständlich, die vielleicht nicht jedem paßte, aber schließlich müsse man doch jeden nach seiner Fasson selig werden lassen, oder etwa nicht? Alle Nachbarinnen wären voll des Lobes gewesen über ihren Karli, der hilfsbereiteste Bub im ganzen Grätzel, hätten sie immer gesagt, jeder habe er die Einkaufstasche getragen und die Kohlenkübel bis hinauf in den vierten Stock, schon von weitem habe er gegrüßt, und eine Stimme habe er gehabt wie ein Engel, die Leute hätten sich umgedreht, wenn er am Sonntag in der Kirche gesungen habe. ›Meerstern, ich dich grüße‹, das sei sein Lieblingslied gewesen, zwar habe er immer Meerschaum gesungen, aber darauf komme es doch wirklich nicht an, oder, und die Muttergottes, die habe gewiß ihre Freude gehabt, niemand habe sie so sehr geliebt wie der Karli. Keiner Fliege habe er etwas zuleide getan, nie, aber dieses Biest im ersten Stock, dieser Trampel habe behauptet, er hätte sie belästigt, und da kamen die mit den langärmeligen Jacken, natürlich habe er getobt, er habe es nie leiden können, angefaßt zu werden, sogar sie selbst habe nur selten seinen Kopf streicheln dürfen, also getobt habe der Karli, mit Gewalt hätten ihn drei Männer die Stiegen hinuntergezerrt, und dieses Miststück, diese mannstolle Person, sei in ihrer offenen Tür gestanden und habe sich bei den Sanitätern, was das schon für Sanitäter gewesen seien, Schlachtergehilfen würden sich schämen, sich so aufzuführen, bei denen habe sie sich bedankt und ihnen ein Trinkgeld zugesteckt, und sie habe genau gesehen, wie sie ihnen auf den Hosenschlitz geschaut habe. Das habe sie beim Karli auch getan, und da habe er halt sein Zumpferl herausgenommen und ihr damit gewunken. Was sei denn daran so schrecklich, der Karli hätte gar nicht gewußt, was man damit anfangen könne, der habe es doch nur freundlich gemeint, gleich nachdem er sie im Stiegenhaus getroffen habe, habe er ihr, seiner Mutter, gesagt, die Dame hätte es sehen wollen, natürlich habe sie ihm gesagt, das darfst du nicht, aber da war es zu spät, noch am selben Abend kamen sie ihn holen. Sechs Tage lang sei sie hinaufgegangen auf den Steinhof, man habe sie aber nie hineingelassen zu ihm, wimmern habe sie ihn gehört durchs offene Fenster, immerzu.

Mama, Mama, hilf mir, habe er gewimmert, aber als einmal die Tür offen war und sie hineinging, hätten die Wärter sie gepackt und hinausgeschleppt, und am siebenten Tag habe man ihr gesagt, er sei gestorben, Lungenentzündung. Lungenentzündung! Wenn sie das schon höre. Die nahmen sich nicht einmal die Mühe, jedem eine eigene Todesursache anzudichten. Alles an Lungenentzündung gestorben, linksseitiger. Und immer stand da: *Es wurde ihm die bestmögliche pflegerische und medikamentöse Behandlung zuteil. Trotz aller angewandten ärztlichen Bemühungen gelang es nicht, der Krankheit Herr zu werden.* Ärztliche Bemühungen, so eine schamlose Lüge. Das seien nicht Ärzte, das seien Mörder, und eines Tages würden sie dafür zur Verantwortung gezogen werden. Was der Karli für eine starke Lunge gehabt habe, nicht einmal geschnauft habe er, wenn er mit zwei vollen Kohlenkübeln vier Stockwerke hinaufgelaufen sei. Sie bekreuzigte sich. »Ermordet haben sie ihn, meinen Karli, der niemandem was zuleid getan hat, da kannst du jeden fragen im Bezirk, eine Seele von einem Menschen war er. Und wie du angefangen hast zu schreien, da hab ich mir gedacht, ich bring dich schnell weg, wär doch schad um dich, wenn sie mit dir dasselbe machen.« Die alte Frau tätschelte Rosas Hand. Ich müßte ihr dankbar sein, dachte Rosa, wenn ich könnte, wäre ich ihr dankbar. Ihr ganz gewiß. Aber ich glaub, ich hab verlernt, wie man das macht. Lungenentzündung, ich hab's ja gewußt.

»Trink aus, solang der Tee warm ist. Und gut umrühren. Beim Ernten von dem Honig hat der Karli meinem Bruder noch geholfen, die Bienen haben auch gewußt, was für einer er ist, nie hat ihn eine gestochen. Jetzt liegt der Fritz, das war mein Bruder, irgendwo in Rußland, und den

Karli hab ich auch nicht begraben dürfen, weil die gesagt haben, sie machen wissenschaftliche Untersuchungen und müssen ihn studieren, wegen dem Schwachsinn, und das ist notwendig für das Deutsche Reich und die Volksgesundheit. Bitte, was ist das für ein Reich, wenn es sich fürchtet vor meinem Karli? Und weißt du, was? Wie sie der Swoboda die Uhr und die Hundemarke von ihrem Sohn gebracht haben und ich ihr ›Mein Beileid‹ gesagt hab, da hat sie mich angestarrt und von stolzer Trauer und Führer und Vaterland gefaselt. Jetzt ist ihr zweiter vermißt, aber mir tut sie nicht mehr leid, mir nicht, und ich werd ihr auch nicht kondolieren.« Während sie redete, breitete sie ein zerschlissenes Leintuch auf das Sofa in der Küche, bezog einen Kopfpolster und eine Decke. Rosa protestierte nur halbherzig. Der Blick der Frau war unheimlich in seiner starren Intensität, ein modriger Geruch ging von ihren Kleidern und ihren fettigen Haaren aus, beim Sprechen sammelten sich Spuckebläschen in den Mundwinkeln, manchmal stieß sie mit der Zunge an die Schneidezähne, dann wackelte der rechte. Die Querfalten an ihrem Hals waren schwarz, ebenso die Rillen an ihren Fingerspitzen. Sie meint nicht mich, und trotzdem ist es gut, ging es Rosa durch den Kopf. Eigentlich müßte sie mich an die Mutter erinnern, so wie sie ausschaut. Tut sie aber nicht.

»Zeit für die Heia«, sagte die Frau. »Da fällt mir ein, ich hab dir meinen Namen nicht gesagt. Ich bin die Gusti.«

»Ich heiße Rosa. Rosa Müller.«

Die alte Frau kicherte. »Weiß ich doch. Schlaf gut. Das Zahnbürstl vom Karli steht auf der Etagere in der Küche, ist noch fast neu. Ich steh eh um fünf auf, kriegst einen Tee, bevor du in die Arbeit gehen mußt.« Sie strich mit zwei Fingern über den Kopfpolster. Rosa solle sich gefälligst beeilen, sie wolle auch ins Bett.

Eine räudige Zahnbürste mit angekiefeltem Stiel stak in dem Becher mit der Aufschrift *Karl* in gotischen Lettern. Bei ihrem Anblick kamen Rosa die Tränen, sie weinte nicht um Karli, den sie nie gesehen hatte, sie weinte um Ferdinand, um Josef, um sich selbst, doch, auch um Karli, um Gusti, um Marianne, bis Gusti an die Tür klopfte. Da fuhr sie mit dem Zeigefinger über ihre Zähne, spritzte sich Wasser ins Gesicht und vermied Gustis Blick beim Hinausgehen.

Eine geborstene Feder stach Rosa in den Rücken, dennoch schlief sie sehr schnell ein, kaum daß sie sich aufs Sofa gelegt hatte, und wachte erst auf, als Gusti ihre Schulter rüttelte. Während sie im Stehen Kamillentee tranken, schärfte Gusti ihr ein, sie müsse dem Vorarbeiter sagen, daß sie ausgebombt worden sei, dann würde sie eine neue Lebensmittelkarte und Bezugsscheine für das Nötigste bekommen. Und sie müsse sagen, daß sie bei ihrer Tante Unterschlupf gefunden habe, das dürfe sie auf keinen Fall vergessen. »Bei der Tante, hörst du, die Adresse hab ich dir auf dem Zettel aufgeschrieben, und du bist total ausgebombt, ein Volltreffer, das muß er auf den Schein schreiben, vergiß das nicht, und jetzt geh, sonst kommst du zu spät.« Sie schob Rosa zur Tür hinaus.

Nicht nach links schauen, nur nach vorne, nicht nach links schauen, sagte sich Rosa und drehte doch im entscheidenden Moment den Kopf. Als hätte sie jemand genau in die Mitte eines Balkens balanciert, stand die Nähmaschine da. Wieso auf dem Balken? Einem Balken mit ausgezahntem Ende, wie abgerissen. Woher kam der? Den ganzen Weg zur Fabrik dachte Rosa darüber nach.

Schon am zweiten Tag wurde ihr nicht mehr übel vom Geruch der Wohnung, sie nahm ihn gar nicht mehr wahr. Trotzdem bot sie Gusti an, am Sonntag gemeinsam mit ihr Küche und Zimmer zu putzen.

»Wieso?« fragte Gusti.

»Weil ich doch hier wohnen darf, da möchte ich auch mithelfen.«

»Findest du die Wohnung dreckig?«

Natürlich log sie, sie wollte die alte Frau doch nicht kränken, deren fast zahnlose Kiefer mahlten, wobei die Wangen noch eingefallener wirkten. Rosa ließ das Thema fallen, aber als sie am Samstag aus der Fabrik zurückkam, war Gusti dabei, den Rechaud zu schrubben. Rosa nahm ihr die Reißbürste aus der Hand, schabte mit einem schartigen Messer fettige Krusten von den Gußeisenteilen, suchte vergeblich nach Stahlwolle. Gusti räumte die Kredenz aus, stellte verwundert fest, daß auch Geschirr und Gläser mit einem feinen Fettfilm überzogen waren, was sie angesichts der mageren Fettrationen gar nicht verstehen konnte, freute sich über einen Mantelknopf, der ihr seit langem abging, über einen Rest Gummiband, einen henkellosen Becher mit der Aufschrift *Gruß aus Mariazell* und ganz besonders über ein Glas trockene weiße Bohnen, das sich hinter den Tellern versteckt hatte. Morgen würde sie Bohnengulyas kochen, das habe der Karli immer so gern gehabt. Sie kommentierte jeden Handgriff. Jetzt tun wir den Knopf in die Nähschachtel, annähen kann ich ihn dann später, jetzt wischen wir die Brösel aus der Ecke, die Bohnen müssen wir einweichen, die sind uralt, da ist ja das Salzfassl, meine Güte, die Parte von der Jaklitsch ist hinters Regal gerutscht, wer wird einmal eine Parte kriegen, wenn ich gestorben bin, ist auch egal, wann hab ich überhaupt die letzte Parte gesehen, wenn soviel gestorben wird, gibt's keine Parten, sonst würden ja die Leut ihre Zimmer tapezieren damit, die jedenfalls, die noch Zimmer haben.

Rosa füllte den großen Topf mit Wasser und stellte ihn auf den Rechaud. Der Gasanzünder funktionierte nicht, ihr Daumen bekam eine Rille von den vergeblichen Versuchen, das Rad zu drehen. Das Bodentuch fühlte sich glitschig an und roch sauer, sie spülte es in kaltem Wasser, trug den vollen Kübel hinaus, mußte warten, bis der Nachbar mit hängenden Hosenträgern aus dem Klosett kam. Der Gestank war furchtbar, sie bemühte sich, ganz flach durch die Nase zu atmen, während sie den Kübel ausleerte.

Mitternacht war vorbei, als Rosa mit einem feuchten Tuch die Lampe über dem Küchentisch abwischte. Es roch nach Schmierseife und ein wenig nach Salmiak. Schön sauber.

»Und wenn jetzt die Bombe fällt, war die ganze Arbeit für die Katz«, sagte Gusti. »Aber weißt du, was? Jetzt schaut es hier wieder aus wie früher, als der Karli noch gelebt hat. Danach hat es einfach keinen Sinn gehabt, verstehst du?« Sie verschwand im Zimmer und kam mit einem blau bestickten Tuch zurück. »Und was soll man meinen, Holzschuh an den Beinen, tanzen sie zu jeder Zeit den Holzschuhtanz«, sang sie. »Nur den Anfang hab ich vergessen. Weißt du ihn?«

Rosa schüttelte den Kopf. »Über die Abwasch könnten wir's hängen. Da würde man es richtig gut sehen. Aber nicht jetzt, um die Zeit können wir nicht hämmern.« Ihr Rücken tat weh, die Haut auf den Händen war aufgelaugt und brannte, aber sie war merkwürdig zufrieden. Erst als sie auf dem Sofa lag und einen Platz zum Einschlafen suchte, wo die Feder nicht allzusehr störte, dachte sie, Gusti hat recht gehabt, es hat keinen Sinn. Ändert ja doch nichts.

Trotzdem machten sie am Sonntag weiter, bis auch das Zimmer vor Sauberkeit duftete. »Dem Karli würde das gefallen«, sagte Gusti am Abend. »Er hat so gern beim Putzen geholfen.« Sie schniefte auf, wischte mit dem Ärmel über ihre Augen.

Rosa machte noch zwei Versuche, an die Nähmaschine zu kommen. Jedesmal wurde sie daran gehindert. Zu gefährlich, sagte man ihr, der Schutthaufen sei einsturzgefährdet. Irgendwann bald würde er weggeräumt werden, und dann könne sie ihre Nähmaschine bekommen. Es sei doch verrückt, ihr Leben zu riskieren, Tote gebe es genug.

Sie hatten kein Radio, aber Gusti brachte vom Einkaufen die neuesten Nachrichten mit und erzählte sie Rosa am Abend. »Frontbegradigung«, schnaubte sie. »Das ist wie die Lungenentzündung. Alles erstunken und erlogen. Du wirst sehen, jetzt dauert es nicht mehr lang. Dann kriegen sie ihre Rechnung.«

Drei Tage vor Weihnachten sah Rosa auf dem Heimweg ihre Mutter. Die hob die Hände vors Gesicht, fing an zu brabbeln. »Dich hat aber doch die Bombe erschlagen?« Und wenn nicht, warum habe sie sich dann nicht gerührt, der ältere Sohn von der Hilde sei in Rußland gefallen, der Vater sei jetzt Luftschutzwart, und Rosa solle nach Hause kommen, alles sei vergeben und vergessen. Rosa wandte sich wortlos ab und ließ die Mutter stehen. Vergeben und vergessen. Wer hatte zu vergeben, wer konnte vergessen? Sie zitterte vor Wut, zwang sich mit geradem Rücken weiterzugehen.

An diesem Abend erzählte sie Gusti von Ferdinand. Gusti unterbrach sie kein einziges Mal, trommelte nur auf den Tisch. Als Rosa schwieg, schwieg sie auch. Der Faden der Glühlampe sirrte leise. Gusti fuhr sich mit beiden Händen in die Haare, eine Haarnadel klirrte auf den Boden. »Was soll man da sagen? Gar nichts kann man sagen. Aber eines Tages, ich schwör es dir, eines Tages wirst du stolz sein auf den Ferdinand, solang es solche gibt wie ihn, geht die Welt nicht unter.« Sie stand auf, holte die Obstlerflasche aus der Kredenz, füllte Wasser aus der braunen Kanne in einen Topf. »Bist du bös auf ihn?« fragte sie mit dem Gesicht zum Herd.

»Nein«, sagte Rosa, dann verbesserte sie sich: »Jetzt nicht mehr. Aber stolz sein kann ich nicht. Ich brauch ihn so.«

»Ja.« Gusti goß Schnaps in die Teebecher. »Wenn wir Säuferinnen werden, ist's auch egal. Obwohl – viel ist eh nicht mehr da.«

Der Winter war der kälteste, den Rosa je erlebt hatte. Tagelang war die Straße eine blanke Eisfläche, immer wieder rutschte ihr auf dem Weg zur Arbeit ein Fuß davon, sie wunderte sich, daß sie dabei erschrak und Herzklopfen bekam, obwohl sie doch gar nicht mehr leben wollte. Nicht mehr leben ist eine Sache, sagte sie sich, ein gebrochenes Bein ist eine andere. Wenn sie heimkam, standen die karierten Patschen auf dem kleinen Kanonenofen. Gusti hatte einen eisernen Ständer für ein Bügeleisen im Keller gefunden, darauf balancierte sie die Hausschuhe, damit sie nicht angesengt wurden.

Der Händler war zum Volkssturm eingezogen worden, Rosa mußte die Kohle jetzt eimerweise heimtragen, das wenige, das sie auf Karten bekamen. Die Schwarzmarktpreise hätten sie beim besten Willen nicht bezahlen können. Gusti ging in den Wienerwald, aber man mußte die Fichten- und Föhrenzapfen im Fallen auffangen, sagte sie, sonst hatte sie schon ein anderer. Kein Zweig auf dem Waldboden. Sooft sie an der Ruine ihres Hauses vorüberkam, blickte Rosa sehnsüchtig auf die wild durcheinandergeworfenen Balken und Latten, aber es hätte einen Riesen gebraucht, sie herauszuziehen. Eines Morgens war die Nähmaschine verschwunden und der Balken auch.

Die Suppen, die Gusti kochte, wurden immer dünner, aber warm waren sie. Wenn Rosa sich bedankte, winkte Gusti mit beiden Händen ab. »Red nicht so blöd daher. So hab ich wenigstens was zu tun.« Zu tun hatte sie allerdings, oft mußte sie um ein paar Gramm Fett in fünf, sechs Geschäfte laufen, bis sie einen Greißler fand, der nicht bedauernd oder sogar höhnisch sagte, die Lebensmittelmarken seien zwar in Ordnung, aber die Lieferung hätte nicht einmal ausgereicht für seine Stammkundschaften. Zwischen den Fenstern hatte Gusti Schnüre gespannt, daran hingen Apfelschalen und Himmelschlüsselblüten, auf dem Eßtisch trockneten Hagebutten. Wenn sie sonst nichts mehr hatten, würden sie immer noch Tee trinken können, ohne Zucker allerdings. An den Abenden schälten und rösteten sie Bucheckern, die sie nach dem Abkühlen in der Kaffeemühle mahlten. Anfangs hatte es beim Mahlen noch schwach nach Bohnenkaffee gerochen, der Duft hatte sich längst verflüchtigt. Gusti war stolz auf ihren Schnittlauch im Blumentopf auf dem Fensterbrett und erfand immer neue Möglichkeiten, fehlende Zutaten zu ersetzen. Rosa lobte das Essen, auch wenn sie abends meist so erschöpft war, daß ihr das Kauen schwerfiel. Ihr Magen war offenbar geschrumpft und schmerzte, außerdem litt sie abwechselnd unter Verstopfung und unter Durchfall. Sie sprach nie darüber, es interessierte sie auch nicht besonders. Es war eben so. Gusti, die siebenundzwanzig Jahre älter war, kam ihr viel jünger vor als sie selbst, trotz der Trauer um Karli, aber die wurde von der Wut gegen die Mörder stark und lebendig erhalten, da war nichts, das sie von innen her vergiftete. In mir drin, dachte Rosa, liegt ein Stein, der verwest. Steine verwesen nicht. Die zerbröckeln höchstens.

Rosa solle sich bitteschön vorstellen, begann Gusti, sie sei an der 7er-Wohnung vorbeigegangen, und gerade in dem Moment sei die Zinner herausgekommen, schamlos, wie die den Pelzmantel trüge, den ihr Mann aus Frankreich mitgebracht habe, geplündert natürlich, auch kistenweise Champagner habe er angeschleppt, dieser Kerl, vor dem Krieg sei er gar nichts gewesen, nichts jedenfalls, auf das man stolz sein müsse, sie glaube sogar, er habe was veruntreut, aber mit einer fünfstelligen Parteinummer, da sei er natürlich gleich hoch oben gewesen, nein, sie rede nicht zu laut, und wenn schon, von ihr aus könne jeder hören, was das für eine Bagage sei. Das ganze Stiegenhaus habe nach ihrem Parfum gestunken, aber aus der Wohnung habe es Schwaden von Bratenduft geweht. Schweinsbraten, richtig mit Kümmel und Knofel, und das war kein kleines Stück, da kenne sie sich aus. Die Zinner habe nicht einmal den Anstand gehabt, sich zu schämen, frech gegrinst habe sie, aber die werde auch noch sehen. »Hochmut kommt vor dem Fall, das ist ein altes Sprichwort, und ich hoffe nur, daß ich den Fall noch erlebe, da gebührt mir ein Logensitz, das sag ich dir, die steckt immer zusammen mit der, du weißt schon ...« Für die Frau, die Karli angezeigt hatte, war keines von Gustis Schimpfwörtern schlimm genug. Rosa wußte, daß es Gusti kränkte, wenn sie nicht empört reagierte, aber sie hatte einfach nicht die Kraft dafür.

»Laß dir die Wut nicht nehmen«, sagte Gusti auch jetzt wieder. »Wenn du die Wut nicht mehr hast, hast du alles verloren.« Rosa nickte, nach einer langen Pause bot sie Gusti an, ihr die Zehennägel zu schneiden.

»Dauert eh nimmer lang«, sagte Gusti, und Rosa fragte nicht, was sie damit meinte, rieb mit dem Bimsstein an Gustis zerklüfteten Fersen und bearbeitete die Hornhaut. Gusti zappelte. Sie sei halt so kitzlig, besonders an den Zehen.

Am ersten warmen Frühlingsabend bestand Gusti darauf, wenigstens rund um den Häuserblock zu gehen, es sei doch verrückt, sich vor lauter Angst vor dem nächsten Bombenangriff selbst einzusperren. An diesem Abend hörten sie zum ersten Mal seit langer Zeit Vögel zwitschern und konnten es nicht glauben. Als sie in der Dämmerung zurückkamen, hockte der Sohn der Hausmeisterin mit zwei Freunden im Vorgarten. Die Buben waren vertieft in ein kompliziertes Tauschgeschäft. »Schad, daß heute kein Fliegeralarm war«, sagte einer, »ich hätt so gern wieder Flaksplitter gesucht.« Gusti blieb stehen, holte aus und gab ihm eine Ohrfeige, war offensichtlich selbst genauso verdutzt wie der Knabe und entschuldigte sich. »Aber weißt du, es macht mich ganz krank, wenn Kinder so etwas Mörderisches für ein Spielzeug halten.« Der Bub sah sie ernst an und erklärte, das sei doch nicht mörderisch, das töte nur die Feinde. Gusti schüttelte den Kopf, Rosa führte sie schnell ins Haus. Die Buben feixten hinter ihnen her. Rosa hoffte, daß Gusti nicht gehört hatte, was der Sohn der Hausmeisterin sagte. »Die Alte spinnt schon genauso wie ihr Karli, der Depp.«

Plötzlich war der Tiefflieger da, ohne Vorwarnung, Rosa warf sich in den Straßengraben, blickte auf, meinte das Gesicht des Piloten zu sehen. Ein spitzer Stein stach sie in den Bauch, ein Grashalm kratzte ihre Wange. Über ihren rechten Zeigefinger wanderte eine Ameise. Gusti wird sich wundern, wenn ich nicht heimkomme, ging es Rosa durch den Kopf. Ob sie es überhaupt erfährt? Ich bin ja nicht richtig gemeldet bei ihr. Wie eine Mutter hat sie mich aufgenommen. Wie eine richtige Mutter. Warum hab ich keine Angst? Sie versuchte die Wespe vor ihrer Nase wegzublasen. Gestochen werden will ich nicht, das nicht. Das Flugzeug drehte ab. Schwirr ab, hatte der Vater gesagt, wenn er sie etwas holen schickte. Schwirr ab, blödes Vieh. Rosa hob die Hand, die Wespe flog auf, setzte sich auf Rosas Finger, stach zu.

Als sie heimkam, war die ganze Hand geschwollen. Gusti holte essigsaure Tonerde, machte einen Umschlag, schusselte herum. Rosa fing an zu lachen, konnte nicht aufhören, erst als Gusti sie anschrie, konnte sie prustend von dem Tiefflieger erzählen. Gusti gab ihr eine Ohrfeige. Was denn da zum Lachen sei, das würde sie gern wissen, und außerdem seien die Erdäpfel jetzt glücklich angebrannt, aber sie solle nur nicht glauben, daß es etwas anderes zum Abendessen gäbe. »Stell dir halt vor, es wär ein G'selchtes, riecht doch so ähnlich. Wenn man kein gutes Gedächtnis hat jedenfalls.«

Sie blieben länger als sonst am Tisch sitzen. Gusti goß den letzten Rest Obstler in zwei Gläser. Die Gärtnerin habe ihr neuen versprochen, selbstgebrannten Zwetschgernen von ihrem Großvater im Tullnerfeld, im Tausch gegen Zigarettenmarken, es sei doch wirklich ein Glück, daß sie beide nicht rauchten. Sie kicherte. Rosa wisse ja das Neueste noch nicht. Im Radio hätten sie dazu aufgerufen, Asche für Löschzwecke aufzuheben, weil es zuwenig Löschsand gebe. Die Feuerwehrmänner hätten sie auch gleich nach Oberösterreich – oder war es Niederösterreich? – geschickt, aber das mache nichts aus, dann würden wenigstens die schönen Feuerwehrwagen den Krieg unbeschädigt überstehen. Vor allem solle die Bevölkerung ruhig bleiben und allen Anordnungen Folge leisten, neue Reserven seien im Anmarsch. »Ein guter Aprilscherz, hab ich mir gedacht, ein bisserl verfrüht. Manche von den Bonzen glauben ja ihre eigenen Lügen, aber ich hab auch gehört, daß viele von ihnen Lastwagen re-qui-riert haben und mit Sack und Pack und Kind und Kegel auf dem Weg nach Westen sind. Ich schwör dir, auch dort wird der Teufel sie finden, wenn er sie holen kommt, und auf den Tag freu ich mich. Den will ich noch erleben.«

Die Hände im Schaff mit warmem Wasser, den Rücken Rosa zugewandt, erzählte sie schließlich, daß die Söhne der Bäckerin, zwölf und dreizehn Jahre alt, nachts aus dem Fenster gestiegen und zur Flak gegangen seien. Die alten Männer vom Volkssturm verdünnisierten sich, was ja durchaus vernünftig sei, aber mußten deshalb Kinder in den sicheren Tod geschickt werden? Übrigens werde Rosa morgen nicht zur Arbeit gehen, das habe nun wirklich keinen Sinn mehr, mit der geschwollenen Hand könne sie sowieso nichts tun, notfalls werde Gusti die Tür zusperren, sie habe keine Lust auf ein Begräbnis, aber wirklich nicht, und morgen oder übermorgen, spätestens in einer

Woche, kämen sowieso die Russen. Rosa versuchte erst gar nicht zu widersprechen. Das Pochen in ihrer Hand schwankte zwischen unangenehm und schmerzhaft. Sie ließ sich in Gustis Fürsorge fallen wie in ein warmes Bad.

Am Morgen war die Einstichstelle tiefrot und von einem nur wenig helleren Hof umgeben. Gusti schüttelte den Kopf und legte stündlich neue kalte Umschläge auf. »Die Wespe ist sicher auf dem Scheißhaufen von einem Obernazi gesessen, bevor sie dich gestochen hat. Aber da hat sie sich verrechnet. Eine wie dich kann man nicht mit dem Nazigift anstecken und vergiften.«

Aus der Ferne waren immer wieder Gewehrsalven zu hören. Gegen Mittag wurde Gusti unruhig. Sie habe etwas zu erledigen, erklärte sie, nahm die große Einkaufstasche und sperrte ohne irgendeine Erklärung hinter sich die Tür zu. Was bedeutete das? Die Gedanken gerieten Rosa durcheinander, es schüttelte sie vor Kälte, gleichzeitig war in ihr eine Feuerstelle, im Bauch oder sonstwo, sie kroch ins Bett, zog die Decke über den Kopf, wachte schweißgebadet auf, hob die Decke, fächelte sich Luft zu, fror wieder. Einmal war Ferdinand ganz in der Nähe, als sie die Augen aufriß, waren da nur die verästelten Risse in der Wand, die bildeten Strudel und wogten auf und ab. Schwindlig wurde ihr davon. Sie schlief wieder ein, wurde vom Druck ihrer Blase geweckt, aber die Tür war abgeschlossen, sie konnte nicht hinaus zum Klo, lag so reglos wie möglich, weil jede Bewegung den Druck schlimmer machte. Als sie schon verzweifelt nach irgendeinem Gefäß Ausschau hielt, ging die Tür auf. Rosa stürzte an Gusti vorbei aufs Klo, als sie zurückkam, saß Gusti da, die Beine weit von sich gestreckt, die Haare aufgelöst, einen Mantelknopf abgerissen, und strahlte Rosa an.

Daß es ihr bessergehe, könne sie sehen, also doch keine Blutvergiftung. »Und jetzt schau einmal!« Sie holte eine Tüte nach der anderen aus ihrer Tasche, Zucker, Grieß, Nudeln, Kakao, Mehl, eine große Tafel Kochschokolade, Feigenkaffee, sogar ein Päckchen Bohnenkaffee. Sie habe auch eine Flasche Cognac gehabt, echten französischen, aber diese Trutschen, diese hinterfotzige Schleimscheißerin, normalerweise würde sie ja nie so schimpfen, so weit würde sie sich nie vergessen, aber in diesem Fall sei es die reine Wahrheit und kein bißchen übertrieben, also diese – Person habe ihr die Flasche entrissen. Sie lachte vergnügt. »Hat eh nichts davon gehabt, sie ist ihr aus den gierigen Fingern gerutscht und zerbrochen.« Rosa könne sich nicht vorstellen, was da los gewesen sei in der Bossi-Fabrik, die allerfeinsten Damen hätten wie die Furien gewütet und geplündert, sich mit gezückten Ellbogen durch die Menge gekämpft, geboxt und gekratzt, Säcke hätten sie aufgeschlitzt, knöcheltief durch gutes Mehl seien sie gewatet. Schließlich sei ein Polizist aufgetaucht, aber als der sah, was los war, habe er selbst in die Taschen gesteckt, was er im Vorübergehen erwischen konnte, und sei verschwunden. Sie tätschelte das Päckchen Kaffee. Das habe sie einer von den Damen mit Hut und Schleier abnehmen müssen, die sei mit einem Leiterwagen angetanzt und habe sage und schreibe zwei Kilo Kaffee genommen. »Gierig und schamlos, das war sie, ein Trampel mit weißen Handschuhen, feinstes Glacéleder, und jetzt koch ich uns einen Kakao, Kakao macht stark, auch wenn er gestohlen ist, aber genaugenommen ist ja alles, was wir da gestohlen haben, vorher uns gestohlen worden, also wo ist das Problem?«

Sie hat ja recht, dachte Rosa, und wenn sie nicht recht hätte, wäre es auch egal. Sie kam sich vor wie in einer

Hängematte, sachte hin- und hergeschaukelt, manchmal meinte sie, ihr Kopf sei abhanden gekommen, irgendwo weit weg, vielleicht sollte sie ihn suchen gehen. Gusti brachte den Kakao, legte eine Hand auf Rosas Stirn und bekreuzigte sich. »Heilige Maria Mutter Gottes«, murmelte sie. Sie schimpfte mit Rosa, was sei denn das für eine Art, wegen einem gewöhnlichen Wespenstich solches Fieber zu kriegen, wenn das jeder täte, und woher solle sie bitte einen Arzt nehmen? Dann straffte sie sich. »Also gut, du trinkst zuerst deinen Kakao, und dann mach ich dir einen Wickel, wär doch gelacht, wir schaffen das schon.«

Ihr Blick fiel auf die entzündete Einstichstelle. Vorsichtig betastete sie den großen roten Hof. Der Eiterpfropfen in der Mitte müsse herauskommen, entschied sie, irgendwo müsse noch Zugsalbe sein. Gusti brachte ein triefendes Leintuch und packte Rosa ein wie ein Wickelkind, nur die verletzte Hand blieb draußen. Als sie auch die Zugsalbe gefunden und aufgetragen hatte, holte sie einen Stuhl und setzte sich neben Rosa. »Der Doktor hätte auch nicht mehr tun können«, flüsterte sie, »und jetzt werd gefälligst gesund, wie komm ich denn dazu, daß du mir auch noch wegstirbst wegen so einer blöden Wespe, die sich mit einem Nazi-Scheißhaufen eingelassen hat?« Sie sah Rosas Lider flattern und sagte schnell: »Warum lachst du nicht, wenn ich einen Witz mach?«

Am Morgen war das Fieber gesunken, aber als Rosa aufstehen wollte, knickten die Beine unter ihr ein. Gusti holte einen Nachttopf und bestand darauf, daß Rosa ihn verwendete. »Schön brav sein«, murmelte sie, »bist ja mein braves Buberl, gelt?« Sie war sehr zufrieden, daß sich an der Einstichstelle ein Krater geöffnet hatte, aus dem Eiter floß. Auch das zornige Rot ringsum war verblaßt. Rosa merkte, wie unruhig Gusti wurde, es offenbar nicht mehr aushielt in der Wohnung so ganz ohne Nachrichten. »Mir geht's gut, wirklich«, versicherte sie immer wieder, bis Gusti beschloß, ihr zu glauben. Sie versprach, bald zurückzukommen, aber so schnell hätte Rosa sie nicht erwartet, schon nach einer halben Stunde war sie wieder da, riß den Schrank auf, die Laden der Kommode, stopfte Unterwäsche, Socken in einen Rucksack, legte sorgfältig Hemden und Pullover darüber, knotete zwei Paar Schuhe an den Schnürsenkeln zusammen, hängte sich zwei perfekt gebügelte Hosen über den Unterarm und eilte davon. Ihre Schritte klapperten auf der Stiege. Über dem Rätseln darüber, was Gusti vorhaben könnte, schlief Rosa ein.

Es war schon dunkel, als Gusti schnaufend die Wohnungstür öffnete. Sie trank zwei große Gläser Wasser, ließ sich auf einen Sessel fallen und begann zu erzählen. Ein paar SS-Männer hatten gemeinsam mit sechzehn- bis achtzehnjährigen Soldaten, milchgesichtigen Kindern, Barrikaden gebaut aus Pflastersteinen, Ziegeln und Balken von Bombenruinen. Frauen aus dem Bezirk rotteten sich zusammen, riefen, wie viele denn noch sterben sollten, auf den Friedhöfen sei längst kein Platz, Särge gebe es nicht mehr, was sie hier täten, sei nicht mutig, sondern dumm, was heißt dumm, blöd, schwachsinnig sei das. Ob sie denn glaubten, ihre lächerliche Barrikade würde die Rote Armee aufhalten? Sie sollten ihre Waffen wegwerfen, die Uniformen ausziehen und sich verstecken. Wenn sie sich aber unbedingt umbringen wollten, sollten sie es gefälligst anderswo tun und nicht unschuldige Menschen mitreißen. »Und was soll ich dir sagen, eine ganze Reihe von ihnen hat sich davongeschlichen, ein paar tragen jetzt die Sachen von meinem Karli. Einem geht die Hose nur bis an die halben Waden, wenn der Karli runterschaut, lacht er sich schief.« Gusti strich Rosa über den Kopf, berührte kaum ihre Haare dabei, dann stand sie mit einer brüsken Bewegung auf. Höchste Zeit, etwas zu essen, schließlich sollte Rosa doch wieder zu Kräften kommen, oder wollte sie ewig auf dem Sofa herumliegen?

Nach ein paar Bissen legte Rosa die Gabel weg. Ihr Magen rebellierte, auch wenn Gusti richtig ärgerlich wurde, konnte sie nicht mehr essen. Auf dem Weg zum Klo mußte sie sich an der Wand entlangtasten, immer wieder drohten ihr die Beine wegzuklappen. Gusti meinte, das könne doch nicht an so einem bißchen Wespenstich liegen, und versuchte vergeblich, einen Arzt zu finden. Irgendwie gelang es ihr, einen Viertelliter Magermilch zu bekommen, aber auch den Grießbrei konnte Rosa nur zur Hälfte essen. Gusti war nahe daran, die Geduld zu verlieren. Von jedem ihrer kurzen Ausgänge brachte sie Neuigkeiten mit, von denen sie zwar überzeugt war, daß sie der Kranken schaden würden, die sie aber trotzdem nicht für sich behalten konnte. In dem Zustand zwischen Wachen und Dahindösen sah Rosa alles vor sich, was sie hörte, wie in einem Film, dessen Handlung verlorengegangen war. Tanzende Funken auf dem Dach des Stephansdoms, Frauen, die mit Äxten und riesigen Messern Fleisch aus einem noch warmen Pferdeleib schnitten, Schüsseln voll mit dampfendem Blut, Mädchen mit rußverschmierten Gesichtern, immer wieder glosende, lodernde, prasselnde Feuer. »Aber zu Kindern sind sie lieb«, sagte Gusti, und Rosa wußte nicht, von wem die Rede war, fürchtete sich vor einer Antwort. Jede Nacht hörten sie Schüsse, manchmal auch Schreie. Im Lainzer Tiergarten, hieß es, seien versprengte SS-ler, denen habe keiner gesagt, daß ihr

Krieg längst verloren war. Es gab kein Radio, keine Zeitung, je weniger die Leute wußten, umso wilder brodelten die Gerüchte. »Es stinkt«, sagte Gusti. »Und das liegt nicht nur an den Leichen auf der Straße und an dieser Affenhitze. Nicht einmal das Wetter weiß, was sich gehört.«

Schwere Schritte im Stiegenhaus, Hämmern an der Wohnungstür, Gusti riß die Tür auf, zwei russische Soldaten stampften in die Küche. Gusti trat ihnen in den Weg, sie schoben sie zur Seite. »Towarisch, njet, njet!« rief Gusti. Sie zeigte auf Rosa, hüstelte, hob die Hand an den Mund, tat, als spucke sie aus, legte den Kopf schief, stellte eine Tuberkulosekranke im letzten Stadium dar. Die Männer schauten einander fragend an, zeigten auf Rosa, redeten russisch. Gusti verdrehte die Augen, ließ den Kopf hängen, hustete wieder, sandte auffordernde Blicke zu Rosa, die endlich verstand und hustete, bis ihr schwarz vor Augen wurde. Einer der Russen redete jetzt weit schneller als zuvor, der andere nickte, zog etwas aus der Hosentasche, reichte es Gusti. »Da, Babuschka.« Sie knickste, geriet dabei ins Wackeln. »Danke, Towarisch. Spasiwo.« Die beiden gingen, machten behutsam die Tür hinter sich zu.

Gusti stützte sich mit beiden Händen auf den Küchentisch, ihr Atem rasselte. »Die haben's geglaubt! Heilige Muttergottes, die haben's wirklich geglaubt!« Sie wickelte das Geschenk des Russen aus dem Zeitungspapier. Es war ein fetttriefendes Stück Wurst, dessen Geruch Rosas Magen krampfen ließ. Sie bemühte sich, ruhig zu atmen.

Plötzlich fing sie an zu lachen. »Du könntest die Mimi spielen!« Gusti winkte ab. Die Dame kenne sie nicht. Auf Rosas Erklärung hin brummte sie: »Und in die Oper geh ich sowieso nicht, außerdem ist sie abgebrannt.«

Am nächsten Tag kam die Nachbarin von Tür 17, um sich Salz auszuleihen, und erzählte von Vergewaltigungen und Plünderungen. Bei besonders empörenden Stellen schüttelte sie sich. Außerdem, sagte sie, brenne der Steffel lichterloh, das Dach sei schon eingestürzt und habe zwölf Menschen erschlagen. Jemand habe behauptet, es seien die eigenen gewesen, die Brandbomben geworfen hätten. Zutrauen würde sie es ihnen, den Scheißnazis. Gusti nickte. »Sie waren ja immer schon gegen die, stimmt's?« – »Natürlich«, sagte die Nachbarin. »Wie der arme Herr Weisz abgeholt worden ist, hab ich ihm noch einen Apfel zugesteckt.« Gusti wiegte den Kopf hin und her. »Und gleich darauf haben Sie seinen roten Perserteppich mit den Blumen runtergetragen in Ihre Wohnung, damit ihn die Nazis nicht kriegen.« Die Nachbarin wandte sich brüsk ab. »Sowieso!« rief sie über die Schulter zurück und knallte die Tür zu.

»Widerliche Nazi-Vettel«, schimpfte Gusti hinter ihr her. »Jeden hat sie vernadert, der nicht laut genug Heil Hitler! geschrien hat, an den Türen hat sie gehorcht, ob jemand Feindsender hört, die falsche Kanaille. Und du mußt an die frische Luft.« Rosas Frage, was das eine mit dem anderen zu tun hätte, überhörte sie, drängte Rosa einen unförmigen alten Mantel auf, bestand darauf, daß sie ein Kopftuch aufsetzte, zog es ihr tief ins Gesicht, war noch nicht zufrieden, griff in den Herd und schmierte Rosa Ruß auf Stirn und Wangen. Bei ihr, befand sie, war nicht so viel Vorsicht geboten, obwohl man nie wissen könne, man habe schon so manches gehört.

Die ersten Schritte auf der Straße waren die schwierigsten, Gusti reichte Rosa den Arm. »Ist dir schwindlig?« Rosa nickte. »Halt dich ordentlich fest. Wenn man lang nicht draußen war, kann man von der Luft richtig besoffen werden. Aber das vergeht.« Langsam gingen sie die Straße hinunter, Rosa fürchtete sich davor, die Leichen zu sehen oder die Pferdekadaver, von denen sie gehört hatte, dennoch reckte sie den Hals und schaute links und rechts, sobald der Schwindel nachließ. Der Wienfluß führte Hochwasser, füllte das ganze Bett aus, auf den Wellen tanzten Hitlerbilder, drehten sich in Strudeln, einige waren an den Brückenpfeilern hängengeblieben. Während sie an das Geländer gelehnt standen und hinunterblickten, trieb ›Mein Kampf‹ daher und versank. Gusti nickte befriedigt. »Die meisten sind verheizt worden«, sagte sie. Rosa erinnerte sich, daß sie bei der Hochzeit auch ein Exemplar vom Standesbeamten überreicht bekommen hatten, Ferdinand hatte es in den Schuppen getragen. Es helfe ihm beim Holzhacken, hatte er behauptet. »Unseres hat die Bombe erwischt«, sagte Rosa. Gusti fand, die Bombe hätte besser den Verfasser erwischen sollen, dann wären eine Menge Leute noch am Leben, und außerdem sei es Zeit, nach Hause zu gehen. »Nur nix übertreiben, das tut kein Gut.«

Auf dem Rückweg trafen sie eine alte Frau, die sich mit einem schweren Leiterwagen plagte. Ein Rad hatte sich in einem von den vielen Frostaufbrüchen im Asphalt verhakt. Gusti schob, die alte Frau zog rechts, Rosa links, endlich kam das Rad frei. Die Frau wischte sich den Schweiß von Stirn und Nacken und bedankte sich herzlich. Sie zeigte auf die in Leinen gewickelten Bündel. Bei der Familie sei sie in Dienst gewesen, dreizehn Jahre wären es im Juni geworden. Er sei ein großer Nazi gewesen, habe Frau und Tochter erschossen und dann sich selbst. Das Kind könne doch nichts dafür, so ein liebes Mäderl, von Anfang an habe sie mehr nach ihr gerufen als nach der Mutter, die kleine Ingrid, der Vater habe sich überhaupt kaum je um sie gekümmert und jetzt das. Zuerst habe sie ja gedacht, sie würde nur die Ingrid hinaufbringen, der Vater jedenfalls verdiene es wirklich nicht, daß sie sich so mit ihm plage, aber so ganz allein habe sie die Kleine doch nicht auf dem Friedhof lassen wollen. Gusti zog den Leiterwagen bis zu ihrem Haus. Die alte Frau verabschiedete sich. »Vergelt's Gott! Ihnen geht's ja gut, Sie haben Ihre Tochter.« Gusti nickte. Erst auf der Treppe murmelte sie: »Und sie kann wenigstens ihre Kleine zum Friedhof bringen.«

Die Hausmeisterin rief hinter ihnen her, sie müßten sich morgen früh um halb sieben zum Arbeitseinsatz melden, Barrikaden und Bombenschutt müßten weggeräumt und die Straßen freigemacht werden. Sie hätten Glück, sie würden auch Zusatzmarken bekommen für Milch und Margarine, vielleicht sogar ein Stück Fleisch, und mittags gäbe es eine warme Mahlzeit. Gusti wandte ein, Rosa sei noch viel zu schwach. Das müsse sie beim Bezirksamt regeln, sagte die Hausmeisterin.

Beim Essen fragte Gusti, wo Rosa Ferdinands Urne begraben habe. Mit ungeheurer Anstrengung legte Rosa den Löffel in den Teller. »Gar nicht hab ich ihn begraben. Ich hab ja keine 72 Mark gehabt für die Sterbeurkunde.« Sie drückte beide Hände gegen ihre Kehle, das half auch nicht gegen die aufsteigende alte Bitterkeit. »72 Mark?« fragte Gusti. »Die Urkunde kostet doch 72 Pfennig, du Patscherl.«

»72 Pfennig«, wiederholte Rosa. Nicht einmal richtig gelesen hatte sie. 72 Pfennig, RM 0.72. Sie preßte die Fingerspitzen gegen ihre Schläfen. 72 Pfennig, und dann hätte sie wenigstens einen Platz, an dem sie einen Rosenstrauch hätte pflanzen können, ihn gießen und zuschauen, wie er wächst. 72 Pfennig.

»20 Mark hab ich geschickt und keine Antwort bekommen«, flüsterte sie und begann mit den Fäusten auf Stirn und Brustbein zu schlagen, bis Gusti ihre Hände packte und festhielt. »Nicht, Mädel, nicht«, murmelte sie. »Warum sollst denn ausgerechnet du keine Fehler machen dürfen? Sag mir das. Bist du vielleicht was Besseres als alle anderen? Außerdem hätte es sowieso nichts genützt, eine Bekannte hat mir gesagt, sie haben ihr geschrieben, sie können die Aschenurne nicht schicken, wegen Transportschwierigkeiten, Sperre für nicht kriegswichtige Sendungen, aber der Antrag, haben sie versprochen, wird zur späteren Erledigung vorgemerkt. Aber für die gibt's kein Später. Hoff ich wenigstens. Weißt du, was ich denen wünsche, diesen ganzen Verbrechern? Bis in alle Ewigkeit sollen sie sich anschauen müssen, was sie getan haben, die Mörder und die Schreibtischhengste, immer und immer wieder, und sich nicht wegdrehen und die Augen nicht zumachen können. Das wär eine gerechte Strafe.«

Sie stand auf, drückte Rosas Kopf an ihren knochigen Leib. »Dein Ferdinand und mein Karli, die sind halt nur in uns begraben, da haben sie's sowieso wärmer als auf dem Friedhof, gelt? Und am Jüngsten Tag müssen sie uns nicht erst lang suchen in dem Gewurl.« Rosa bemühte sich zu lächeln.

Kurz vor sechs machten sie sich auf den Weg, zitternd vor Kälte, obwohl jede drei Pullover übereinander trug. Gustis Proteste halfen nicht, sie wurden zu einem Trupp eingeteilt, der von einer großen unglaublich mageren Frau angeführt wurde, die Rosa von Kopf bis Fuß musterte und dann nuschelte: »In welchem Zustand glaubst denn du, daß wir Steine geschleppt haben, und das hier sind nur Ziegel?« Sie hieß Erna, hatte keinen einzigen Zahn im Mund, eine junge Frau behauptete, sie sei noch keine dreißig und drei Jahre oder noch länger in Ravensbrück oder einem von den anderen Lagern gewesen, wegen Sabotage angeblich.

Der Ziegelstaub fraß sich in die Haut, die Mörtelreste ritzten die Handflächen blutig, immer wieder fiel ein Ziegel, kippte ein Balken, traf Kopf, Schultern, Rücken. Nach kaum einer Stunde waren die Kreuzschmerzen unerträglich, drei Stunden später durften sie die erste Pause machen. Die Frauen richteten sich mühevoll auf, beide Hände ins Kreuz gestemmt, lehnten sich zurück. Ziegelfarben, weiß und grau Gesicht und Haare, auch die, die am Morgen nicht mehr als achtzehn gewesen waren, sahen jetzt aus wie Greisinnen, alle mit entzündeten roten Augen. Ein Bub in schlotternden Hosen mit einem Strick um die Mitte brachte zwei Eimer vom nächsten Hydranten, Becher aus dünnem Blech machten die Runde. Eine Frau wischte den Becher mit einem blütenweißen Taschentuch ab, bevor sie ihn mit Wasser füllte, und hieß fortan nur mehr »die Gnädige«. Nach einer Viertelstunde sagte Erna, sie müßten zurück an die Arbeit, und morgen sollte jede Handschuhe mitbringen, und zwar so viele wie möglich, denn manche hätten wahrscheinlich neben allem anderen auch die Handschuhe verloren, lederne wären am besten, aber bitteschön keine Glacéhandschuhe. Einige lachten, andere verzogen den Mund. Am Abend stellte Gusti fest, sie hätten Glück, daß sie gerade bei Erna gelandet waren. Ob

Rosa nicht aufgefallen sei, wie sie die Frauen einteile, so daß jede nach einer Stunde schwerer Arbeit leichtere bekomme? Die wisse wirklich Bescheid, und das Schreckliche, das sie erlebt habe, hätte sie nicht verbittert.

»Woher weißt du, was sie erlebt hat?« fragte Rosa.

»Mein Gott, das sieht man doch! Schau dir ihre Augen an. Ich sag dir, nicht einmal im Lager haben's die geschafft, sie zu brechen. Vor der würde ich den Hut ziehen, wenn ich einen hätte.«

Natürlich gab es Konflikte zwischen den Frauen, und jedesmal gelang es Erna, sie zu schlichten, bevor sie in offenen Krieg ausbrachen. Erna war gleichmäßig freundlich zu allen, hob nur selten die Stimme, wenn ein Schutthaufen zu rutschen, ein Balken einzustürzen drohte. Sie grüßte, sie lobte, sie gab Ratschläge gegen die Kreuzschmerzen und aufgerissenen Hände, unter denen alle Frauen litten, aber sie ließ niemanden an sich herankommen. Rosa beklagte sich: »Sie ist wie hinter einem Vorhang«, und Gusti nickte. »Das sind die Tränen«, sagte sie. »Die, die man geweint hat, und noch mehr die, die man nicht geweint hat.« Sie lachte verlegen.

Am Abend hatten sie Mühe, sich aufzurichten, es war, als müßten sie jeden Wirbel einzeln mit beiden Händen drücken, um endlich gerade stehen zu können, die Blasen an den Händen brachen auf, fast jeder Tag brachte kleine Verletzungen, ein Splitter, ein Span, und trotzdem lachten die Frauen immer wieder, erzählten aus ihrem Leben, am liebsten von früher, vor dem Krieg, betrachteten mit einem gewissen Stolz den wachsenden Stapel geputzter Ziegel und das brauchbare Bauholz. Komisch, dachte Rosa, ich geh gar nicht ungern zur Arbeit. Jeden Samstagnachmittag trugen sie die Zinkwanne aus dem Keller in die Küche und machten, sobald es Gas gab, große Töpfe Wasser heiß. Es hieß, daß sie das Wasser bald nicht mehr vom Hydranten heimschleppen müßten, irgendwann demnächst würde wieder Wasser aus den Leitungen fließen. Rosa träumte von der großen Badewanne in Frau Michaleks Wohnung. Im Aufwachen erschrak sie bei dem Gedanken, daß sie seit dem Bombenangriff nicht mehr an Frau Michalek gedacht hatte. Wie undankbar. Wahrscheinlich war sie doch ein schlechter Mensch.

Am 23. April, einem Montag, kauten sie gerade an dem mit Mais und Birkenrinde gemischten Brot, das man gut einspeicheln mußte, um es schlucken zu können, als ein sowjetischer Militärlastwagen vorfuhr. Drei Soldaten sprangen von der Ladefläche und begannen Zeitungen zu verteilen. Erna las laut den Namen der Zeitung vor: ›Neues Österreich‹. Nach einer Pause fügte sie hinzu: »Hoffen wir, daß es wirklich ein Neues Österreich wird.« – »Amen«, sagte Gusti. Minutenlang hielt jede der Frauen die Zeitung in der Hand, sie lasen einander die Überschriften vor, schüttelten die Köpfe, bis Erna in die Hände klatschte und erklärte, sie müßten leider zu Hause weiterlesen, die Pause hätte bereits vierzehn Minuten länger gedauert als vorgesehen.

Nach dem Erbsenpüree am Abend las Rosa von den Judenmorden in der Förstergasse am 11. April. Fünf Frauen und vier Männer, die den Krieg im Keller versteckt überlebt hatten, waren von SS-Männern entdeckt, auf die Straße getrieben, mit Faustschlägen und Bajonetthieben mißhandelt worden, bevor sie erschossen und ihre Leichen in einen Bombentrichter geworfen wurden. »Am 11. April!« sagte Rosa. »Stell dir das vor. Am 11. April. Da war doch alles längst vorbei.«

Gusti wiegte den Kopf hin und her. »Der Haß nicht. Der war vielleicht größer, weil schon alles vorbei war. Weißt du was? Ich denk, das schlechte Gewissen ist ein guter Nährboden für den Haß, das macht uns nicht besser, wie manche behaupten, das treibt die Leute von einer Schandtat in die nächste. Weil sie schon so viele umgebracht haben, haben sie die auch noch umbringen müssen nach ihrer verrückten Logik. Stell dir vor, die SS wollte am 6. oder 7. April noch das Gaswerk in die Luft jagen! Ein gewisser Otto Koblicek hat sich ihnen entgegengestellt, da haben sie ihn ins Olympia-Kino gezerrt und dort mit Genickschuß ermordet. Die Frau, die mir's erzählt hat, hat den Otto Koblicek selbst gekannt, besser gesagt, ihr Mann hat ihn gekannt. Eigentlich müßt ihm jeder Mensch in Wien dankbar sein, der sich eine Suppe warm macht. Aber wahrscheinlich denkt schon jetzt keiner mehr an ihn. So ist das mit der Dankbarkeit. Den Generälen setzen sie Denkmäler, den wirklichen Helden nicht, die sind ja unbequem, die erinnern einen womöglich daran, wie feig und unanständig man selbst ist. Ich möchte ja zu gern wissen, ob einer von den Hausbewohnern draufgekommen ist, daß da in der Förstergasse Juden versteckt waren, und die Nerven weggeschmissen hat. Und dem wünsch ich die Pest an den Hals.«

Sie stand abrupt auf und lief hinaus. Als sie zurückkam, klang ihre Stimme anders als sonst. »Mein Karli hat einmal gesagt, alle Menschen sind gut, wenn sie nicht Bauchweh haben. Vielleicht hat's darum geheißen, er ist schwachsinnig.« Kaum hatte sie sich gesetzt, sprang sie wieder auf, preßte beide Hände an ihren Leib, wankte hinaus. Rosa wurde unruhig, weil sie so lange auf dem Klo blieb, klopfte schließlich an die Tür, wunderte sich, daß der Schlüssel außen steckte, wartete noch ein paar Minuten, hörte Stöhnen und öffnete schließlich. Gusti hockte schweißgebadet auf dem Klo, bemühte sich um ein klägliches Lächeln. Rosa half ihr auf, zog die Spülung, schleppte sie mühevoll ins Zimmer zurück und auf ihr Bett, machte einen Waschlappen naß und wischte ihr Gesicht und Hals ab. Gustis Haut glühte, ihre Augen starrten weit offen, aber sie schien nichts zu sehen. Wie konnte ein Mensch so schnell verfallen, das gab es doch nicht, vor einer halben Stunde hatte sie noch gegessen und geredet, jetzt aber schien sie davonzugleiten, schon nicht mehr erreichbar. Einen Arzt, ich brauch einen Arzt, aber ich kann sie doch nicht allein lassen, sie verbrennt. Gustis Arme und Beine begannen zu zucken, Rosa tauchte Tücher in kaltes Wasser, wenn sie einen Arm fertig abgerieben hatte und den zweiten hochhob, war der erste schon wieder trocken und heiß. Rosa lief hinaus, klopfte bei der Nachbarin, niemand antwortete, sie rannte zurück, fand Gusti mit völlig verdrehten Augen, lief zum Fenster. Der Siebenjährige der Hausmeisterin spielte im Vorgarten, sie rief ihm zu, er solle seine Mutter heraufschicken. Es schien ihr endlos zu dauern, bis sie Frau Suchadovniks Schritte im Stiegenhaus hörte. Sobald die Hausmeisterin die Tür geöffnet hatte, erfaßte sie die Lage, scheuchte ihren Sohn weg, der ihr gefolgt war, und ging den Arzt holen. Gusti wimmerte, zog die Beine an, es tropfte durch das Sofa auf den Boden, rötlich braun, der Gestank war furchtbar. Mit abgewandtem Gesicht wischte Rosa auf, wusch den Lappen aus. Als sie fertig war, tropfte es wieder, und gleich darauf trat der Arzt ein. Sie wollte sich entschuldigen, er winkte ab, ging zum Sofa, zog Gustis linkes Augenlid hoch, fühlte ihren Puls, betastete ihren Bauch, horchte sie ab. Dann wandte er sich an Rosa. Eigentlich gehöre die Frau Strasser ins Spital, aber die Krankenhäuser seien voll, sogar auf den Gängen stünde Bett an Bett, da würde sie garantiert noch irgendwelche anderen Bakterien erwischen, und abgesehen davon gäbe es sowieso kaum Medikamente, schon gar nicht gegen Typhus, Rosa solle versuchen, der Kranken etwas Suppe einzuflößen, kalte Wickel gegen das Fieber, vor allem aber, und das sei das Wichtigste, sich gründlichst waschen, und zwar nach jeder, aber absolut jeder Handreichung, er lasse ihr ein Desinfektionsmittel da, vor allem die Bettpfanne müsse nach jedem Gebrauch desinfiziert werden. Woher sie denn eine Bettpfanne nehmen solle, fragte Rosa. »Schicken Sie jemanden zu mir«, sagte er, »ich habe auch noch Zellstoff, glaube ich, den können Sie als Unterlage nehmen und dann am besten verbrennen.« Er blickte Rosa ins Gesicht. »Sie sind die Tochter?« Rosa schüttelte den Kopf. Er werde noch einmal vorbeikommen, aber viel Hoffnung könne er ihr nicht machen, so leid es ihm tue, die Krankheit habe eben leichtes Spiel mit einem geschwächten Organismus. Sie selbst solle bitteschön nicht aufs Essen vergessen, zum Zusetzen habe sie ja nun wirklich nichts, er werde ihr Lebertran aufschreiben, mit ein bißchen Glück müßte sie den in der Apotheke bekommen. Er wandte sich zum Gehen.

»Nein«, sagte sie laut, »untersteh dich, du stirbst mir.« Gusti atmete schwer, jammerte leise, als Rosa sie in ein nasses Leintuch packte, das wieder in unglaublich kurzer Zeit trocken und steif wurde. Wie schwer der ausgemergelte Körper zu bewegen war. Rosa füllte eine Schüssel mit kaltem Wasser, spritzte mit allen zehn Fingern auf das Leintuch. Irgendwo in der Nähe hörte sie Steine kollern, dann einen dumpfen Aufprall. Ich muß Erna verständigen, fiel ihr ein, aber ich kann Gusti doch nicht allein lassen. Die Pendeluhr tickte lauter als sonst.

Wind kam auf, ließ die Fenster klirren. Bei jedem Atemzug mußte Rosa gegen einen Widerstand kämpfen, als wäre sie in ein viel zu enges Mieder geschnürt. Sie bemühte sich, flach zu atmen. Angst wuchs aus jeder Ritze im Boden, aus den Wänden. Als die Dämmerung auch den letzten hellen Fleck vor dem Fenster gefressen hatte, kam der Arzt, brachte Zellstoff, Aspirin, eine Flasche Lebertran. Die Bettpfanne nahm er wieder mit. »Ich fürchte, die werden Sie nicht mehr brauchen.« Zur Arbeit, sagte er, könne sie vorläufig nicht gehen wegen der Ansteckungsgefahr, er müsse den Typhusfall melden, das sei schon der dritte an diesem Tag, er werde sehen, ob die Hausmeisterin bereit sei, für Rosa mit einzukaufen. Sie reichte ihm die Lebensmittelkarten, er nahm sie mit spitzen Fingern. Kurz nachdem er die Tür hinter sich geschlossen hatte, keifte eine Frauenstimme, was sich diese zwei Weiber eigentlich einbildeten, das Klo nur für sich allein zu haben, ihr könne es der Arzt nicht verbieten, sie habe genauso ein Recht darauf wie jede andere und überhaupt, dann hörte sie eine Männerstimme, die sie nicht gleich als die des Arztes erkannte, weil sie so unendlich müde klang. Ob sie unbedingt Typhus bekommen wolle? Sie solle nur daran denken, daß es keine, und zwar wirklich keine Medikamente dagegen gab in Wien. Dann hörte Rosa seine Schritte auf der Treppe. Jetzt erst wurde ihr klar, was er vorhin gemeint hatte. Sie schlug die Hände vors Gesicht, straffte sich. Sie tauchte einen Lappen in frisches Wasser, wischte Gustis Mundwinkel ab. Ihre Blase war so voll, daß es schmerzte, vergeblich bemühte sie sich, den Harndrang zu beherrschen, schließlich stand sie auf und ging hinaus. Der feindselige Blick der Nachbarin war ihr fast gleichgültig. Zuerst saß sie auf dem Klo und konnte nicht Wasser lassen, dann wollte der Strahl nicht mehr aufhören.

»Da bin ich wieder, Gusti, wir schaffen das schon, du wirst sehen, wir schaffen das. Wir haben ja auch die Blutvergiftung geschafft, wir beide, gelt?« Aber diese roten Flecke auf Hals und Wangen, wie gefährlich die aussahen, und die Nase so spitz, wie unruhig die Finger am Leintuch zupften. Rosa trug einen Hocker neben das Bett, stellte einen Kübel voll Wasser darauf, zerdrückte eine Tablette Aspirin, mischte Zucker und Tee dazu und versuchte Gusti einen Löffel voll einzuflößen, aber die wimmerte nur und preßte die Lippen zusammen. Rosa zog ihr nasse Socken an, spritzte wieder und wieder das Leintuch an, wusch das heiße Gesicht. Irgendwann nickte sie auf dem Stuhl ein, schreckte hoch, tunkte automatisch den Waschlappen ins Wasser. Die vorher so heiße Haut fühlte sich anders an, fast kühl, Rosa atmete tief ein, genoß das langsame Ausströmen der Luft, bis ihr plötzlich klar war, daß Gusti nicht mehr atmete. Rosas Hand zuckte zurück, sie stand auf, ging zum Fenster, wollte hinausrufen, irgend jemanden herschreien, weglaufen. Sie zwang sich, zurück zum Bett zu gehen, die Tote anzusehen. Der offene Mund machte ihr angst, die starren Augen. Wieso sie wußte, was sie zu tun hatte, hätte sie auch später nicht sagen können, sie suchte ein Tuch, band Gustis Kinn hoch. Es war völlig dunkel draußen, Straßenbeleuchtung gab es nicht, wen hätte sie holen können, es gab niemanden. Ganz allein war der Karli, hatte Gusti gesagt. »Du mußt nicht allein sein«, flüsterte Rosa. »Ich bleib schon bei dir.« Sie faltete

Gustis Hände, das Grauen davor, eine Tote anzufassen, ließ nach, sie konnte über die schlaffen Lider streifen und die Augen schließen, zuckte nicht zurück, streichelte die kühlen Wangen. »Vater unser, der du bist im Himmel.« Später sang sie Gusti alle Lieder vor, die ihr einfielen, ›Kommt ein Vogerl geflogen‹ ebenso wie ›Ade zur guten Nacht‹ und ›Wohin soll ich mich wenden‹. Zittrig klang das, sie gickste in der Höhe, meist ging ihr lang vor dem Ende einer Phrase der Atem aus, aber mit der Zeit spürte sie, wie ihre Stimme fester wurde, sie mittrug. Zwischendurch mußte sie eingeschlafen sein, denn die Morgendämmerung überraschte sie. Sie wartete, bis auf der Straße Menschen unterwegs waren, dann klopfte sie mit dem Besenstiel an die Wand. Endlich rief die Nachbarin herüber, was denn los sei. Ich kann doch nicht brüllen, daß die Gusti gestorben ist, dachte Rosa, das kann ich einfach nicht. Gustis Gesicht war merkwürdig glatt.

Die Tür knarrte, wurde einen Spalt geöffnet. Die Nachbarin warf einen Blick herein und wußte offenbar sofort Bescheid. Sie werde gleich zum Friedhof gehen, Rosa sei ja unter Qua-ran-täne – sie sprach das Wort langsam und sorgfältig aus –, die Dokumente brauche sie, hoffentlich würde sie sich daran nicht anstecken, und natürlich müsse sie sich erst anziehen und etwas essen, es nütze niemandem, am allerwenigsten der armen Gusti, wenn sie sich erkälte oder ihr unterwegs vor Hunger schlecht werde. Rosa legte die Mappe mit den Dokumenten auf die Türstaffel – und fand dort eine Schnitte Brot und einen Becher Malzkaffee. Sie war ganz und gar nicht sicher, ob es ungebührlich war, neben einer Toten zu essen und zu trinken, aber plötzlich krampfte ihr Magen vor Hunger und sie wußte, daß Gusti sie wegen ihrer Skrupel herzlich ausgelacht hätte. Eine Fliege setzte sich auf Gustis Nase. Rosa verscheuchte sie, sie umkreiste die Lampe, das Sirren wurde immer unerträglicher, als sie auf dem Tisch landete und umständlich ihre Beine putzte, schlug Rosa nach ihr, verfehlte sie, schimpfte laut, schämte sich dafür.

Die Nachbarin klopfte, öffnete die Tür einen Spalt. So viel Glück müsse man haben, Gusti sei gerade an dem Tag gestorben, an dem die Bestattung wieder funktioniere, sie würde sehr bald abgeholt und auf dem Friedhof begraben werden, zwar in einem Massengrab, aber immerhin in geweihter Erde, vielleicht würde sogar ein Pfarrer dabeisein.

Ich muß sie waschen, dachte Rosa, ich kann sie doch nicht so weggehen lassen. Als sie das Leintuch wegzog, wurde ihr übel von dem Gestank von Kot und Blut. Sie säuberte die Tote, so gut es ging. Wie Schaufeln ragten die Hüftknochen, die Haut war viel zu groß für den mageren Körper, die Haare klebten am Kopf. Rosa zog am Leintuch, das naß geworden war, Gustis rechter Arm baumelte herab, ihre Hand kam auf Rosas Schulter zu liegen. Rosa schnappte nach Luft. Schweiß rieselte ihr über Gesicht und Hals, als sie Gusti ein frisches Nachthemd anzog. Rosa schrubbte ihre Hände mit dem Desinfektionsmittel, das ihr der Arzt gegeben hatte, dabei fiel ihr Blick auf die Bürste. Als sie Gustis Haare gebürstet hatte, konnte sie nur noch warten. Das war fast die schwerste Arbeit, stellte sie fest. Trotzdem zuckte sie zusammen, als es an die Tür klopfte.

»Aber einen Sarg haben wir nicht«, sagte der ältere der beiden Männer. Sie wickelten Gusti in das frische Leintuch, offensichtlich in Eile. Wie ein Paket, dachte Rosa, aber das tut ihr nicht mehr weh. In der Tür drehten sich die Männer noch einmal um. Erst später wurde ihr klar, daß sie ein Trinkgeld erwartet hatten. Wann und wo das Begräbnis stattfinden würde, hatten sie ihr nicht sagen können, hatten sie auch daran erinnert, daß sie die Wohnung vorerst nicht verlassen dürfe, wegen der Anstekkungsgefahr. Sie putzte Zimmer und Küche, hatte ein seltsames Gefühl dabei, als entferne sie Gustis Spuren, trotzdem war es wichtig, das jetzt zu tun, obwohl ihr schwarz vor Augen wurde, sooft sie sich bückte. Der große Packen Bettwäsche neben der Tür war wie eine Anklage, sie wußte nicht, warum. Wie gern wäre sie jetzt damit in die Waschküche gegangen, hätte im großen Kessel Feuer gemacht, hätte geschrubbt und gerumpelt. Sie wäre auch gern zur Arbeit gegangen, hätte mit den anderen Frauen Ziegel abgeklopft und Balken geschleppt, hätte gehört, wie die Frauen über Gusti sprachen, wie gut sie gewesen sei, wie tüchtig. Die Kastanie vor dem Fenster hatte schon ihre Kerzen aufgesteckt, aber die meisten Blüten waren noch fest geschlossen. Die Hausmeisterin unterhielt sich mit einer anderen Frau, Rosa verstand kein Wort, meinte aber, sie redeten über sie. Irgendwo schrie ein Kind. Vom Bahnhof her pfiff eine Lokomotive, ein Leiterwagen rumpelte über die Straße. Eines seiner Räder mußte eiern, quietschte und polterte immer ein wenig hinter den anderen her. Rosa saß vorgebeugt, die Hände auf den Knien. Sie mußte also warten, ob sie sich mit Typhus angesteckt hatte. Es war ihr gleichgültig, lästig war nur das Warten. Seltsam, dachte sie, ich hab gar keine Angst. Dennoch horchte sie in sich hinein, ob ihre Därme zu krampfen begannen. So hatte es bei Gusti angefangen. Es klopfte. Sie rief, es sei offen, aber die Tür blieb zu, nach einer Weile stand sie auf und schaute hinaus. Auf der Schwelle lag ein Stück Papier, darauf zwei Laibchen aus

Trockenerbsen. Rosa fiel ein, daß sie der Nachbarin die Lebensmittelkarten noch nicht gegeben hatte. Sie riß eine Ecke vom Papier in der Bestecklade, schrieb ihren Dank darauf und legte es mit den Karten vor die Tür.

»Gusti, du fehlst mir«, sagte sie zum Sofa hin. »Du fehlst mir. Ich glaub, ich hab dir nie gesagt, wie gern ich dich hab. Jetzt hab ich niemanden mehr.« Das Sprechen kratzte im Hals, und ihre Stimme klang fremd.

Zuerst hatte sie Angst vor der Toten gehabt, jetzt fühlte sie sich verlassen, war fast böse auf Gusti. Du hast es gut, dachte sie, aber sie sprach es nicht aus, Sprechen lohnte sich nicht, gar nichts lohnte sich. Bei Einbruch der Dunkelheit ging sie ins Bett, stolperte in den Schlaf, war verwirrt, daß die Sonne ins Zimmer schien, als sie aufwachte. Ein Fetzen Traum hing in ihrem Kopf, da waren Leute gegangen auf einem sehr hellen Weg, gelacht hatten sie, aber sie selbst war nicht dabeigewesen. Wie konnte es das geben, sie mußte dabeigewesen sein in ihrem eigenen Traum, aber sie war nicht dabei, irgendwer anderer, sie nicht.

Vor der Tür lag ein halber Laib Brot, Rosa stellte fest, daß es Gas gab, brühte einen Kamillentee auf und kaute lange an kleinen Bissen von dem harten, trockenen Brot. Was wird Erna denken, ging ihr durch den Kopf, die weiß ja nicht, was geschehen ist. Mit ihr könnte ich reden. Aber vielleicht ist es besser so. Hinter den Sprossen vor den Gläsern der Küchenkredenz steckte ein Foto von Gusti und Karli. Beide lachten in die Kamera, hinter ihnen stand ein Rosenstrauch in voller Blüte. Karli mußte elf oder zwölf Jahre alt sein, er war kleiner als Gusti, und Gusti war nicht gerade groß gewesen. Auf dem Foto hatte sie die Haare hochgesteckt und sah jung und unternehmungslustig aus, da waren noch keine eingekerbten Falten zwischen Nase und Mundwinkeln, keine Steilfalte auf der Stirn. Sie trug ein geblümtes Kleid, Karli kurze Hosen und ein weißes Hemd. Ob die beiden jetzt zusammen waren? Schön wäre es, wenn sie mit Baumelbeinen auf einer weichen weißen Wolke sitzen könnten, einer wie der, die sich über der Kastanie auftürmte. Ob es einen Himmel gab, wußte sie nicht, aber Gusti war dort. Also mußte es einen Himmel geben. Für den Bruchteil eines Augenblicks gelang es Rosa, sich vorzustellen, wie Karli, Josef und Ferdinand Gusti begrüßten, Frau Michalek kam dazu, und Gusti verschwand in ihrer Umarmung. Hieß das, daß Frau Michalek auch tot war? Das Gesicht der toten Gusti schob sich vor das Bild, dann verblaßte auch das. Rosas Kopf war völlig leer, sie saß nur da und wartete auf den Durchfall und das Fieber.

Am frühen Abend klopfte es an die Tür, gleich darauf stand Erna in der Küche. Rosa sprang auf, wollte zu ihr hinlaufen, hielt inne. »Du darfst hier nicht sein, ich bin ansteckend!« rief sie und verschanzte sich hinter dem Tisch. Erna trat einen Schritt vor. Wenn sie ihn bekommen sollte, hätte sie ihn längst schon, schließlich hatte sie dort die Typhuskranken gepflegt, oft seien fünf und mehr in einer Nacht gestorben. Sie setzte sich auf einen Stuhl. »Willst du mir nicht einen Tee anbieten?«

Die ersten Luftperlen platzten im Topf, als die Gasflamme ausging. Glück gehabt, stellte Erna fest. Während die Apfelschalen und Himmelschlüsselblüten zogen, erzählte sie, daß der Arzt ihr die Nachricht von Gustis Tod mitgeteilt und daß sie versprochen habe, ihm zu berichten, wie es Rosa gehe. Er sei schon seit Tagen ständig auf den Beinen und verbittert, weil Medikamente nur mehr auf dem Schwarzmarkt zu haben wären, die Spitäler seien überfüllt, und überhaupt bestünde die Gefahr, daß sich die Patienten dort noch mit anderen Krankheiten ansteckten, weil es nicht einmal mehr Desinfektionsmittel gab. »Mir geht's eh gut«, sagte Rosa. »Kein Durchfall?« Rosa schüttelte den Kopf. »Aber Stuhl hast du gehabt?« Rosa nickte, sie spürte, wie sie rot wurde, dann war ihr auch das peinlich, und natürlich folgte die unvermeidliche Frage: »Bist du schwanger?« Nein, schwanger war sie natürlich nicht, wie sollte sie schwanger sein? Erna faßte nach ihrer Hand. »Fieber hast du auch nicht. Das ist gut.«

Sie tranken ihren Tee, und plötzlich konnte Rosa erzählen, wie Gusti gestorben war, konnte sogar davon sprechen, wie sie Gusti zuerst für verrückt gehalten hatte. Jetzt kamen auch die Tränen, die die ganze Zeit hinter ihren Augen, in ihrer Kehle gebrannt hatten. Erna reichte ihr ein Taschentuch, saß völlig still und hörte zu, unterbrach sie kein einziges Mal, nickte nur immer wieder. Rosa verstummte. Es war dunkel geworden, auch auf der Straße war es still, als wäre kein Mensch mehr in der Stadt, kein Auto, keine Straßenbahn, kein Vogel. Nicht einmal die Blätter raschelten.

Endlich räusperte sich Erna. »Zehn Tage mußt du daheim bleiben, hat der Doktor gesagt. Ich werd dich am Abend besuchen. Kauft jemand für dich ein?«

»Die Nachbarin. Aber Erna – ich bring allen nur Unglück. Ich hätte gar nicht auf die Welt kommen dürfen, das hat meine Mutter selbst gesagt, oft und oft. Alle sind gestorben, der Josef, der Ferdinand, die Gusti« – und die Frau Michalek, hätte sie beinahe gesagt, schluckte es im letzten Augenblick hinunter, noch gab es die Möglichkeit, daß wenigstens sie überlebt hatte. »Alle, die gut zu mir waren …« Rosa fing wieder an zu weinen.

Erna sagte streng, sie halte sich wohl für allmächtig, wenn alles ihre Schuld sein solle. Ob sie denn nicht gemerkt habe, wie wichtig es für Gusti gewesen sei, jemanden zu haben, für den sie dasein konnte? Über die anderen könnten sie später einmal reden, heute sei es spät, sie müsse um sechs wieder an der Arbeit sein, und Rosa solle sich ausschlafen, das sei jetzt das Vernünftigste. Vorher aber solle Rosa den Packen Bettwäsche in einen Kissenüberzug stecken, in die Waschküche gehen dürfe sie frühestens in zehn Tagen, und bis dahin würde das Zeug zum Himmel stinken, das gehöre heute noch ausgekocht oder spätestens morgen, und sie werde es jetzt mitnehmen. Wenn alles gutgehe, hätte Rosa bald wieder genug Gelegenheit, sich zu Tode zu schinden.

Steine klopfen schien Rosa höchst erstrebenswert, viel besser, als in diesem dickflüssigen Brei von Zeit gefangen zu sein. Das Denken fiel ihr schwer, sie starrte auf den Schatten, den die Kastanienzweige mit ihren Kerzen und Blättern ins Zimmer warfen, sie horchte auf jeden Laut von draußen. Immer wieder fielen ihre Blicke auf das Sofa. Sie holte ihre Röcke aus dem Kasten, um sie enger zu machen, streifte Gustis Kleider glatt. Was sollte sie damit tun, gab es Verwandte, die Anspruch auf ihre Sachen hatten, mußten die verbrannt werden wegen der Ansteckungsgefahr? Jeden Tag nahm sie sich vor, Erna zu fragen, jeden Abend vergaß sie wieder darauf. Es war eine schreckliche Unruhe in ihr, wenn sie sich hinsetzte, mußte sie mit beiden Händen ihre Oberschenkel festhalten, damit sie nicht zu zittern anfingen. Die Schrunden an den Fingerkuppen begannen zu heilen, die Knöchel blieben dick. Das Stück Brotlaib auf der Türschwelle wurde täglich kleiner. Zu Mittag gab es jetzt für eine oder sogar zwei Stunden Gas, wenn es ihr gelang, sich aufzuraffen, konnte sie eine Einbrennsuppe kochen, Mehl hatte sie noch, sogar Kümmel. Der Schnittlauch am Fensterbrett war vertrocknet, sie hatte vergessen, ihn zu gießen. Als sie die verdorrte Pflanze sah, kamen ihr die Tränen.

Nach all dem Warten war sie völlig überrascht, als Erna sagte, morgen früh solle sie zum Arzt gehen, am besten schon um halb acht, es sei ja nun ziemlich sicher, daß sie sich nicht angesteckt habe. Sie könne dann gleich anschließend zur Arbeit kommen.

Manche Frauen umarmten Rosa, alle begrüßten sie. Es war gut, wieder unter ihnen zu sein, ihnen zuzuhören, auch wenn Rosas Haut erneut empfindlich geworden war und ihre Hände am Abend schmerzende Blasen hatten. Als sie das Haustor öffnete, trat ihr die Hausmeisterin entgegen. Die Hausfrau brauche die Wohnung für eine Verwandte, Rosa sei sowieso nie hier gemeldet gewesen, habe also gar keinen Anspruch darauf, die Wohnung sei also bis zum 1. Juli zu räumen, das sei ein Entgegenkommen, eigentlich hätte Rosa schon zum 1. Juni ausziehen müssen. Während sie sprach, knetete sie ihre blau gemusterte Kleiderschürze und vermied es, Rosa anzusehen.

Wie hoch die Stufen plötzlich waren. Irgend jemand war in Rosas Abwesenheit in der Wohnung gewesen, alles fühlte sich fremd an. Sie setzte sich an den Tisch, stützte die Ellbogen auf, quetschte die Nase zwischen den Zeigefingern. »Es wäre viel besser, wenn ich den Typhus bekommen hätte«, sagte sie laut.

Das sagte sie am Morgen auch zu Erna, die sie sofort zurechtwies. Gestorben worden sei genug und übergenug. Sie müsse einen Bezugsschein haben, oder wie immer der Zettel heiße, schließlich sei sie ausgebombt. Rosa schüttelte den Kopf. Gusti habe sie doch direkt in ihre Wohnung geführt, da war sie gar nicht auf die Idee gekommen, nein, ganz falsch, sie habe mit dem Vorarbeiter gesprochen, wie Gusti verlangt hatte, sie habe auch die Lebensmittelkarten bekommen, aber das mit dem Bezugsschein, das hätten sie dann vergessen. Erna schimpfte über soviel Dummheit und schickte Rosa sofort zum Bezirksamt, irgend jemand müsse ja wohl zuständig sein, sie hoffe nur, daß Rosa kein Kindermädchen brauche und allein den Weg finde.

Die Gänge des Amtshauses waren so düster, daß Rosa die Tafeln an den Büros nicht lesen konnte. Die meisten Fenster waren mit Sperrholzplatten vernagelt. Sie klopfte an einige Türen, bekam keine Antwort. Plötzlich trat aus einem Zimmer ein Mann, Rosa zuckte zurück, dann schaffte sie es, ihn anzusprechen. Er bat sie, einen Moment zu warten, er sei gleich wieder da.

Als sie dann auf dem wackeligen Besucherstuhl saß, geschah ein Wunder.

»Müller, Ferdinand?« fragte der Beamte. »Ferdinand Müller?«

Rosa nickte.

Der Beamte stand auf, trat neben sie und reichte ihr die Hand. »Der war ein Mensch!« Er drückte ihre Hand so fest, daß die Blase am Daumenansatz platzte. »Sie müssen sehr stolz auf ihn sein. Es hat nicht viele gegeben wie ihn. Wenn's mehr gewesen wären, stünden wir heute anders da.«

Sein Bruder, fuhr er fort, war einer von den Männern gewesen, denen Ferdinand bei der Flucht geholfen hatte. Der Beamte würde tun, was er konnte, versprechen könne er nicht viel, sie habe ja bestimmt schon gemerkt, daß es noch immer Leute gebe, die jeden, der im Widerstand war, für einen Verräter hielten. Nicht einmal das hatte sie gemerkt, sie war gar nicht auf die Idee gekommen, darüber zu reden, was Ferdinand getan hatte, es hatte sie auch niemand gefragt, ihr Mann war eben tot, so viele Männer waren tot. Aber das konnte sie dem freundlichen Menschen nicht sagen, der sich erkundigte, wo sie jetzt arbeite, wie lange sie noch in der Wohnung bleiben könne und so weiter. Als er Ernas Namen hörte, nickte er zufrieden. Da habe Rosa endlich einmal Glück gehabt. Sie werde von ihm hören, und zwar möglichst bald.

Sie müssen stolz auf ihn sein. Das hatten auch Gusti und Erna gesagt. Nicht einmal das konnte sie ihm geben, sie konnte ihm keinen Kranz aus Stolz aufs Grab legen, es gab ja auch kein Grab, nicht einmal das. Wie sollte sie stolz sein, wenn die Traurigkeit sie doch aushöhlte, sobald sie nur seinen Namen aussprach oder an ihn dachte? Sie wunderte sich oft, daß sie gehen, stehen, sitzen, essen und trinken konnte, wenn sie doch nur eine leere Hülle war. Sie hoffte nur, daß er gewußt hatte, wie sehr sie ihn liebte, als sie selbst es noch nicht wußte.

Drei Wochen später kam der Beamte am Vormittag, als die Frauen Pause machten, und fragte nach Rosa, die gerade Wasser holte. Er unterhielt sich mit Erna, ein paar Frauen liefen Rosa entgegen und neckten sie, warum sie ihnen denn einen so netten Verehrer verschwiegen hätte. Sie wußte nicht, wovon die Rede war, wurde ärgerlich, und als sie den Beamten sah, wurde sie rot. Er brachte die Zusage einer Gemeindewohnung und ein Blatt, auf dem der Name eines Mitarbeiters der Wiener Verkehrsbetriebe stand, bei dem sie sich möglichst bald melden solle.

So wurde Rosa Schaffnerin und Mieterin einer Zimmer-Küche-Wohnung am Rand der Stadt, wo sich die Gassen in den Weinbergen verlaufen. Erna überredete einen Lastwagenfahrer, Gustis Hausrat aus dem 14. in den 19. Bezirk zu transportieren. Beim Ausräumen der Schränke stellte Rosa überrascht fest, daß Gusti einige gute Stücke in ihrer Garderobe hatte, die schenkte sie den Kolleginnen und bekam wenige Tage später von ihnen einen fast unbeschädigten Vogelkäfig, den die Frauen unter einem Schuttberg gefunden hatten. Von ihrem ersten Lohn kaufte Rosa einen blau-grünen Wellensittich und für das Foto von Gusti und Karli einen vergoldeten Rahmen.

Schon in den ersten Wochen entwickelte Rosa eine Autorität, die ihr niemand zugetraut hätte, am wenigsten sie selbst. Ein Straßenbahnwagen war übersichtlich, Einstieg hinten, Ausstieg vorne, so viele Sitzplätze, so viele Stehplätze, klar zu lesen auf einer Tafel an der Stirnwand, da gab es nichts zu deuteln und in Frage zu stellen, hier konnte Ordnung herrschen, und dafür sorgte sie. Wenn ein Betrunkener randalierte, brauchte sie ihn nur kurz anzusehen und leise und bestimmt mit ihm zu sprechen und er wurde zahm. Sie schlichtete jeden aufflammenden Streit, bevor er sich zu voller Bösartigkeit auswachsen konnte. Etwas verwundert stellte sie fest, wie sie es genoß, daß sie hier das Sagen hatte. Die Kolleginnen und Kollegen schätzten ihre freundliche Ruhe und Verläßlichkeit. In den Ruhepausen in der Remise war sie eine gute Zuhörerin, von sich sprach sie nie. Eine Kollegin lud sie zu einem Pferderennen ein, von da an ging sie während der Saison regelmäßig in die Freudenau, manchmal gemeinsam mit der Kollegin, öfter allein. Sie genoß die knisternde Atmosphäre, das nervöse Tänzeln der Pferde vor den Rennen, ihren Geruch, das Spiel ihrer Muskeln unter dem glänzenden Fell, die angespannte Konzentration der Jockeys, die Begeisterung der Menge, die Aufregung der Sportsfreunde. Sie entwickelte einen Blick für Pferde, wettete hin und wieder, gewann öfter, als sie verlor, von ihrem ersten Gewinn kaufte sie einen Radioapparat, setzte aber nie große Summen. Wenn sie den Pferden zusah, spürte sie ihre eigenen Muskeln. Der eine oder andere Jockey nickte ihr zu, wenn sie an die Koppel trat, ließ sogar zu, daß sie ein Pferd zwischen den Ohren kraulte. Wenn sein warmer Atem ihre Handfläche kitzelte, bekam sie eine Gänsehaut.

Alle Versuche, etwas über Frau Michaleks Schicksal zu erfahren, waren vergeblich gewesen. Sie tauchte in keiner der Listen auf. Als Rosa zum ersten Mal das Opernkonzert im Radio hörte, sah sie Frau Michalek an ihrem Tisch voll Batist und Damast sitzen. Sie hätte gern geweint, ihre Augen brannten nur, als seien sie voll Sand.

Zu ihrem 27. Geburtstag lud Erna Rosa zu ›La Bohème‹ in die Volksoper ein. Rosa war überwältigt. Als die Gewerkschaft ein Abonnement anbot, griff sie sofort zu. Sie liebte es, als eine der ersten im Saal zu sitzen, zu hören, wie die Musiker ihre Instrumente stimmten, zu sehen, wie sich die Ränge, das Parkett langsam füllten. Unabhängig davon, wie oft sie eine Oper gehört hatte, es war immer das erste Mal, sie mußte sich einstimmen und gleichzeitig wappnen gegen die Sturzflut von Gefühlen. Zu Hause ging die Musik in ihrem Kopf weiter, sie ärgerte sich, wenn ihr ein Teil der Melodie entfallen war, freute sich, wenn sie eine Arie lautlos bis zu Ende singen konnte.

In der zweiten Pause einer Aufführung von ›Carmen‹ traf sie den Beamten, der ihr Wohnung und Arbeit verschafft hatte, sie tranken nach der Oper miteinander Kaffee, verabredeten sich zu einem Spaziergang auf dem Kahlenberg am nächsten Sonntag. Sie gingen zum Heurigen und unterhielten sich über Gott und die Welt, er klagte darüber, wie einsam er sei.

»Sie sind doch auch einsam«, sagte er. »Ferdinand war ein großer Mann, ein Held, aber er ist nicht mehr da, Sie sind ihm nichts mehr schuldig, Sie müssen wieder leben, richtig leben.«

Sie schüttelte den Kopf. Ein Held? Ferdinand hätte es nicht gern gehört, wenn man ihn einen Helden nannte. Er hätte bestimmt gesagt, er habe getan, was notwendig war, Punkt. Wahrscheinlich half es den anderen, denen, die ein Gewissen hatten, und das waren keineswegs alle, wenn sie einen Helden aus ihm machten. Dann störte er weniger. Dann konnten sie sich unterstellen unter seinem Heldentum wie unter einem breiten Vordach, dachte sie. Konnten sagen: Ich hab einen Helden gekannt. Sie lächelte. Der Beamte lächelte zurück, obwohl ihn das alles doch gar nichts anging. Auf dem Heimweg legte er den Arm um ihre Schulter, das fand sie schön, kuschelte sich an seine Seite. Als er stehenblieb, sie an sich drückte und küssen wollte, schob sie ihn weg und rannte davon, stolperte, fing sich im letzten Augenblick, lief weiter. Das ist alles vorbei. Zu Hause sah sie, daß ihr Knöchel arg geschwollen war, sie machte sich ein Fußbad und starrte die verästelten blauen Venen an, während das Wasser langsam auskühlte. Im Bett legte sie die rechte Hand zwischen ihre Beine, wartete auf das Pochen in den Schamlippen, trommelte mit den Fingern darauf, fühlte nichts, fing an zu reiben, das tat nur weh. Kein Pochen, kein Feuchtwerden, kein Anschwellen, keine Erregung. Meine kleine

Rose, hatte Ferdinand gesagt, wenn er sie streichelte, und hatte so glücklich gelächelt, wenn er sie feucht werden spürte. Verdorrt bin ich, dachte sie. Von wegen Rose. Eine Distel bin ich geworden. Der Kaplan fiel ihr ein, der immer über Unkeuschheit geredet hatte. Jetzt war sie also keusch, ob sie wollte oder nicht, könnte mit den anderen wohlanständigen Leuten die Nase rümpfen über die Lüsternheit der Jungen und Alten. Ich bin eine anständige Frau, hatte Frau Michalek oft gesungen. Rosa hätte sich gern überlegen gefühlt gegenüber all denen, die von ihren Trieben geschüttelt wurden, statt dessen schämte sie sich. Anständig vielleicht, aber eine Frau? Das Frausein war ihr abhanden gekommen. So leer wie ich bin, das gibt es gar nicht, dachte sie, und gleich darauf fiel ihr Frau Michalek ein mit ihrem ewigen »Ein leerer Sack steht nicht«, wenn sie sich ächzend erhob und ein Tablett aus der Küche holte.

Am Sonntagmorgen klingelte es an ihrer Tür. Sie ahnte, daß es der Beamte sein könnte, schlich ins Vorzimmer, sah ihn durch das Guckloch auf dem Fußabstreifer stehen und endlich weggehen. Sie schaute ihm durchs Küchenfenster nach. Die kahle Stelle auf seinem Hinterkopf rührte sie, einen Augenblick lang war sie versucht, ihm nachzurufen. Sie wandte sich ab, stellte die Espressomaschine auf den Herd, wartete vergeblich auf das Blubbern, bis sie sah, daß sie vergessen hatte, das Gas anzudrehen.

In immer längeren Abständen kam Erna abends vorbei, sie arbeitete jetzt in einer Fabrik, wickelte Drähte auf Spulen. Ihre Zahnprothese klapperte, wenn sie sprach, aber sie redete ohnehin nur wenig und nie von sich, am ehesten schimpfte sie über die Betriebsrätin, die sich's mit dem Meister gerichtet hatte und der gleichgültig war, was mit den Kolleginnen geschah, die sie aber trotzdem wählten, weil sie fürchteten, sie könne ihnen gefährlich werden. Die Frauen sind sich selbst die besten Feindinnen, sagte Erna. Einmal fragte Rosa, warum sie sich denn nicht zur Wahl aufstellen ließ, da lachte Erna, und Rosa wurde plötzlich klar, daß sie sie seit der gemeinsamen Arbeit auf den Trümmerhaufen nicht mehr lachen gesehen hatte. Wund und hilflos fühlte Rosa sich bei diesem Lachen, sie griff nach Ernas Arm, da schritt Erna schneller aus. Sie setzten sich in einen Heurigengarten nicht weit vom Grinzinger Friedhof, Erna trank ein Viertel von dem sauren Wein in einem Zug und bestellte sofort ein zweites.

An einem warmen Sommerabend reichte eine Frau mit freundlichem Lächeln Rosa ihren Fahrschein. Rosas Blick fiel auf eine Bluse mit winzigen grünen Gänseblümchen. Sie spürte, wie ihre Augen naß wurden, wischte mit einer groben Bewegung die Tränen weg. Seit wann waren grüne Blumen ein Grund loszuheulen. Erst als die Frau mitleidig sagte, wie lästig der viele Staub in der Luft sei, jedes Jahr würde er ärger, erinnerte sich Rosa, daß Frau Michalek ein Sommerkleid mit genau diesem Muster gehabt hatte.

Nicht lange danach versuchte sich eine alte Frau hinter einem breitschultrigen Mann an Rosa vorbeizudrücken. »Ihr Fahrschein bitte.« Die Frau blickte auf. Rosa erschrak. Langsam dämmerte in dem verwüsteten Gesicht Erkennen auf. »Rosa! Ich bin doch deine Mutter.« – »Ihr Fahrschein bitte.« Wie von außen stellte Rosa fest, daß ihre Stimme kein bißchen zitterte. Einen Moment lang war sie froh, daß die Begegnung in ihrer Straßenbahn stattfand, hier war sie die Chefin und sonst niemand. Wie oft hatte sie sich ausgemalt, was passieren würde, wenn sie irgendwo zufällig auf jemanden aus ihrer Familie traf. Ihrer Familie? Sie wunderte sich, wie wenig sie das anging. Zuschauerin war sie. Am ehesten, ging ihr durch den Kopf, war Hansi ihre Familie, der jeden Abend »Hallo Rosa!« sagte, sich auf ihre Schulter setzte und an ihrem linken Ohr knabberte. Die Mutter drehte sich hilfesuchend zu den Umstehenden. »Sehen Sie? Ihre eigene Mutter behandelt sie wie eine Fremde.« Sie hob die Hand, als wollte sie einen Schlag abwehren, verfiel in einen jeiernden Singsang. »Du sollst Vater und Mutter ehren, daß ich nicht lach, es gibt keine Dankbarkeit mehr auf der Welt, keinen Respekt, als hätte man sie nicht neun Monate lang getragen und ihnen das Leben geschenkt, geglaubt hab ich, die Bombe hat sie erschlagen, sie wäre ja nicht auf die Idee gekommen, sich bei ihren Eltern zu melden, ihr war es egal, ob wir uns die Augen ausgeweint haben, wer tut denn so etwas seinen Eltern an?, ein richtiges Kuckuckskind ist das, würde Vater und Mutter aus dem Nest werfen.« Sie wiederholte sich, immer wieder kam der Refrain: Es gibt keine Dankbarkeit mehr auf der Welt. Anfangs nickten einige der Umstehenden, besonders die älteren Frauen, dann wandten sie sich angewidert ab. Rosa markierte Fahrscheine, zog die Klingel zur Abfahrt der Straßenbahn. »Bitte ins Wageninnere nachrücken.« Die Mutter verlegte sich aufs Betteln. »Ich hab doch alles für dich getan. Kaputtgearbeitet hab ich mich, schau mich an.« Rosa hörte auf, Zuschauerin zu sein, die ganze Bitterkeit der vergangenen Jahre stieg in ihr auf, die Erinnerung an die Weigerung der Eltern, Ferdinand zu helfen. Sie schüttelte nur den Kopf, wenn sie den Mund aufgemacht hätte, hätte sie Dinge gesagt, die sie nicht sagen wollte, nicht vor diesen fremden Menschen. »Die Frau ist ja verrückt«, hörte sie eine Stimme im Hintergrund, »die ist bestimmt nicht die Mutter.« Jetzt begann die Mutter zu kreischen. »Nie hätt ich dir das Leben schenken sollen, nie!« Sie schüttelte die Fäuste, die Haare standen ihr wirr um den Kopf. Bei der nächsten Haltestelle stieg sie aus. Plötzlich hatte Rosa Mitleid mit ihr. »Bitte ins Wageninnere nachrücken.« Es war gut, daß es Halteschlaufen gab.

Kurz darauf lag ein Brief vor der Wohnungstür, als sie heimkam. Rosa setzte sich an den Küchentisch, atmete tief ein, bevor sie den Umschlag aufschnitt, was konnte ein Brief bedeuten, wer hatte überhaupt ihre Adresse? Die Schrift war ihr fremd, der Namenszug unleserlich. Sie fühlte eine vage Bedrohung, drehte den Brief hin und her, bevor sie endlich las. Von Anna war er, der ältesten Schwester, die nach dem Tod ihres Mannes wieder in Wien leben wollte, weil ihre Tochter Lotte sich ausgerechnet in einen Wiener verliebt hatte und in drei Wochen heiraten würde. Rosa sei herzlich zur Hochzeit eingeladen, das sei doch eine gute Gelegenheit, die Familie wieder zusammenzuführen und die Vergangenheit zu begraben. Rosa versuchte nachzurechnen. Die Nichte war ein knappes Jahr älter als sie, das Bild eines blondbezopften Mädchens mit Schorf auf den Knien stieg in ihrer Erinnerung auf. Ja, Lotte. Sie waren mit Barry spazierengegangen, weit hinauf über die Wiesen bis zum Wald, hatten Blumen gepflückt, hatten sich ins Gras geworfen und einander mit Halmen gekitzelt, waren über den Hang hinuntergekollert, hatten das Gänseblümchen-Orakel befragt, an ihren Fingern gezogen und aus dem Knacksen der Knöchel darauf geschlossen, wann sie heiraten und wie viele

Kinder sie haben würden. Rosa war traurig, als Lotte mit ihren Eltern nach Stuttgart zog, elf mußte sie damals gewesen sein, höchstens zwölf. Ein paar Briefe gingen hin und her, Rosa wußte nicht mehr, wer als erste aufgehört hatte zu schreiben. So lange hatte sie nicht mehr an Lotte gedacht, die doch so etwas wie eine Freundin gewesen war, aber Lotte hatte sie nicht vergessen. Trotzdem, zur Hochzeit konnte sie nicht gehen, nicht nach dem Zusammentreffen in der Straßenbahn. Sie konnte dem Mann nicht die Hand geben, den sie Vater nennen mußte, nicht dem Schwager, nicht dem Neffen, die ihre SA-Uniformen gewiß längst verbrannt hatten, nicht Hilde, die so gern die Gattin eines Obernazis gespielt hatte. Das kam überhaupt nicht in Frage. Sie hatte Hilde nicht zum Tod ihres Sohnes kondoliert, aber schließlich hatte Hilde ihr auch keine Parte geschickt. Oder schickte man keine Parten, wenn einer für Führer und Vaterland gefallen war? Setzte man da nur Anzeigen in stolzer Trauer in den ›Völkischen Beobachter‹? Stolze Trauer konnte Rosa sich nicht vorstellen. Dennoch ging ihr der Brief nicht aus dem Kopf, so viele Bilder mit Lotte stiegen aus verborgenen Kammern auf. Sie hatte immer so gut gerochen, wonach nur? Lavendel war es nicht. Speik? In der Drogerie gab es jetzt wieder Speikseife zu kaufen.

Rosa beschloß, in die Kirche zu gehen, nicht aber zum Essen. Sie kaufte feines weißes Leinen für ein Tischtuch. Ihre Finger waren rauh geworden, der Ajoursaum hätte vor Frau Michaleks Augen nicht bestanden, das Monogramm wenigstens war ganz gut gelungen. Noch beim Bügeln dachte Rosa, sie könnte das Geschenk ja einfach in der Sakristei abgeben, wenn sie im letzten Moment den Schritt in die Kirche nicht schaffte. Ihr Magen flatterte, beim Einpacken in Seidenpapier mußte sie ihre Hände mehrmals abwischen.

Seit ihrer eigenen Hochzeit war Rosa nicht mehr in der Kirche gewesen. Als die Orgel einsetzte und die Kerzen strahlten, fühlte sie einen starken Sog, hätte ihm so gern nachgegeben, aber sie klammerte sich an der Bank fest, ließ sich nicht fallen. Sie gehörte nicht dazu, sie konnte nicht vergeben ihren Schuldigern. Entweder – oder sagte sie sich, ganz oder gar nicht, halbe Sachen gibt es genug auf der Welt, alle haben mich im Stich gelassen, als ich sie am dringendsten gebraucht hätte. Du auch, sagte sie zu der Marienstatue am rechten Seitenaltar, du auch, und fürchtete einen Moment lang, sie hätte laut gesprochen. Sie blickte nicht links und nicht rechts, nahm nicht wahr, wer da saß und wo, schaute geradeaus auf Lottes weißen Schleier, unter dem die hochgetürmten Locken schimmerten, die Kaskaden ihres Kleides mit dem weiten Rock, den schmalen geraden Rücken des Bräutigams, den der steife weiße Kragen in den ausrasierten Nacken schnitt. Beide kamen ihr vor wie Kinder, sie fühlte sich alt unter dem Gewicht ihrer Erinnerungen.

»Bis daß der Tod euch scheidet«, sagte der Priester mit seiner zittrigen Greisenstimme. Rosa krallte die Nägel der rechten in den Daumenballen der linken Hand.

Der junge Mann küßte die Braut, die Gäste umringten das Paar. Anna war dick geworden, ihr glänzendes dunkelrotes Kleid spannte am Hintern. Rosa mischte sich nicht unter die Gratulanten vor dem Altar, sie erschrak fast, als Lotte neben ihrer Bank stehenblieb, ihre beiden Hände nahm, sie hinauszog vor die Kirche. Dort stellte sie ihr den Bräutigam vor. Karl hieß er und schielte leicht. Plötzlich stand Anna neben ihr, zeigte keine Überraschung, gab ihr die Hand, als wären nicht Jahre vergangen, seit sie sich zuletzt gesehen hatten. Gleich darauf schritt Hilde durch das Tor am Arm eines jüngeren Mannes, den Rosa ohne Schnurrbart und SA-Uniform erst an seiner herablassenden Haltung als einen der beiden Söhne erkannte, aber sie wußte nicht, ob er der ältere oder der jüngere war. Sein Anzug hatte bestimmt mehr gekostet, als sie in zwei Monaten verdiente, den Blick für Stoffe und Machart hatte sie von Ferdinand gelernt und nicht vergessen. Der Neffe hatte es sich wieder einmal gerichtet, es erfüllte sie mit einer gewissen Befriedigung, daß sie seinen Namen vergessen hatte. Die Erinnerung an Ferdinand schützte sie vor der eisigen Kälte, mit der Hilde ihr zunickte. Sie reichte Lotte ihr Päckchen und wollte unauffällig verschwinden, aber Karl holte sie zurück, gerade als der Vater, schwer auf die Mutter gestützt, heftig blinzelnd aus der Kirche trat. Der Mutter blieb buchstäblich der Mund offen stehen, als sie Rosa sah, sie machte sich los, der Vater schwankte und wäre gestürzt, wenn ihn nicht ein Mann aufgefangen hätte. Die Mutter ging einen Schritt auf Rosa zu, erkannte offenbar, daß dies nicht der Moment für eine Auseinandersetzung war, wandte sich mit hoch erhobenem Kinn und wütendem Funkeln ab, drängte sich zwischen Lotte und Karl und hängte sich bei beiden ein. Rosa wollte gerade gehen, da packte Anna ihren Arm. »Mach dir nichts draus, du kennst sie doch, verdirb Lotte nicht den Tag, sie hat sich so auf dich gefreut und fest mit dir gerechnet.«

Ich hab schon lang mit niemandem mehr gerechnet, dachte Rosa, aber sie ließ sich abschleppen zu der schön gedeckten Tafel in dem Restaurant gegenüber der Kirche, das noch vor kurzem ein Wirtshaus gewesen war, fand das Kärtchen mit ihrem Namen darauf, nahm gehorsam Platz. Links von ihr saß Karls zwölfjähriger Bruder, der auf seinem Stuhl herumwetzte, sich ständig an den Hemdkragen griff und offenbar ebensogern wie sie selbst anderswo gewesen wäre, egal wo, rechts von ihr eine Freundin Lottes, die sich über den Tisch hinweg mit einem älteren Mann unterhielt. Immer wieder schaute die Mutter zu ihr her, sobald sie sicher war, daß Rosa die Blicke bemerkt hatte, wandte sie sich mit angeekeltem Gesichtsausdruck ab. Ist mir doch egal, sagte sich Rosa, ich gehöre nicht zu ihnen und will auch nicht zu ihnen gehören.

Als sie zur Toilette ging, stand plötzlich der Vater vor ihr. Er habe doch keine Wahl gehabt, habe schließlich für die Mutter sorgen müssen, sie wisse ja nicht, wie gern er ihr geholfen hätte, aber der Scheißkerl, der Mann von der Hilde, na, zuletzt habe ihn sowieso der Teufel geholt, Prost Mahlzeit auch, gedroht habe er ihm, aber mit den Kleinen könnten sie das machen, das war nie anders und wird nie anders sein, und die Hilde, so was von Frechheit sei ihm doch noch nicht untergekommen, gerade noch die Obernazisse, sei sie jetzt die größte Kerzelschleckerin, aber bitteschön, ihm solle es recht sein, und sein Rosilein sei doch immer seine liebste Kleine gewesen. Er griff nach ihrer Hand, sie entzog sie ihm. »Du bist ja betrunken.« Sie wandte den Kopf ab vor seiner Alkoholfahne, da umarmte er sie von hinten, schluchzte in ihren Nacken. »Verzeih mir, du mußt mir verzeihen!« Es ekelte sie so sehr, daß ihr Magen rebellierte. »Ist ja gut«, murmelte sie, um den Vater loszuwerden. Er packte ihre Hand, küßte sie schmatzend auf die Wange, wankte ins Pissoir. Sie lief durch den Hinterausgang ins Freie, ein Windstoß traf sie ins Gesicht, gleich darauf begann es zu regnen, sie warf den Kopf in den Nacken, riesige Tropfen fielen ihr in den Mund.

Zwei Wochen später standen Lotte und Karl eines Abends vor ihrer Tür, um sich für das Geschenk zu bedanken. Rosa war peinlich, daß sie ihnen nichts aufwarten konnte, sie entschuldigten sich verlegen, sie seien erst gestern von einem Besuch bei Karls Eltern in der Steiermark zurückgekommen. Lotte schlug vor, zu dem kleinen Heurigen zu gehen, den sie auf dem Weg gesehen hatte, auf einen G'spritzten nur, sie müßten ja alle drei morgen früh aufstehen. In den Fliederbüschen schwebten Leuchtkäfer, auf dem dicken Bauch des Wirts schnurrte eine Katze. Lotte sagte, sie habe noch nie ein so schönes Tischtuch gesehen, Rosa wehrte natürlich ab, da hätte sie erst die Monogramme und Ajoursäume von Frau Michalek sehen müssen, sie selbst habe früher auch besser gestickt, aber ihre Finger seien verdorben durch die Ziegelklopferei. Lotte erzählte, das Gasthaus der Großeltern werde demnächst abgerissen, dort würde ein großes Wohnhaus gebaut, die Oma freue sich schon sehr auf eine Wohnung mit Bad, ihre Mutter lasse Rosa grüßen, bei ihr sei sie immer willkommen, sie habe bedauert, daß Rosa sich nicht an sie gewandt habe. »Ich kenn sie doch kaum«, sagte Rosa. Das müsse sich jetzt ändern, beharrte Lotte. Familie sei schließlich Familie, oder etwa nicht? Im Guten wie im Bösen, und es sei doch wichtig, irgendwo dazuzugehören.

Rosa schluckte mit Mühe, ihre Speiseröhre war wieder einmal wie verätzt. Waren Anna, ihr Mann und Lotte eine Familie gewesen? Waren die Eltern mit Anna, Hilde und Marianne eine Familie gewesen, irgendwann, bevor sie zur Welt kam? Ferdinand und ich, wir wären eine Familie geworden, oder waren wir schon eine, obwohl wir keine Kinder hatten? Noch keine Kinder hatten. Ferdinand wäre ein guter Vater gewesen, ein zärtlicher. Sie erschrak, als ihr bewußt wurde, daß Lotte neben ihr stand und ihr die Hand entgegenstreckte. Sie sprang auf, ergriff die Hand gerade in dem Moment, als Lotte sie zurückziehen wollte.

An dem Abend wälzte sie sich lange schlaflos im Bett. Familie ist Familie, hatte Lotte gesagt. Dazugehören. Wie war das, wenn man einfach dazugehörte, so ganz ohne wenn und aber? Geborgen, sagte sie vor sich hin. Geborgen. Barry, der ihr bis zum Kinn reichte, neben ihr auf dem Schulweg, ihre Hand in seinem dichten Fell. Barry, auf den Boden gefläzt und sie mit dem Kopf an seiner Flanke, irgendwo zwischen Wachen und Schlafen. In der Nacht aufwachen neben Ferdinand, seine tiefen Atemzüge hören, seine Hand auf ihrer Brust spüren, seinen warmen Atem im Nacken. Die kalten Füße an seinem Rücken wärmen. Ihm beim Essen zuschauen. Dazugehören, doch, das war es. Wissen, er ist für dich da und du bist für ihn da, ein für allemal. Ich möchte dich so gern beschützen, hatte er gesagt. Und hatte doch die Dinge tun müssen, die er getan hatte, da hatte er nicht Rücksicht genommen auf sie. War ein Held geworden, wie Gusti gesagt hatte, oder war es Erna gewesen, einer, auf den sie stolz sein sollte. Gab es Menschen, die sich am Stolz wärmen konnten? Sie konnte es nicht. Wir haben zueinander gehört, du und ich, Ferdinand, wir haben einander angehört, aber du hast auch zu denen gehört, die Hilfe gebraucht haben. Hättest du vor denen die Tür versperrt, wärst du nicht du gewesen. Und trotzdem, ich wollte ... Wollte ich wirklich? Wie komm ich überhaupt dazu, so herumgrübeln zu müssen, es bringt ja doch nichts. Sie drehte sich entschlossen auf die Seite. Im Einschlafen sah sie Frau Michalek vor dem Löwenkäfig in Schönbrunn stehen und singen, aber völlig lautlos, es gelang Rosa auch nicht, von ihren Lippen abzulesen, um welches Lied oder welche Arie es sich handelte, obwohl sie darüber geprüft werden sollte. Plötzlich verwandelte sich Frau Michalek in die Mutter, die ihre Haare raufte und mit anklagend erhobenem Finger immer näher kam, ohne die Beine zu bewegen, ein unaufhaltsames Gleiten, zuletzt war sie so nahe, daß Rosa nur mehr ein einziges riesiges Auge sah, in einem Dreieck eingeschlossen und glänzende Strahlen aussendend wie das Auge Gottes in der Kirche, wo sie die Erstkommunion empfangen hatte. Wo ich bin und was ich tu, sieht mir Gott mein Vater zu.

Wochenlang ließ sich die Erinnerung an den Traum nicht verscheuchen, drei- oder sogar viermal war Rosa auf dem Weg zum Gasthaus, kehrte immer wieder um, einmal sogar direkt vor der Gartentür. Dann wollte sie mit Erna darüber sprechen, obwohl sie sich schämte, obwohl es furchtbar lächerlich war, einen Traum so wichtig zu nehmen, aber Erna kam monatelang nicht und Rosa wußte nicht, wo sie wohnte. Im Telefonbuch stand sie nicht, der einzige Mensch, der ihre Adresse sicher gekannt hätte, war der Beamte, und den konnte Rosa beim besten Willen nicht fragen, wirklich nicht. Wie viele Seiten hat die Scham? dachte sie. Jedenfalls mehr, als ich zählen kann. Schließlich gewöhnte sie sich an das nagende Gefühl, wieder einmal etwas versäumt zu haben, so wie man sich an einen dumpfen Dauerschmerz gewöhnt.

An einem Juniabend, an dem sogar die müden Gesichter der Menschen auf der Straße leuchteten, stand Erna am Eingang zur Remise. Rosa lief auf sie zu, erschrak, als sie sie aus der Nähe sah. Erna wirkte aufgeschwemmt mit fahler, teigiger Haut, ihre Augen waren müde, die Lider schlaff. Sie nickte Rosa zu. »Ich weiß, du mußt gar nichts sagen.« Sie gingen stumm nebeneinander her, schlugen automatisch den Weg zu den Steinhofgründen ein, schauten eine Weile spielenden Kindern zu, bis Erna sich kopfschüttelnd abwandte und bergauf rannte. Auf der Hügelkuppe blieb sie keuchend stehen, wies auf die Stadt unter ihnen. Von hier aus war nichts von den Kriegsschäden zu sehen, in der Wiese blühten Margeriten, Lichtnelken, Glockenblumen, Salbei. »Schau dir das an, man möchte glauben, die Welt wäre in Ordnung.« Auch Ernas Stimme hatte ihren Klang verloren. Sie hatte gedacht, nun würde alles anders werden, es würde etwas Neues aufgebaut werden aus den Trümmern, und jetzt? Die alten Nazis seien wieder dick da, und schlimmer noch, die Jungen seien infiziert, viele, ohne es zu wissen, was noch gefährlicher sei, unlängst erst habe eine zu ihrer Freundin Ruth gesagt, sie könne gar nicht mitreden, sie sei ja in Amerika in Sicherheit gewesen, während man hier gefroren und gehungert habe, von den Vergewaltigungen ganz zu schweigen, und überhaupt habe man »damals« sein Fahrrad ruhig im Hausflur stehen lassen und als Frau nach Einbruch der Dunkelheit allein auf der Straße gehen können.

»Dort hab ich den Frauen immer gesagt, wir müssen durchhalten, sonst hat das alles keinen Sinn. Jetzt frag ich mich ...« Sie sagte nie »im Lager«, immer nur »dort«. Rosa stand hilflos neben ihr, hätte sie gern getröstet und wußte nicht, wie. Erna schlug mit der Faust der rechten in die Fläche der linken Hand. »Fast könnt ich deinen Ferdinand beneiden, der hat bis zum Schluß glauben können, daß es einen Sinn hat.« Aber du lebst, dachte Rosa, du lebst, und er ist tot. Erna schüttelte den Kopf, als hätte sie Rosas Gedanken gelesen. »Gestern hat eine Kollegin erklärt, ich müsse doch zugeben, in Ravensbrück hat immerhin Ordnung geherrscht, nicht so ein Chaos, wie wir es jetzt hier haben.«

»Und was hast du ihr geantwortet?«

Erna starrte Rosa an. »Was kann man da sagen? Weggegangen bin ich.«

Später saßen sie auf wackeligen Holzbänken in einem Heurigengarten, blickten aneinander vorbei und bemühten sich vergeblich, die Fremdheit zu durchstoßen, die sich zwischen ihnen aufgebaut hatte. Als Erna ihr beim Heimgehen die Hand drückte und alles Gute wünschte, ahnte Rosa, daß das ein Abschied war. In den folgenden Jahren würde sie in unregelmäßigen, immer länger werdenden Abständen darüber nachdenken, was sie Erna schuldig geblieben war. Eine befriedigende Antwort fand sie nicht, jedenfalls keine, die länger als einen Tag gehalten hätte. Frau Michalek, Gusti und Erna. Meine drei Schutzengel, dachte sie. Wenn es einen Himmel gibt, haben die drei dort einen Fensterplatz mit Fußschemel verdient. Woher hab ich nur diesen Satz, von mir stammt er nicht, muß ich irgendwo gehört haben. Von Gusti? Zu ihr hätte er gepaßt.

Anna lud sie zur Jause ein, zwanzig Minuten füllte Rosa damit, die Wohnung zu bewundern, den Kuchen zu loben und nach Lotte zu fragen, dann saßen sie einander gegenüber und wußten sich nichts zu sagen, bis Anna aufseufzte und Rosa mitteilte, daß der Vater an Leberzirrhose leide und nach ihr frage. Sie fuhren ins Krankenhaus, und beim Anblick des graulila verfärbten Gesichts konnte Rosa ihre aufgestaute Wut nicht vor dem Mitleid retten, das sie überschwemmte. Eine Woche später starb der Vater, beim Begräbnis umarmte die Mutter Rosa schluchzend und versicherte, es sei alles vergeben und vergessen. Rosa schluckte und sagte nichts, ließ sich sogar zum Kaffee überreden. »Das wird der letzte sein, den wir miteinander zu Hause trinken«, sagte die Mutter. »In vier Wochen kommen die Bagger.« Rosa ging hinaus in den Garten, stand eine Weile an Barrys Grab. Es störte sie, daß die Bauarbeiter seine armen Knochen irgendwohin werfen würden, aber auch das ließ sich nicht ändern. Der Fliederbusch war sehr groß geworden, mußte in diesem Jahr besonders schön geblüht haben, er war voll vertrockneter Dolden.

Zwei Tage nach dem Begräbnis stürzte die Mutter auf der Kellerstiege und brach sich den Oberschenkelhals. Nach der Operation redete sie die Krankenschwestern mit den Namen ihrer Schwestern an, die sie seit mehr als siebzig Jahren nicht mehr gesehen hatte. Hilde sagte, es würde ihnen nichts anderes übrigbleiben, als sie ins Altersheim zu geben, in dem Zustand könne sie nicht allein leben, und Anna brauche sie gar nicht so anzusehen, Platz sei zwar in der Wohnung, seit ihr armer Mann nicht mehr lebe, aber sie sei selbst nicht gesund, erst vergangenen Dienstag habe ihr der Arzt dringend geraten, sich zu schonen, und warum wolle Anna die Mutter denn nicht selbst zu sich nehmen. Genau das habe sie vor, erklärte Anna. Hildes Nasenflügel blähten sich, sie war offensichtlich verärgert und konnte keine Möglichkeit finden, ihre Wut herauszulassen. Rosa genoß es, Hilde sprachlos zu sehen. Als sie am nächsten Tag mit einem Glas Apfelmus in der Tasche ins Krankenhaus kam, war der Platz leer, wo das Bett der Mutter gestanden war. Eine freundliche Schwester führte sie ins Badezimmer, da lag die Mutter mit hochgebundenem Kinn, ein verwundertes Lächeln um die Mundwinkel, friedlich, wie Rosa sie lebend nie gesehen hatte. Wie weggewischt waren die Zerstörungen, die Zeit, schwere Arbeit, Enttäuschungen, Unglück und Alkohol angerichtet hatten. Mit einem Finger berührte Rosa die Wangen, die sich glatt und kühl anfühlten. So hätte ich dich gern gekannt, dachte sie. Während sie noch dastand und die tote Mutter betrachtete, kamen Anna und Hilde. Sie hätte fragen wollen, ob auch sie von der neuen Schönheit der Mutter berührt wurden, aber sie trat nur zur Seite und machte den Schwestern Platz. Hilde wurde von Weinkrämpfen geschüttelt, so sehr, daß die freundliche Krankenschwester sie zu einem Sessel führte und ihr eine Tasse Tee mit viel Zucker in die Hand drückte. Hilde, die Hauptleidtragende.

»So sehr hat ihr gegraust davor, daß sie das Haus räumen muß«, sagte Anna. »Das bleibt ihr jetzt erspart.« Sie erledigten die notwendigen Dinge, warteten zu dritt an der Haltestelle, als die Straßenbahn in der Ferne auftauchte, schlug Anna vor, noch einen Kaffee zu trinken. Seltsam, dachte Rosa, nie hab ich mich an der Mutter festgehalten, und jetzt kommt es mir vor, als hätte ich den Halt verloren. Sie saßen dann auf abgewetzten Bänken, gerissene Federn stachen in ihre Oberschenkel, der Kaffee war dünn und nur lauwarm, und trotzdem war es gut, hier zu sein zwischen den Schwestern, bis Hilde sagte, was für ein Glück, daß Vaters Grab noch nicht bepflanzt worden sei, das wäre hinausgeworfenes Geld gewesen, und Anna demonstrativ hustete, bis ihr der Kellner ein Glas Wasser brachte.

Drei Wochen später trafen sie sich im Gasthaus. Es sah

noch viel schäbiger und trostloser aus, als Rosa es in Erinnerung hatte. Anna riß alle Fenster auf, aber der heftige Luftzug konnte nicht an gegen den modrigen, stickigen Geruch. Ihr wäre es am liebsten, erklärte sie, wenn die Bagger die ganze Einrichtung zusammen mit dem Gemäuer abrissen. Hilde sagte, es wäre schade um die Bierkrüge, wenn die anderen keinen Wert darauf legten, würde sie die gerne haben. Als Rosa im Schlafzimmerschrank das Tischtuch sah, das sie der Mutter geschenkt hatte, zusammen mit einer getrockneten Rose säuberlich in rosa Seidenpapier eingewickelt, wurden ihr die Augen feucht. In der Kommode fanden sie vier Taufkerzen, ein paar alte Fotos, darunter eines von Rosa mit Barry, und einen ungeöffneten Brief an sie von Marianne. Rosa steckte ihn wortlos in ihre Jackentasche. Im Kleiderschrank hing ein fast neuer dunkelgrauer Mantel.

»Willst du dir den nicht nehmen?« fragte Hilde.

Rosa fuhr sie an, was sie brauche, das kaufe sie sich selbst.

Hildes Kinn begann zu zittern, ihre Stimme klang weinerlich. »Ich hab doch nur gemeint.«

Anna hängte sich die zwei guten Kleider, den Mantel, einen Rock und zwei Blusen über den Arm. Die werde sie ins Pfarrhaus bringen, solange es Menschen gebe, die nichts anzuziehen hätten, sei es eine Sünde, die Sachen einfach wegzuwerfen. Rosa war mit allem einverstanden, wollte nur weg, wollte ihren Brief lesen, aber nicht hier, nicht vor den Schwestern. Draußen ertönte der heisere Ruf »Fetzen, Hadern, Kellerkram!« Sie nickten einander zu, riefen die Frau herauf, die sie ungläubig anstarrte, gaben ihr den Schlüssel. Sofort fing sie an, den Wäscheschrank auszuräumen. Sogar die muffig stinkenden Tuchenten in schmutzigen Bezügen trug sie auf beiden Armen die Treppe hinunter, als wären es Kostbarkeiten.

Anna nahm das Hochzeitsfoto der Eltern von der Wand, Hilde zog noch einmal die Schubladen aus der Kommode, drehte sie um, klopfte auf die Böden, ein paar Krümel fielen heraus. Fetzen, Hadern, Kellerkram, dröhnte es durch Rosas Kopf. Fetzen, Hadern, Kellerkram.

Zu Hause las sie Mariannes Brief, die sie einlud, zu ihr und ihrem Mann nach Fleeste zu kommen, sie hätten hier Arbeit gefunden, wohnten im Ausgedinge eines Bauernhofs, Kinder hätten sie leider keine, nach der zweiten Fehlgeburt hätten sie die Hoffnung aufgegeben, Heimweh hätte sie nicht, aber an die kleine Schwester denke sie oft, und Rosa würde es gut haben bei ihnen, sie würden ihr auch das Fahrgeld schicken.

Der Brief war sechs Jahre und drei Monate alt. Rosa kämpfte mit den Tränen. Als sie den Umschlag noch einmal in die Hand nahm, sah sie, daß der Brief geöffnet und wieder zugeklebt worden war. Die Mutter hatte ihn also gelesen. Warum hatte sie ihn Rosa nicht gegeben? Es war müßig, darüber zu spekulieren, müßig, wütend zu sein und verletzt. Noch am selben Abend schrieb Rosa an die Schwester, berichtete vom Tod der Eltern und wie sie den Brief erst heute in die Hände bekommen habe. Sie hoffe sehr, daß Marianne und Anton gesund und wohlauf seien, und würde sich freuen über eine Nachricht. Beim Durchlesen schüttelte sie den Kopf. Die Sätze kamen so dürr, so leblos daher, sagten gar nichts über die ziehende Sehnsucht, die der Brief in ihr ausgelöst hatte. Sie konnte nur hoffen, daß Marianne trotzdem verstand. Mit einem satten Plumps fiel der Brief in den Kasten, das war gewiß ein gutes Zeichen.

Eine Woche später kam ihr Brief zurück mit dem Stempel EMPFÄNGER UNBEKANNT VERZOGEN. Rosa warf den Brief in den Ofen, rannte im Zimmer auf und ab, bis die Nachbarn unten an den Plafond klopften. Anna und Lotte kamen sie besuchen, sie erzählte nichts von Marianne. Immer tiefer festigte sich die Überzeugung, daß sie gefährlich war wie die Pest für jeden, der ihr nahe kam. Am Morgen quälte sie sich aus dem Bett, ihre Beine, ihr Kopf waren zu schwer, sie ging nur zur Arbeit, weil es noch mühseliger gewesen wäre, nicht zu gehen. Die Kollegen bemühten sich, sie aufzuheitern, sie schrie, sie sollten sie gefälligst in Ruhe lassen. Sie schrieb an den Suchdienst des Roten Kreuzes, obwohl sie keine Hoffnung auf Antwort hatte. Wochen später kam tatsächlich ein Brief. »Wir bedauern, Ihnen mitteilen zu müssen …« Wenn die Mutter ihr damals den Brief gegeben hätte, hätte sie gewiß sofort geantwortet, wäre zu Marianne gefahren, vielleicht wäre Marianne an jenem 8. Juni nicht in Bremerhaven gewesen, sondern zu Hause, sie hätten die Gemüsebeete gejätet, Spinat geerntet, für Erbsen wäre es wohl noch zu früh gewesen, am Abend wäre Anton von der Arbeit gekommen, sie hätten den Suppentopf auf den Tisch gestellt.

Rosa starrte das Datum an. Am 8. Juni 1944 waren Marianne und ihr Mann Anton während der Nachtschicht von einer Bombe zerfetzt worden. Am 8. Juni 1944 war Ferdinand an einer Lungenentzündung gestorben. Linksseitig. Warum sollten sie auch beim Datum lügen? Weil das Lügen so selbstverständlich geworden war für sie? Wozu darüber nachdenken. 8. Juni 1944. Wie viele andere Menschen waren an diesem Tag gewaltsam zu Tode gekommen?

Warum Ferdinand? Warum Marianne? Warum nicht ich?

Sie hatte nicht die Pest, sie war die Pest. Sie krallte die Nägel in ihre Handflächen, wunderte sich, daß Blut kam, daß sie den Schmerz fühlte. Eigentlich gab es sie doch nicht, durfte sie nicht geben. Da standen sie alle, Josef, Ferdinand, Frau Michalek, Gusti, Marianne, alle mit Gesichtern, die sich langsam auflösten in leere, helle Ovale; wenn Rosa es nicht schaffte, sich genau zu erinnern an ihre Augen, Nasen, Münder, würden sie bald ganz verschwinden. Sie drückte beide Handflächen gegen die Schläfen so fest sie konnte, bis der Schmerz von außen das Chaos innen übertönte.

Es half nicht, wenn sie sich sagte, daß ihre Trauer um Marianne reichlich spät kam, daß sie jahrelang nichts von ihr gewußt, kaum an sie gedacht hatte. Etwas Dichtes, Dunkles, Formloses lag zwischen ihr und der Welt, nahm den Dingen die Farben, den Tönen den Glanz. Sie stellte nicht einmal das Radio an, wenn sie heimkam, die Musik drang doch nicht zu ihr durch, blieb Geräusch. In ihrem Straßenbahnwagen funktionierte sie wie sonst, nur die Pausen waren schwierig, wenn die Kolleginnen und Kollegen mit Kaffeebechern in den Händen dastanden und plauderten und immer noch versuchten, sie einzubeziehen. Anna wollte sie überreden, gemeinsam mit ihr Lotte zu besuchen, einen Ausflug zu machen, zum Grab der Eltern zu gehen. Rosa war erleichtert, als die Schwester ihre Bemühungen aufgab, und gleichzeitig enttäuscht.

An einem durchsichtigen Septembertag beschloß sie zu ihrer eigenen Überraschung in die Freudenau zu fahren. Ein Trainer brummte »Lange nicht gesehen«, das rührte sie so sehr, daß ihre Augen feucht wurden. Sie stand lange an der Koppel, atmete den Geruch der Pferde ein. Ein nervös tänzelnder Dreijähriger mit roten Glanzlichtern im fast schwarzen Fell gefiel ihr so gut, daß sie mehr als je zuvor auf ihn setzte. »Platz?« fragte der Buchmacher. »Nein, Sieg.« Der Hengst wurde Zweiter. Sie zerriß ihren Wettschein in winzige Schnipsel, ließ sie in einen Papierkorb regnen. Ein Mann zog den Hut vor ihr und sagte lächelnd, sie wirke so zufrieden, als hätte sie gewonnen, aber da sie den Wettschein zerrissen habe, müsse er annehmen, daß sie verloren habe. Sie versuchte zurückzulächeln, merkte, wie steif ihre Mundwinkel waren. Er wünschte ihr noch viel Vergnügen und schlenderte weiter.

Viel später würde sie sich an den Tag auf der Rennbahn erinnern als den Tag, an dem sie ins normale Leben zurückgekehrt war. Sie hörte wieder Radio, ging mit Anna, manchmal mit einer verwitweten Kollegin in die Volksoper, gelegentlich zum Heurigen und während der Saison zu den Pferderennen, sie machte lange Spaziergänge mit Lotte, meist wenn Karl Dienst hatte, als Lotte eine Tochter bekam und bald darauf wieder schwanger wurde, schob Rosa den Kinderwagen und freute sich, wenn die kleine Gerti sie anlachte. Sie nahm wieder Teil an den Gesprächen in der Remise. Wenn Anna einen neuen Versuch machte, sie zu einem Besuch auf dem Friedhof zu überreden, wechselte sie das Thema, aber sie erkundigte sich immer, was Anna für die Grabblumen bezahlt hatte, und legte beim Weggehen genau die Hälfte des Betrags auf den Tisch. Eines Tages lag ein Brief von einem Notar auf der Fußmatte, als Rosa heimkam, da erfuhr sie, daß die Baufirma jetzt für das elterliche Gasthaus bezahlt habe und die Verlassenschaft abgewickelt sei, sie solle unter Mitnahme eines Personalausweises in die Kanzlei kommen. Hilde war vor ihr da, sehr elegant sah sie aus und reichte ihr die Fingerspitzen in weißen Handschuhen, Anna flüsterte sie zu, sie werde ihr die Adresse ihres Friseurs geben, worauf Anna schallend zu lachen begann. Rosa legte das Geld auf ein Sparbuch und rührte erst Jahre später einen Teil davon an, als sie sich ein Grab auf dem Neustifter Friedhof kaufte.

Kurz bevor Lottes zweite Tochter geboren wurde, mußte Anna zu einer Gallenblasenoperation ins Krankenhaus. Rosa nahm drei Wochen Urlaub und kümmerte sich um Karl und die kleine Gerti, auch als Lotte mit Veronika nach Hause kam, wusch Rosa die Windeln, kochte und versorgte den Haushalt. Immer wieder steckte sie die Nase in die Halsgrube der Kleinen, betrachtete die winzigen Finger, so herzzerreißend perfekt, die rosaroten Nägel mit ihren weißen Möndlein. Es kam ihr seltsam vor, daß Lotte und Anna sich so überschwenglich für ihre Hilfe bedankten. Auch weiterhin fuhr sie an jedem freien Tag nach Neustift zu ihrer Nichte. Sobald sie sich setzte, kroch Gerti auf ihren Schoß und schmiegte sich an sie, eines ihrer ersten Worte war Losi-ta, ihre Version von Rosi-Tant. Zu Veronikas zweitem Geburtstag führte Rosa die Kinder zum ersten Mal in den Schönbrunner Tiergarten, sie ging mit ihnen in den Prater, und als Gerti sechs Jahre alt war, lud sie sie zu ›Hänsel und Gretel‹ in die Volksoper ein. Im Frühling holte sie die beiden an beinahe jedem freien Sonntag ab und wanderte mit ihnen zu den Wildschweinen im Lainzer Tiergarten, stundenlang sahen sie den gestreiften Frischlingen bei ihren wilden Spielen auf der großen Wiese zu. Im Herbst sammelten sie große Säcke voll Kastanien und fuhren sie im alten Kinderwagen zur Wildtierfütterung. Lotte arbeitete als Verkäuferin und war froh, die Kinder so gut versorgt zu wissen und Zeit für alle Arbeiten zu haben, die die Woche über liegengeblieben waren.

Kurz vor ihrem zwölften Geburtstag sagte Gerti zum ersten Mal, sie werde am Sonntag nicht mitkommen, sie sei bei einer Freundin eingeladen. Rosa bemühte sich, nicht zu zeigen, wie enttäuscht sie war. Immer öfter hatten die Mädchen etwas anderes vor, Monate vergingen, ohne daß Rosa sie sah. Wenn sie an Geburtstagen, zu Ostern und zu Weihnachten an Lottes großem Tisch saßen, konnte Rosa nicht glauben, daß die beiden einmal um den besten Platz auf ihrem Schoß gestritten hatten. Jetzt wetzten sie auf ihren Stühlen und konnten nicht erwarten, endlich gehen zu dürfen. Früher hatten Lotte und Anna geklagt, man käme ja nicht zu Wort, weil die Kinder pausenlos schwatzten und Rosa ganz in Anspruch nahmen. Jetzt zeigte sich, daß sie und Lotte sich nichts zu sagen hatten, sie und Anna noch weniger. Früher war ihr nie aufgefallen, wie verloren Anna oft dasaß, wie lange sie nach ihrer Brille suchte, nach ihren Wohnungsschlüsseln, wie oft sie nicht reagierte, wenn man sie ansprach. Meine Schwester ist eine alte Frau, dachte Rosa, das kann doch nicht sein, und gleich darauf: Warum nicht? Ich bin auch nicht mehr so jung, und sie ist dreißig Jahre älter. Es machte ihr nichts aus, daß sie in letzter Zeit immer wieder weiße Haare im Kamm fand, daß die Steilfalte auf ihrer Stirn nicht mehr verging. Die guten Zeiten, als sie jung war, waren so kurz gewesen, so schrecklich kurz. Vielleicht würde Altsein besser werden?

An einem Mittwoch rief Lotte in der Remise an, das

war ungewöhnlich, sie telefonierten sonst nie. Lottes Stimme klang verweint. Der Hausarzt habe festgestellt, daß Anna unter einer sehr schnell fortschreitenden Verkalkung leide, bald würde sie nicht mehr allein leben können, eigentlich sei es bereits jetzt gefährlich. Was um Himmels willen sollte sie tun? Wenn sie Anna zu sich nähme, würde Karl gewiß eine Woche später davonlaufen – oder sie selbst. Anna sei seit jeher sehr bestimmend gewesen und werde jetzt von Tag zu Tag herrschsüchtiger und zänkischer. »Wir müssen reden«, sagte Lotte. Rosa erschrak, was um Himmels willen erwartete Lotte von ihr? Sollte sie ihre Wohnung aufgeben, in der sie sich endlich wohl fühlte, jetzt, wo sie gelernt hatte, allein zu leben, sollte sie zu Anna ziehen? Wie Sodbrennen stieg ihr auf: als ich sie gebraucht hätte, war keine für mich da. Das ist vorbei, versuchte sie sich selbst zu beschwichtigen, das will ich doch nicht mitschleppen. Ich hab gedacht, ich hätte die alten Bitterkeiten abgelegt. Stimmt nicht, nicht ganz. Das Gespräch mit Lotte war ein Tanz um den heißen Brei, unbefriedigend für beide, hinterließ einen Bodensatz von unbilligen Ansprüchen und schlechtem Gewissen. Eine Woche später fand Lotte Anna tot in ihrer Küche, neben ihr lagen eine zerbrochene Kaffeetasse und ein angebissenes Kipferl. Der Arzt stellte einen Schlaganfall fest. Beim Begräbnis vermieden es Lotte und Rosa, einander in die Augen zu blicken. Hilde schickte einen Kranz, der ein Vermögen gekostet haben mußte. Ihr Sohn sagte, sie liege mit einer schlimmen Grippe im Bett, und verschwand sofort nach der Einsegnung, ging nicht einmal mit bis zum Grab. Rosa kannte nur wenige von den Trauergästen, die nach dem Begräbnis bei Kaffee und Kuchen im Gasthaus saßen. Als die ersten Witze erzählt wurden, sprang Gerti auf und lief Türen schlagend davon, gefolgt von Veronika. Lotte kam auf die Füße, setzte sich aber sofort wieder. »Jetzt sind wir die nächsten«, sagte sie, und etliche Gäste beeilten sich zu versichern, das habe nun wirklich noch Zeit. Zum Abschied küßte Lotte Rosa auf beide Wangen, das war bei ihnen nicht üblich. »Wir müssen zusammenhalten«, murmelte sie.

Bei ihrem nächsten Besuch sah Rosa Kopf und Arm des gelben Teddys, den sie Gerti zum vierten Geburtstag geschenkt hatte, aus einem großen Plastiksack im Vorzimmer ragen. Lotte erklärte, die Mädchen hätten ausgemustert, sie würde die Spielsachen zur Pfarre tragen, da sammle man für Flüchtlingskinder. Rosa zog den Bären heraus, streichelte sein Fell gegen den Strich, bis es flauschig abstand. Natürlich könne sie ihn haben, was für eine Frage, sagte Lotte. Zu Hause setzte Rosa den Teddy auf ihr Bett, ein paar Tage später band sie ihm ihre alte Armbanduhr mit der gesprungenen Unruhe an die Pfote.

Die ersten glitzernden Fäden des Altweibersommers flogen Rosa ins Gesicht, da hatte sie zum ersten Mal das Gefühl, daß der Sommer kürzer war als früher, dann ging der Herbst in den Winter über, bevor sie ihn richtig wahrgenommen hatte, nur der Winter war endlos. Sie gewöhnte sich an den Gedanken, daß es nie mehr Frühling werden würde. Als endlich die ersten Forsythien im Stadtpark gelbe Knospen zeigten, hätte sie weinen mögen vor Erleichterung. Doch kaum waren sie richtig aufgegangen, waren sie auch schon verblüht, der Boden übersät mit feuchten gelben Flecken. Die Jahre verloren ihre Struktur, vielleicht, dachte sie, lag es daran, daß viele der kleinen Vorgärten an ihrer Straßenbahnlinie verschwanden, weil hier und dort alte Häuser abgerissen wurden und die Neubauten jeden Meter Grund bis zum Bürgersteig beanspruchten. Den Winter konnte man nicht übersehen, weil die Weichen einfroren und es schwieriger wurde, sie zu stellen. Schon in den ersten kalten Tagen breitete sich der strenge, scharfe Geruch von Mottenkugeln im Wagen aus und reizte ihre Nasenschleimhäute. Auch haßte sie den schlüpfrigen Matsch auf dem Boden, die schmutzigen Schuhe mit den weißen Salzrändern. Wie tief der graue Himmel auf die Dächer drückte, eine formlose Krake, die ihr die Kehle zusammenschnürte. Manchmal hatte sie nicht die Energie, das Radio anzustellen, wenn sie nach Hause kam, und wunderte sich dann über die lähmende Stille. Bei ihren seltenen Treffen redete Lotte ihr zu, doch endlich ein Telefon einleiten zu lassen. »Wozu? Wer wird mich anrufen?« – »Ich zum Beispiel«, sagte Lotte, die sehr viel Zeit damit verbrachte, sich über Karl zu beklagen, der begonnen hatte Kakteen zu züchten und sämtliche freien Flächen in der Wohnung damit besetzte. Er rede überhaupt nur mehr mit denen, erklärte Lotte, man müsse gesehen haben, wie er dreinschaue, wenn er mit einem feinen Pinsel die Blüten bestäube für seine kostbaren Kreuzungen, also ehrlich. Fast wäre es ihr lieber, wenn er eine junge Freundin hätte, das wäre wenigstens normal, und Rosa brauche gar nicht zu lachen. Nach Lachen war ihr durchaus nicht zumute, sie wartete nur auf den Augenblick, wo sie sich, ohne allzu unfreundlich zu scheinen, verabschieden konnte.

Sie las nur selten Zeitung, hörte auch nicht immer richtig zu, wenn im Radio Nachrichten kamen. Sie war in der Gewerkschaft, das mußte genügen. Sie ging jedes Jahr zum Maiaufmarsch, nicht weil man es von ihr erwartete, sondern weil Ferdinand gesagt hatte, er freue sich auf den ersten Maiaufmarsch nach dem Krieg. Einmal war sie sicher, Erna gesehen zu haben, als es ihr endlich gelungen war, sich durch die Menge zu drängeln, war die Frau verschwunden. War sie es gar nicht gewesen? Oder ist sie am Ende vor mir davongelaufen, ging es Rosa durch den Kopf, und das Schlimmste daran war, daß sie es durchaus gerecht empfand, so bestraft zu werden.

Kurz darauf entschloß sie sich von einem Augenblick auf den nächsten, in den Karl-Marx-Hof zu fahren und Julie zu suchen. Sie war schon im ersten Stock, als ihr der Gedanke kam, sie hätte anrufen oder einen Brief schreiben sollen, wollte umkehren, gab sich einen Ruck, rannte die Stiegen hinauf, drückte auf die Klingel, bevor sie es sich anders überlegen konnte. Eine fremde Frau öffnete die Tür. »Ja, bitte?« Rosa starrte sie an, brachte kein Wort heraus. Die Frau wurde ungeduldig, endlich stotterte Rosa ihre Frage heraus, da nahm die Frau ihren Arm und führte sie in die Küche, schob ihr einen Stuhl hin. Die Julie, ja, das sei eine traurige Geschichte, ihr kleiner Sohn habe eine Hirnhautentzündung bekommen, auf dem Weg ins Krankenhaus seien sie beide von einer einstürzenden Mauer erschlagen worden, zwei Tage nach Kriegsende. Rosa fing an zu zittern, das Zittern stieg von ihren Knien bis in den Kopf hinauf, der Tisch ratterte. »Entschuldigen Sie«, flüsterte Rosa, »bitte entschuldigen Sie.« Die Frau legte ihr einen Arm um die Schultern, hielt sie fest, bis das Zittern nachließ. »Irgendwie war's ein Glück für sie«, murmelte die Frau, »der Doktor hat gesagt, der Bub wäre sowieso nie mehr richtig geworden.« Rosa sah das Bild der strahlenden Gusti vor sich mit ihrem Karli, der übers ganze Gesicht lachte, und schüttelte den Kopf.

Die Julie auch, die Julie auch, ratterten die Räder der Straßenbahn über die Schienen. Alle und sie auch. Wie hatte Erna gesagt? Für wie wichtig hältst du dich eigentlich, wenn alles deine Schuld sein muß? Nicht ganz so, aber so ähnlich. In all diesem Sterben und Morden mußte man damit rechnen, daß es auch Menschen traf, die einem nahe waren. Die versäumte Gelegenheit, noch einmal mit Julie zu sprechen, die tat weh. Und ich bin allein übriggeblieben, sang eine dunkle Stimme in ihrem Kopf. Wo hatte sie das gehört?

Als sie nach Hause kam, lag ein Zettel von Lotte vor ihrer Tür, es sei höchste Zeit, daß sie sich ein Telefon einleiten ließ, sie solle doch bitteschön anrufen. Es war seltsam mit Lotte, wenn Rosa sie eine Weile nicht gesehen hatte, fehlte sie ihr, kaum waren sie länger als eine Stunde zusammen, ging sie ihr auf die Nerven. Es lag wohl daran, daß sie alt wurde und schrullig; wenn man allein lebte, war das kein Wunder. Lotte wollte am Abend die Eröffnung der Festwochen sehen, »aber nur, wenn du mitkommst, allein macht's keinen Spaß, und der Karl würde doch nur alles schlechtreden, er wird immer eigenbrötlerischer. Manchmal denk ich, er wäre am glücklichsten als Bruder Gärtner in einem Kloster.«

Sosehr sich Rosa unter vielen Menschen unbehaglich fühlte, sosehr sie es haßte, fremde Arme, fremde Busen, fremde Rücken, fremde Hintern, fremde Beine zu spüren – das war auch das schwierigste an ihrem Beruf, wenn sie sich durch eine dichtgedrängte Menge zwängen mußte –, Lottes Begeisterung war unwiderstehlich. Und dann standen sie auf dem Rathausplatz, eingekeilt zwischen Fremden, die Gesichter gehoben zur hell erleuchteten Bühne, um die Musik nicht nur zu hören, sondern auch zu sehen, wie die auf- und absteigenden Bögen der Streicher ein geheimnisvolles Haus bauten, ein Haus mit offenen Fenstern und Türen, ein Haus, in dem man leben könnte. Beim ›Donauwalzer‹ liefen ihr Tränen über die Wangen, es dauerte eine Weile, bis Rosa wußte, daß es nicht zu regnen begonnen hatte. In dem Gedränge konnte sie ihr Taschentuch nicht erreichen, sie bemühte sich, lautlos durch die Nase aufzuziehen, aber das gelang ihr nicht, eine große Frau drehte sich um und musterte sie mit einem angeekelten Blick. Plötzlich mußte sie lachen, es schüttelte sie bis in die Zehenspitzen, sie hätte gern getanzt, und konnte doch gar nicht tanzen. Nach dem Feuerwerk spazierten sie über den Ring, Rosa spürte Lottes fragende Blicke, aber sie konnte beim besten Willen nichts erklären, sie hatte keine Wörter für das, was sie empfunden hatte, was in ihr nachklang wie ein Echo. Von da an versäumte sie keine Festwocheneröffnung, sie vergaß die Programme, aber ein Jahr ohne Festwochen wäre für sie ein Jahr ohne Mitte gewesen. Schlimm genug, daß die Wochen, die Monate so flach geworden waren, so einförmig, morgens ging sie zur Arbeit, kam abends nach Hause, putzte an ihren freien Tagen die Wohnung, besuchte hin und wieder ein Pferderennen, ging in die Volksoper – die Staatsoper hatte sie nur zwei oder drei Mal von außen gesehen, im ersten Bezirk fühlte sie sich fehl am Platz –, traf einmal in sechs oder sieben Wochen Lotte, sehr selten auch Karl. Gerti und Veronika sah sie in so großen Abständen, daß sie sich jedesmal wunderte, wie erwachsen sie geworden waren, freundliche, fremde junge Frauen. Eines Tages stellte ihr Veronika einen verlegenen jungen Mann als ihren Verlobten vor. War es wirklich so lange her, seit sie vor Freude krähend auf Rosas

Schoß geritten war? Rosa erinnerte sich an einen Nachmittag, als Lotte irgendwelche Besorgungen machte und sie die Kinder hütete. Veronika wachte auf und schrie, Rosa trug sie herum, klopfte auf den kleinen Hintern, da saugte sich Veronika an ihrem Kinn fest, bis Lotte endlich kam und ihr Kind stillte. Beim Zusehen hatte Rosa ein Ziehen in ihrer eigenen Brust gespürt, zerschnitten war sie sich vorgekommen und erschrocken von der Heftigkeit des Gefühls. Das war mehr als Eifersucht gewesen, sie hatte keine Ahnung, wie man es nennen könnte, wozu auch darüber nachdenken, es war vorbei, alles war vorbei. Lächerlich nur, daß sie immer noch einen Stich verspürte, wenn ihr eine Frau mit dickem Babybauch entgegenkam.

Rosas sechzigster Geburtstag fiel auf einen Sonntag, am Freitag davor wurde sie mit einem Fest in der Remise verabschiedet. Sie bekam eine goldene Uhr überreicht, Männer, die sie noch nie gesehen hatte, hielten Ansprachen, in denen sie sich nicht erkennen konnte. Die Kolleginnen und Kollegen ließen sie hochleben und sagten, sie würde ihnen fehlen. Zu Hause mußte sie zwei Blumensträuße in einen Kochtopf stellen, weil sie nicht genug Vasen hatte. Wie bei einem Begräbnis, dachte sie, und fing an zu weinen.

Am Montag wachte sie wie sonst um halb vier auf, war schon aus dem Bett gesprungen, als sie sich erinnerte, daß sie ja in Rente war. Sie kroch wieder unter die Decke, um sechs Uhr gab sie es auf, sich von einer Seite auf die andere zu wälzen. Während sie das Backrohr schrubbte, überfiel sie die Erinnerung an den Tag, an dem sie Ferdinand abgeholt hatten. Da hatte sie ebenso wütend jeden Fleck, jedes Staubkorn bekämpft. Warum gehe ich nicht spazieren, fragte sie sich, draußen scheint die Sonne. Statt dessen putzte sie die Fenster. Als das Telefon läutete, erschrak sie so sehr, daß sie sich am Fensterstock festhalten mußte. Die Großnichten hatten nun doch das Telefon einleiten lassen, für Rosa blieb es ein Fremdkörper in der Wohnung. Als sie den Hörer abhob, keuchte sie. Lotte fragte besorgt, was sie denn habe, jetzt, wo sie beide in Pension seien, könnten sie doch endlich das Leben genießen, das hätten sie wahrlich verdient. Sie verabredeten sich an der Endstation der Straßenbahn in Sievering, wanderten durch den Steinbruch bergauf, beobachteten zwei Habichte, die einander in einem wilden Balztanz umkreisten, fanden die ersten reifen Erdbeeren. Lotte setzte sich auf einen Stein, nickte auffordernd. Rosa hockte mit angezogenen Knien neben ihr, bis Lotte ärgerlich feststellte, sie habe wohl Ameisen in der Unterhose. Sie verstand selbst nicht, was diese merkwürdige Unruhe sollte, bemühte sich, still zu sitzen, bis das Kribbeln in den Beinen unerträglich wurde. »Wir haben doch Zeit«, sagte Lotte, »es wartet keiner auf uns.« Vielleicht ist es das, dachte Rosa, an einem freien Tag hätte ich es genossen, hier zu sitzen und zu schauen, jetzt macht es mich verrückt.

»Ich hab einen Krampf in der Wade«, behauptete sie und massierte ihr Bein, um die Glaubwürdigkeit ihrer Ausrede zu unterstreichen.

Zu Hause fand sie einen Brief von den Verkehrsbetrieben, in dem ihr mitgeteilt wurde, daß sich die Auszahlung ihrer Rente verzögern würde, weil die Verrechnung auf Computer umgestellt würde, man hoffe auf ihr Verständnis. Sie hatte zwar Ersparnisse, aber es wäre ihr unheimlich gewesen, zusehen zu müssen, wie die immer weniger wurden. Es konnte ihr ja niemand sagen, wann mit der

Rente zu rechnen sei. Wenige Tage später fiel ihr in der Zeitung eine Annonce auf, wo eine Familie eine Haushälterin suchte. Sie war schon auf dem Weg zur Telefonzelle, als ihr einfiel, daß sie ja von daheim aus anrufen konnte. Die Adresse war in der Nähe, noch am selben Tag fuhr sie hin, ein hübscher blonder Bub öffnete ihr die Tür, hinter ihm drängelten sich seine beiden jüngeren Brüder, alle drei gefielen ihr ausnehmend gut. Die Mutter war nach einem Unfall bettlägerig, wirkte freundlich und ein wenig vage, den Mann lernte sie erst später kennen. Rosa sah sich um, stellte fest, daß die Fenster dringend geputzt werden mußten, und erklärte, sie würde die Stelle annehmen, noch bevor sie ihr angeboten wurde.

Vom ersten Tag an übernahm sie den Haushalt. Es freute sie, mit welcher Begeisterung die drei Buben ihre Grammelknödel, ihre Buchteln, ihre Apfelstrudel, ihr Gulyas aßen, so machte das Kochen Spaß. Sie erkannte schnell, daß die Mutter nicht genügend Autorität besaß, und kümmerte sich selbst darum, daß die Buben ihre Zimmer aufräumten. Was am nächsten Morgen noch auf dem Boden herumliege, würde sie in den Müll werfen, erklärte sie, und weder der Elfjährige noch die beiden Jüngeren schienen es ihr übelzunehmen. Rosas Tage hatten wieder Struktur, das Aufstehen am Morgen machte ihr keine Schwierigkeiten, sie genoß auch die Besuche auf dem Rennplatz und in der Volksoper wieder, und wenn sie Lotte traf, erzählte sie von den Kindern, die weit klüger und höflicher seien als andere, von den schönen alten Möbeln, von der Mühsal, die Hausfrau zum Essen zu überreden. An den Leuten liege ihr mehr als an ihrer eigenen Familie, klagte Lotte hin und wieder, dann zuckte Rosa mit den Schultern. Ihre eigene Familie? In dieser Familie hatte sie einen Platz, den nur sie ausfüllen konnte, sie wußte, daß sie gebraucht wurde. Ein Gedanke setzte sich fest: Wenn ich damals schwanger gewesen wäre, könnte ich jetzt eine Tochter haben, die wäre fast genausoalt wie die Mutter der Buben. Die wollte nicht mit gnädige Frau angesprochen werden, das fand Rosa lächerlich, es zeigte deutlich, wer hier das Sagen hatte, daß sie die Anrede zu wählen hatte und niemand sonst. Das merkte auch das Katzenkind, das nach wenigen Wochen ins Haus kam, es lief hinter Rosa her und gehorchte ihr fast aufs Wort, während es alle anderen Mitbewohner nur als Spielgefährten zur Kenntnis nahm. Ende November konnte die Frau das Bett verlassen, Rosa befürchtete kurz, sie könnte versuchen, sich in die Führung des Haushalts einzumischen, aber sie war offenbar ganz zufrieden, die Dinge laufen zu lassen, die ohne sie klaglos funktionierten. Die Frau saß stundenlang am Schreibtisch und brütete vor sich hin, plötzlich begann die Schreibmaschine in wildem Tempo zu klappern, brach ebenso unvermutet wieder ab, und wenn Rosa nachschauen ging, weil sie fürchtete, die Frau könnte ohnmächtig geworden sein wie schon einige Male zuvor, saß sie nur da und starrte Löcher in die Luft. Dann stellte Rosa die Espressomaschine auf den Herd, brachte zwei Tassen Kaffee und holte die Frau in die Gegenwart zurück. Auf die muß man aufpassen, dachte sie, die ist ja hilflos, und mit dem Mann ist auch nicht zu rechnen, dumm ist sie nicht, das nicht, aber sie läßt sich ausnehmen wie eine Weihnachtsgans. Ich würde so etwas ja nie tun, ich bestimmt nicht, aber da könnte ich andere nennen … Es bereitete ihr Vergnügen, Leute, die sie für lästig hielt, am Telefon abzuwimmeln, manchmal behauptete sie, da hätte sich nur jemand verwählt. Sie beobachtete genau und unbestechlich, immer öfter überlegte sie, worin sich ihre Tochter von der Frau unterschieden hätte, die sie unter ihre Fittiche genommen hatte. Dabei gewann die Tochter zuerst schattenhafte Umrisse, langsam aber immer mehr Gestalt. Eines Tages beim Kaffee überraschte sie sich selbst, als sie von ihrem Enkel Richard zu reden begann. Je länger sie von ihm sprach, umso wirklicher wurde er. Die Frau fragte, warum sie nie von ihm erzählt hätte, da sagte sie, es hätte sich eben nicht ergeben. Er sei ein ganz guter Schüler, die Lehrerin in der Volksschule hätte sogar gemeint, er könne das Gymnasium schaffen, aber in Englisch habe er Schwierigkeiten, und Sitzen und Büffeln sei nicht seine Sache. Als die Frau sich anbot, mit ihm zu lernen, dankte Rosa und meinte, er hätte sich schon gebessert. Auf dem Heimweg war sie so verwirrt, daß sie eine Haltestelle zu spät ausstieg. Sie war doch keine, die erfundene Geschichten erzählte. Sie doch nicht. Warum hatte sie das getan? Sie blieb bei der Wahrheit, auch wenn die Wahrheit weh tat. Gut, nicht absolut immer, aber fast immer. Sie war vernünftig, vielleicht sogar zu vernünftig. Und jetzt das. Sie schüttelte den Kopf, bis sie einen leichten Schwindel fühlte und stehenblieb. Sie war doch nicht verrückt. Richard, murmelte sie. Der Name war plötzlich dagewesen, sie hatte sich ihn nicht einfach ausgedacht. Richard also, ein Enkel, der Richard hieß, rechts von ihr ging. Fast hätte sie die Hand ausgestreckt, um nach ihm zu greifen. Rechts von ihr war die Luft wärmer, dichter als links. Da sollte auch noch eine Tochter sein, natürlich, ohne Tochter oder Sohn kein Enkel, aber die Tochter spürte sie nicht, die brauchte auch keinen Namen, die war nur notwendig, damit es einen Enkel geben konnte.

Die Tochter mußte sie sich ausdenken, den Enkel nicht. Eine Tochter, die ohne Vater aufgewachsen war – daß Josef das Kind nicht erlebt hätte, blieb ihr bewußt, das ließ sich nicht ändern –, eine solche Tochter würde ihrem Sohn einen Namen geben, an dem er sich anhalten konnte. Einen starken Namen. Sie hatte im Lexikon nachgesehen: reich, stark und tapfer steckten in dem Namen. Die Tochter hatte natürlich einen Mann, freilich hatte sie einen Mann, in ihrer Generation gab es ja wieder Männer. Einen Elektriker. Warum einen Elektriker? Warum nicht einen Elektriker? Vernünftig wäre die Tochter, sie hätte sie in die Handelsschule geschickt, schließlich sollte sie es leichter haben im Leben, eine Sicherheit sollte sie haben, nichts Großartiges, etwas Ordentliches, Beamtin vielleicht bei der Stadt, dann bekäme sie auch eine Gemeindewohnung, zwei Zimmer, Kabinett, Küche, Bad. Das Kabinett wäre als Kinderzimmer gedacht, aber die Tochter würde im Kabinett ihr Schlafzimmer einrichten, und Richard bekäme das große Zimmer mit zwei Fenstern nach Westen, da wäre genügend Platz zum Spielen und zum Basteln, denn Richard würde schon als kleiner Bub nichts lieber tun als Hämmern und Sägen und Schnitzen. Das hat er vom Großvater, dachte sie, und merkte nicht, daß sie von der Möglichkeitsform in die Wirklichkeitsform übergegangen war. Josef als Großvater, das war nicht vorstellbar, Josef würde nie älter werden als vierundzwanzig, nie einen Bauch haben, nie Haarbüschel in den Ohren und in den Nasenlöchern, nie braune Flecke auf den Händen, nie einen runden Rücken. Warum tat es plötzlich so verdammt weh, daß seine Haut nie schlaff werden würde, seine Haare nie schütter, daß er nie vorgebeugt gehen würde? Und überhaupt, dachte sie jetzt an Josef oder an

Ferdinand? »Ich glaub, ich werd verrückt«, sagte sie laut, im selben Moment war es ihr peinlich, daß jemand sie dabei erwischt haben könnte, wie sie Selbstgespräche führte, sie blickte sich nach allen Seiten um, aber da war niemand. Sie seufzte erleichtert, zwang sich zu überlegen, was sie morgen einkaufen mußte, Reis auf jeden Fall, Öl und Eier. Und sie durfte nicht vergessen, dem Gemüsemann zu sagen, daß unter den letzten Zwiebeln drei matschige gewesen waren. Sollte sie Erdäpfelgulyas kochen oder doch lieber Gemüsesuppe und Reisauflauf? Die Buben durfte sie nicht fragen, die würden sich fünfmal die Woche Grammelknödel wünschen.

Die Hausmeisterin war damit beschäftigt, Krokuszwiebeln in den Rasen zwischen Stiege 3 und Stiege 5 zu stekken. Als sie Rosa sah, streckte sie sich mühsam, drückte beide Hände ins Kreuz und begann über die Langhaarigen zu schimpfen, die auf Stiege 2 eingezogen waren. Unappetitlich seien diese Zotteln, und so unmännlich, dafür trügen sie dann ihre Hosen so eng, daß man nun wirklich alles sehen könne, und so genau wolle sie eigentlich gar nicht wissen, was die Herren zu bieten hätten. Übrigens würden neue Mieter in die Wohnung im ersten Stock einziehen, Zeugen Jehovas, ein älteres Ehepaar, und ob Rosa den roten Kater von der Frau Werner gesehen habe, der sei schon wieder entlaufen, obwohl er wahrscheinlich wie so oft schon heimkommen werde, sobald er Hunger habe, aber die arme Werner, die weine sich die Augen aus. Rosa nickte, murmelte Zustimmung, schüttelte den Kopf, tat offensichtlich genau das Richtige, denn die Hausmeisterin wies auf zwei Packungen Darwintulpen im Gras, die müsse sie auch noch unter die Erde bringen. Fünf Tauben trippelten auf dem Gehweg hin und her, im blaßgrauen

Himmel zerrann ein Kondensstreifen in silbrige Flocken, aus mehreren Fenstern dröhnten die Abendnachrichten. Alles normal. Rosa stieg hinauf in den zweiten Stock, zog die Schuhe aus, drehte das Radio auf, machte Licht, richtete sich ein Brot. Später rief sie Lotte an und lud sie für Samstag zur Jause ein, dann könnten sie miteinander in die Volksoper fahren. Sie war vernünftig, was man von der Welt beim besten Willen nicht behaupten konnte.

Zwei Tage vor Weihnachten erkundigte sich die Frau, ob Rosa mit der Familie ihrer Tochter feiern würde, und überreichte ihr ein Geschenk für Richard, falls er das Buch schon habe, könne sie es umtauschen. Auf dem Päckchen lag ein gefalteter Stern aus dunkelrot bis hellrosa geflammtem und mit zarten Goldranken durchzogenem Papier. Reine Zeitverschwendung, was die Frau da machte, dachte Rosa, trotzdem trug sie das Päckchen sehr behutsam nach Hause, legte es genau in die Mitte des Küchentischs. Ob sie wollte oder nicht, wanderten ihre Augen immer wieder dorthin, auch als sie sich ins Zimmer zurückzog, konnte sie nicht vergessen, was auf ihrem Küchentisch lag. Lotte rief an, wand sich wie ein Regenwurm und sagte schließlich, sie werde diesmal am Heiligen Abend bei Gerti sein, zusammen mit den Eltern und Brüdern des Verlobten, sie habe natürlich angenommen, daß Gerti auch Rosa einladen würde, aber die Wohnung sei nicht groß genug, und wenn Gerti Rosa einlud, mußte sie auf jeden Fall auch die Tanten des Bräutigams einladen, fünf oder sechs Stück, für so viele hätte sie natürlich nicht genug Geschirr und Besteck, und gerade jetzt sei es doch wichtig, daß alles seine Richtigkeit habe und Gerti einen guten Eindruck auf seine Familie mache, sonst werde am Ende nichts aus der Hochzeit, und man müsse doch vor allem auf das Kleine Rücksicht nehmen, das im Mai zur Welt kommen würde. Rosa unterbrach sie. »Um mich mußt du dir keine Sorgen machen. Ich brauch niemanden, und diese Weihnachtsfeiern hab ich sowieso nie gemocht.« Nun war Lotte beleidigt, sie gerieten in einen Strudel gegenseitiger Vorwürfe, von denen beide glaubten, sie hätten sie ohnehin nicht gemacht, sondern mühevoll geschluckt, dieses Halbausgesprochene wurde angereichert mit eigenem schlechtem Gewissen und alten Kränkungen, bis Lotte sagte, das Gespräch koste bereits ein Vermögen, und Rosa anbot, es zu bezahlen, worauf Lotte erklärte, dann sei es wohl besser, wenn sie sich auch am Stefanitag nicht träfen, und Rosa prompt antwortete, sie wäre ohnehin nicht gekommen, sie ginge nirgends hin, wo man sie nicht wolle, und den Hörer auflegte. Wer braucht schon so eine Familie, sagte sie sich und nahm ihr Buch zur Hand, nach fünf Seiten hatte sie keine Ahnung, was sie gelesen hatte. Sie stellte den Wasserkessel auf den Herd, eine Tasse Tee würde ihr guttun. Das Wasser begann zu sieden, als das Telefon wieder läutete. Mit tränenerstickter Stimme sagte Lotte, so habe sie das nicht gemeint, es sei alles ein schreckliches Mißverständnis, Rosa dürfe doch bitte nicht alles so persönlich nehmen, und Rosa war plötzlich schrecklich müde und sagte nur ja und amen und du hast recht, nein, ich sag das nicht nur so, du hast wirklich recht. Nachdem sie einander eine gute Nacht gewünscht hatten, ging Rosa in die Küche zurück. Das Wasser war verkocht, der Boden des Teekessels glühte, als sie kaltes Wasser hineingoß, zischte und dampfte es und im Kessel schwammen Krümel von bräunlichen Kalkablagerungen.

Tags darauf schleppte Gertis junger Mann, dessen

Namen Rosa vergessen hatte, einen riesigen Karton die Treppe hinauf, gerade als Rosa nach Hause kam. Das Weihnachtsgeschenk von Lotte und ihren beiden Töchtern, sagte er, und er werde es gleich installieren. Es war ein großer Farbfernsehapparat. Nun mußte sie sich auch noch bedanken. Freuen konnte sie sich nicht. Sie kramte schon nach einem passenden Trinkgeld in ihrer Börse, als ihr einfiel, daß das wohl nicht angebracht war. Der junge Mann stellte mit Genugtuung fest, daß der Apparat perfekt funktionierte, und erklärte ihr die Fernbedienung. Sobald er gegangen war, drückte Rosa auf den roten Knopf und schaltete aus. Natürlich mußte sie Lotte anrufen, aber sie würde ihr nicht auch noch das Vergnügen bieten, im Hintergrund den Fernseher laufen zu hören.

Die Frau hatte zwar gesagt, sie würde am Heiligen Abend doch bestimmt von ihrer eigenen Familie gebraucht, aber Rosa hatte erklärt, die Tochter sei schon mit allem fertig. Die Buben überreichten ihr feierlich eine selbstgebastelte Krippe mit Maria und Josef aus Föhrenzapfen, Ochs und Esel aus Tannenzapfen und Schafen aus Lärchenzapfen, die stellte sie zu Hause auf den Couchtisch mit einer Kerze daneben. Sie machte eine Flasche Wein auf, legte ein Makrelenfilet auf einen Teller mit süßsauren Gurken. Wenigstens muß ich keinen Karpfen essen, dachte sie, den hab ich nie gemocht, erstens der modrige Geruch und zweitens die Gräten, außerdem ist er fast immer zu fett. Eigentlich wollte sie den Fernseher nicht anstellen, der mit seinem blinden Auge das Zimmer beherrschte, dann zuckte sie mit den Schultern. Sie konnte genausogut schauen, das half niemandem und schadete niemandem. Als sie in die Küche ging, um eine zweite Schnitte Brot zu holen, blieb ihr Blick wieder an dem

Päckchen hängen. Was sollte sie damit? Nach dem zweiten Glas Wein knüpfte sie das silberne Band auf, hatte dabei stark das Gefühl, etwas Verbotenes zu tun. Das Buch war ›Die Omama im Apfelbaum‹ von Mira Lobe, darauf lagen ein Städte-Quartett und eine Tafel weiße Schokolade. Rosa begann zu lesen, lachte einige Male in sich hinein und erschrak plötzlich. Das Buch handelte von einer erfundenen Großmutter und einer netten alten Frau, die letzten Endes die Großmutterrolle für einen einsamen Buben spielt. Wollte ihr die Frau damit sagen, daß sie Bescheid wußte? In der Mitte steckte ein Lesezeichen, auf der Rückseite stand: »Für Richard mit herzlichen Weihnachtsgrüßen. Ich hoffe, das Buch gefällt Dir ebensogut wie mir und meinen Söhnen.« Das hätte sie doch nie geschrieben, wenn sie einen Verdacht hätte. Die Schokolade rührte Rosa nicht an, das Quartett legte sie zu ihren Dokumenten. Den Christtag, an dem es von morgens bis abends stürmte, verbrachte sie vor dem Fernseher, am Stefanitag gelang es ihr, Lottes begeisterten Erzählungen von Gertis unerwarteten Kochkünsten, ihrer Vorfreude auf das Enkelkind und der Frage, wie Gertis Hochzeit zu gestalten sei, die gebührende Aufmerksamkeit zu schenken. Lotte war sichtlich erleichtert, begleitete sie sogar durch den strömenden Regen zur Straßenbahnhaltestelle.

Nein, Richard habe das Buch noch nicht gehabt, ja, es habe ihm und auch ihr sehr gut gefallen, antwortete sie auf die Frage der Frau, und ja, sie habe die Feiertage sehr angenehm verbracht. Die Buben zeigten stolz ihre Geschenke und bestanden darauf, daß sie eine Windbäckerei vom Christbaum nehmen müsse. Am nächsten Tag bat die Frau sie, mit den Kindern nach Schönbrunn ins Aquarium zu gehen, sie habe wohl eine Grippe erwischt und fühle sich fiebrig, und für die Kinder wäre es nicht gut, den ganzen Tag zu Hause herumzuhocken. Rosa war ebenso fasziniert wie die Buben von der Vielfalt und Leuchtkraft der Fische, vom Tanz der Seeanemonen. Als der Jüngste sich von einem Aquarium nicht losreißen konnte und dann nach ihr und den Brüdern suchte, sagte ein freundlicher Mann: »Dort drüben ist deine Oma«, worauf der Kleine antwortete: »Das ist nicht meine Oma, das ist meine Freundin.« Wenn sie sich getraut hätte, hätte sie ihn umarmt. Statt dessen kaufte sie jedem Buben eine Tüte Futter, das sie mit großem Ernst unter die Tiere verteilten.

Die Mutter fragte, ob die Kinder brav gewesen seien. »Bei mir sind sie immer brav«, sagte Rosa. Die Frau seufzte. »Bei Ihnen schon. Würde es Ihnen sehr viel ausmachen, morgen wieder etwas mit ihnen zu unternehmen? Ich habe doch tatsächlich Fieber. Nehmen Sie Richard mit, da lernen sich die Buben endlich kennen.« Rosa sagte, Richard sei mit seinen Eltern auf Skiurlaub. Die Frau meinte, da hätten sie aber wirklich Pech, es gebe ja so gut wie nirgends Schnee. Rosa nickte, brummte, der Schwiegersohn lasse sich ja leider nichts sagen und wisse immer alles besser, und war sehr erleichtert, daß die Frau nicht fragte, wo denn die Familie hingefahren sei. Ich muß mich besser vorbereiten, dachte Rosa, ich muß ihn besser kennen. Aussehen tut er wie der Mittlere, nur ist er natürlich dunkel, nicht blond, und kräftiger gebaut, nicht dick, aber stämmig. Ein guter Fußballer ist er, beim Skifahren etwas zu draufgängerisch, die Schule ist nicht sosehr seine Sache, aber mit Holz, da kennt er sich aus, er war noch in den Windeln, da hat er schon den größten Hammer gepackt wie ein Alter und Nägel eingeschlagen, das glaubt man nicht. »Ist Ihnen nicht gut?« fragte die Frau. Nein, nein, beeilte sich Rosa zu sagen, es sei ihr nur eingefallen, daß der Reis fast zu Ende sei, und Mehl bräuchten sie auch, sie wolle gleich nachsehen, was sonst noch nötig sei. Die Frau lächelte. »Ich weiß gar nicht, was ich ohne Sie täte.«

Immer deutlicher sah sie den Enkel vor sich, sie hätte nur die Hand ausstrecken müssen, um seine braunen widerspenstigen Locken zurechtzustreichen. Sie brauchte nichts zu erfinden, sobald sie allein war, schlenderte Richard aus einer Seitengasse, ging neben ihr her. Manchmal war es wie im Kino, aber doch wieder ganz anders, denn sie war gleichzeitig Zuschauerin und Darstellerin. Das verwirrte sie wie die verfließenden Doppelbilder, die ihre Kopfschmerzen einleiteten. Es kam der Tag, wo sie auf dem Heimweg eine Knackwurst für ihn besorgte, weil er die doch so gern aß, in Mehl gewälzt und schön knusprig gebraten mit einem Berg Erdäpfelpüree dazu. Für sich selbst kaufte sie eine Schnitte Leberkäse. Als die zwei Teller auf dem Tisch standen, erschrak sie kurz, dann sagte sie laut: »Guten Appetit!« Es war ein Spiel, rechtfertigte sie sich vor sich selbst, wenn sie immer öfter für zwei deckte. Und unlängst erst hatte einer von diesen Psychologen im Radio lang und breit erklärt, wie wichtig es sei, spielen zu können. Sie hatte es als Kind nicht gelernt, nun lernte sie es eben jetzt. Gleichzeitig wußte sie, daß es mehr war als ein Spiel. Einmal kam Lotte unangemeldet, sah den zweiten Teller, fragte neugierig, wen sie denn erwarte, und war fortan überzeugt, daß Rosa einen heimlichen Verehrer und deshalb so wenig Zeit für sie hatte.

Eigentlich, stellte Rosa fest, war sie fast glücklich, wenn sie mit Richard spazierenging. Im Sieveringer Steinbruch rannte er die steilen Hänge hinauf, versteckte sich hinter einem Stein und sprang plötzlich mit Indianergeheul hervor, da mußte sie aufpassen, um nicht den Tritt zu verlieren. »Nicht so wild«, murmelte sie, »sonst stürz ich ab, und wo bleibst du dann? Ohne mich hast du keine Chance, Verehrtester, denk daran. Haben wir doch gut gemacht, wir beide, was? Aber vergiß nicht, du brauchst mich mehr als ich dich.«

In der Wühlkiste vor einer Buchhandlung fand sie ein zerfleddertes Exemplar von ›Ins wilde Kurdistan‹, das kaufte sie und studierte anschließend die Geographie des Landes in Gertis altem Schulatlas, den Lotte ihr geschenkt hatte. Sie war ohne Brüder aufgewachsen, im Grunde völlig ohne andere Kinder, als Richards Großmutter holte sie einiges von dem nach, was sie versäumt hatte. Als Kind hatte sie von einem Praterbesuch geträumt, mit Richard fuhr sie endlich hin, stieg zwar nicht in die Hochschaubahn, starrte aber mit klopfendem Herzen hinauf, wußte ihn in der vierten Reihe, hoffentlich ist er gut angeschnallt, dachte sie und bekam Magenschmerzen vor Angst, als die Bahn mit ohrenbetäubendem Krach einen Looping nach dem anderen drehte, atmete auf, als die Fahrt endlich zu Ende war. Anschließend fuhr sie mit ihm im Riesenrad und erklärte ihm die Aussicht. Sie hätte so gern seine Hand gehalten, aber sie wußte inzwischen, daß er verschwand, sobald sie versuchte, ihn zu berühren. Wie gern hätte sie seine Haare gewuschelt.

Die drei Buben wunderten sich nicht über ihr Interesse an Beduinen und Indianern, sie fanden es selbstverständlich, daß Rosa in allen Dingen Bescheid wußte, vom Verbleib einer unauffindbaren Turnhose bis zur perfekten Herstellung ihrer Lieblingsspeisen, genau wie ihre Mutter sich auf Rosas Tüchtigkeit verließ. An einem nebeligen Novembertag kam die Frau mittags nach Hause, ging zu Rosa in die Küche und wirkte wie ein Kind, das etwas angestellt hat. Rosa knetete ruhig weiter an ihrem Kartoffelteig, bis sie plötzlich ganz leises Winseln hörte. Da zog die Frau unter ihrem Pullover einen winzigen kohlschwarzen Welpen hervor. Sie wisse schon, daß Rosa mit der Kleinen zusätzliche Arbeit haben würde, aber es sei ihr einfach nichts anderes übriggeblieben, die Leute wären versetzt worden, noch diese Woche müßten sie ins Ausland übersiedeln, da könnten sie doch nicht sechs Welpen und die dazugehörige Mutter mitnehmen, wahrscheinlich seien Tiere überhaupt verboten, und dieses Hundekind habe so rund und dumm dreingeschaut, ganz allein in einer Ecke der Wurfbox sei es gesessen, während die Geschwister übereinanderwuselten, und wäre noch heute ins Tierheim gebracht worden. Rosa griff mit ihren bemehlten Händen nach dem Hundebaby, es begann sofort an ihrem Zeigefinger zu saugen. Sie strich das Ohr zurecht, das sich unter dem Pullover der Frau verbogen hatte, streichelte das seidige Fell und spürte den Schlag des kleinen Herzens. »Wo ist das Futter?« fragte sie, und die Frau lief hinunter zum Laden, weil sie natürlich nicht daran gedacht hatte.

Von dem Tag an folgte die Kleine Rosa auf Schritt und Tritt, sobald sich Rosa niedersetzte, verlangte sie, auf ihren Schoß gehoben zu werden, schon zwei Wochen später kletterte sie selbst hinauf, und zu Weihnachten gelang es ihr zum ersten Mal, auf Rosas Schoß zu springen. Die Buben hatten ihr den Namen Cinderella gegeben, der bald zu Cindy abgekürzt wurde.

Rosa stellte fest, daß Richard verschwand, wenn sie mit Cindy spazierenging, und daß sie ihn kaum vermißte. In den folgenden Jahren nahm sie Cindy manchmal nach Hause mit, wenn die Frau beruflich unterwegs war. Abends streckte sich Cindy seufzend auf dem Bettvorleger aus, mitten in der Nacht spürte Rosa ihren warmen Atem an ihrer Schulter oder an ihrem Arm, dann tat sie, als schliefe sie, denn sobald sie zeigte, daß sie wach war, mußte sie den Hund aus dem Bett schubsen. Ein Hund, sagte sie immer, gehört nicht ins Bett und darf nicht verwöhnt werden, sonst hält er sich für das Familienoberhaupt. Solange Cindy in der Wohnung war, stellte sie nur einen Teller auf den Tisch. Einmal fragte die Frau nach einer Woche, in der Cindy bei Rosa gewesen war, nach Richard, und Rosa konnte die Gegenfrage »Wer bitte?« gerade noch unter einem Hustenanfall verstecken. Dann erzählte sie ausführlich, ihr Schwiegersohn, dieser unvernünftige Mensch, habe einen sündteuren Wohnwagen gekauft und sei mit der Familie in Frankreich unterwegs – sie wußte inzwischen, daß die Frau nie in Frankreich gewesen war, da konnten keine verhängnisvollen Fragen entstehen – und ja doch, danke, er fühle sich ganz zufrieden an seiner Lehrstelle. Er müsse nun wohl bald die Gesellenprüfung machen, sagte die Frau und erkundigte sich, ob der Meister ihn danach behalten würde. Darüber habe er noch nicht gesprochen, erklärte Rosa und eilte in die Küche, sie röche die Zwiebeln. Im Vorzimmer stieß sie mit dem Ältesten zusammen, sie ging ihm gerade noch bis zur Schulter. Er entschuldigte sich, obwohl ja sie in ihn hineingelaufen war. Im nächsten Jahr würde er sein Studium beginnen, aber wenn sie ihm sagte, er müsse sein Zimmer aufräumen, tat er es, ohne zu murren. Seine Brüder übrigens auch. Manchmal amüsierte es Rosa, daß diese jungen Männer sich so widerspruchslos ihren Anordnungen fügten, während sie mit der Mutter endlos über die kleinsten Nebensächlichkeiten diskutierten. Fast jeden Tag führte ihr erster Weg nach der Schule in die Küche, Rosa hatte nichts dagegen, daß sie ihr im Weg standen, und schimpfte nur halbherzig, wenn sie in die Töpfe langten.

Es wurde Rosa immer lästiger, wenn die Frau sich nach Richard erkundigte, und ganz selbstverständlich davon ausging, daß Richard, der anfangs um sechs Wochen jünger gewesen war als ihr mittlerer Sohn, inzwischen achtzehn sein mußte. Richard war elf! Richard reichte bis zu Rosas halbem Oberarm, spielte Indianer mit ihr im Sieveringer Steinbruch oder Mühle am Küchentisch. Was sollte sie mit einem achtzehnjährigen Richard, was sollte ein achtzehnjähriger Richard mit einer alten Frau? Wie kam sie überhaupt dazu, immer rechnen zu müssen, wie alt er jetzt gerade war? Cindy rieb ihre Nase an Rosas Wade. Zeit, mit ihr um den Häuserblock zu gehen.

Zu ihrem siebzigsten Geburtstag hatte Rosa ein Grab auf dem Neustifter Friedhof gekauft, ganz oben am Hang mit einer wunderbaren Aussicht. Sie wählte einen Grabstein aus schwarzem Granit mit einer schmiedeeisernen Laterne, ließ ihren Namen und ihr Geburtsdatum in goldenen Lettern eingravieren und pflanzte Immergrün und einen kleinen Rosenstock am Kopfende. Manchmal wanderte sie hinauf, schaute über die Stadt, freute sich, wenn das Immergrün strahlendblaue Blüten trug. Einmal steckte sie Cindy in eine große Reisetasche und nahm sie mit auf den Friedhof, um ihr das Grab zu zeigen. Sie sah sich um, als sie sicher war, daß niemand in der Nähe war, holte sie den Hund aus der Tasche. Cindy schnüffelte ausgiebig an der Laterne, steckte die Nase ins Immergrün, ließ sich nur mit Mühe wegzerren. Buddelte in ihrem Grab ein Maulwurf oder eine Wühlmaus? Auf dem Zentralfriedhof gab es angeblich sogar Hasen, Rehe und Fasane. Nur Hunde waren auf dem Friedhof verboten. Rosa kraulte Cindy hinter den Ohren. »Du würdest mich vermissen, gelt?« sagte sie.

An einem durchsichtigen Oktobertag streckte Richard den Kopf hinter dem Marmorengel hervor und blickte sie freundlich an. Die Sonne ließ helle Glanzlichter in seinen dunklen Locken aufleuchten. Er duckte sich, tauchte in einer anderen Reihe auf. Wollte wohl Verstecken spielen. Sie schloß die Augen, murmelte: »Hinter meiner, vorder meiner, links, rechts gilt nicht. Ich komme!« Es gelang ihr nicht, ihn zu erwischen, schließlich hielt sie sich an ihrem Grabstein fest, um wieder zu Atem zu kommen. Er reichte ihr knapp bis zur Schulter. Elf, nicht achtzehn. Sie hatte ihn zum ersten Mal gesehen, als er elf war, also war es nur gerecht, wenn er elf blieb. Elf war ein gutes Alter, aber er entzog sich, es half nicht, wenn sie seinen Namen rief, er tauchte nach diesem Tag nicht mehr auf, nicht einmal als Schatten, der verschwand, sobald sie den Kopf in seine Richtung drehte. Es war wie mit Gerti und Veronika, die waren auch eines Tages weggeblieben, ohne Erklärung. Ich hab mich nicht genug um ihn gekümmert, dachte Rosa mit leisem Schuldgefühl. Kein Wunder, wenn er nicht mehr kommt.

Von da an antwortete sie ausweichend, wenn sie nach Richard gefragt wurde, zog sich meist in die Küche zurück, irgendwann gab es die Frau auf, ihn zu erwähnen. Rosa vermißte ihn kaum, eigentlich nur an verregneten dunklen Nachmittagen zwischen Spätherbst und Winter. Wenn sie überhaupt an ihn dachte, war er eine alte Erinnerung, eine verblaßte Fotografie. In den Sieveringer Steinbruch ging sie nicht mehr, sie erklärte, der Weg sei zu steil für Cindy. Niemand wußte so gut wie sie, was Cindy brauchte, was für Cindy gesund war. Am liebsten war es ihr, wenn die Frau wegfahren mußte und Cindy bei ihr wohnte und von ihr verwöhnt wurde.

Manchmal klagte die Frau darüber, wie viel in der Wohnung herumstünde, doch sei es wirklich unmöglich, Dinge wegzuwerfen, die so voll von Geschichten seien. Jedes einzelne Stück in der Wohnung sei überfrachtet mit Geschichte, sagte die Frau, manchmal habe sie das Gefühl, erdrückt zu werden von soviel Vergangenheit, die liege wie Staub auf jeder freien Fläche. Was für ein Unsinn, dachte Rosa. Wieder einmal ein Beweis dafür, wie dumm die Frau war bei aller Klugheit. Die hatte keine Ahnung davon, wie die Erinnerung zu zerfließen drohte, wenn man nichts hatte, an dem man sie festmachen konnte.

Cindy wurde bequem, sie zog nicht mehr so wild an der Leine, daß Rosa Mühe hatte, sie festzuhalten, war jetzt durchaus zufrieden, in gemächlichem Tempo von einem interessant riechenden Baum oder Eckstein zum nächsten zu schlendern. Sie ließ sich stundenlang bürsten oder kraulen, immer wieder stupste ihre feuchte kühle Knopfnase Rosa an. Wenn Rosa mit ihr redete, hielt sie den Kopf schief und legte eine weiche Pfote auf Rosas Hand. Kurz vor ihrem achtzigsten Geburtstag teilte Rosa der Frau mit, daß sie nicht mehr für sie arbeiten könne, Cindy aber weiterhin betreuen würde, so oft es nötig war.

Der Tierarzt stellte einen grauen Star bei Cindy fest, der sich schnell zu einem grünen verschlechterte, sie wurde auf einem Auge blind und kurz darauf auch auf dem zweiten. Beim Spazierengehen redete Rosa unaufhörlich mit ihr, dann lief sie nicht in Hydranten oder Hausecken und fühlte sich sicher. Rosa wurde ärgerlich und fand es herzlos, daß die Frau immer wieder sagte, Cindy sei zwar blind, aber nicht lahm und könne durchaus schneller gehen. Wenn die Hündin über Nacht bei ihr blieb, stand Rosa oft auf, um zu horchen, ob Cindy noch atmete. Der Gedanke, Cindy könnte in ihrer Wohnung sterben, verstörte Rosa. Wenn es doch schon vorbei wäre, zuckte es ihr durch den Kopf, sie schauderte vor dem Gedanken und führte Cindy zum Tierarzt, obwohl sie genau wußte, daß er dasselbe sagen würde wie beim letzten Mal. Der Hund sei natürlich alt, habe diverse Wehwehchen wie alte Menschen auch, aber er sei nicht krank, jedenfalls nicht, wenn man das Alter an sich nicht als Krankheit bezeichne. Wie lange er noch leben würde, das könne er nicht sagen, das könne niemand mit Sicherheit sagen. Wenn Cindy beim Stiegensteigen stehenblieb und sich hilfesuchend zu Rosa umdrehte, wenn sie schnarchte oder im Schlaf stöhnte, bekam Rosa Angst. Sterben müssen wir alle, das brauchte ihr keiner zu sagen, aber nicht hier, nicht jetzt, schließlich war es nicht ihr Hund, die Frau sollte endlich einmal etwas selbst erledigen, wie kam sie eigentlich dazu, sich um alles kümmern zu müssen, und in die Tierkörperverwertung durfte Cindy nicht kommen, sie mußte ordentlich begraben werden, wenigstens das.

Cindy starb einen Tag nachdem die Frau von einer Reise zurückgekommen war und wurde im Garten auf dem Land begraben. Rosa stellte ihr Foto in einem goldenen Rahmen neben das von Gusti und Karli. In dem Glas über Gustis Foto sah sie ihr eigenes verschwommenes, verzerrtes Spiegelbild. Sie schnippte mit dem Finger gegen das Glas. »Jetzt kann mir eigentlich nichts mehr passieren«, sagte sie.

Bei einem ihrer immer selteneren Besuche machte Lotte eine Bemerkung darüber, daß Rosa die Fotos von Nichte und Großnichten in einer Schachtel im Wäscheschrank liegen ließ, und war sehr gekränkt, als Rosa sie verständnislos ansah. Warum sollte sie Bilder von Menschen um sich haben, die nie Zeit für sie hatten? Laut sagte sie, es sei für Gusti und Cindy nicht mehr gefährlich, von ihr geliebt zu werden. Lotte schüttelte den Kopf und versuchte Rosa klarzumachen, sie müsse mehr unter Menschen gehen und dürfe sich nicht so in ihrer Wohnung vergraben, sie würde langsam wunderlich.

Ein paar Wochen später fuhr Rosa ins Tierheim und nahm einen übergewichtigen asthmatischen Dackel mit nach Hause. Sie ging mehrmals am Tag mit ihm spazieren, fütterte ihn, tätschelte ihn, trug ihn ächzend die Stiegen hinauf zu ihrer Wohnung, hob ihn auf Cindys karierte Decke, wenn sie Fernsehen schaute, brachte ihn zum Tierarzt. In ihrem Bett durfte er nicht schlafen. Er lebte noch etwas mehr als ein Jahr bei ihr, ein zufriedener alter Hund, als seine Nieren versagten, schläferte ihn der Tierarzt ein. Von ihm kam kein Foto auf den Couchtisch.

Cindys Leine hing immer noch am Garderobehaken, manchmal ließ Rosa sie durch ihre Finger gleiten. An den Feiertagen luden Gerti und Veronika abwechselnd Rosa und Lotte zu sich ein, Karl natürlich auch, aber der blieb immer nur kurz und eilte zurück zu seinen Kakteen. Rosa saß dann in einem der viel zu tiefen Fauteuils in den Wohnlandschaften der Großnichten, lächelte, bis ihre Mundwinkel spannten, gab es nach kurzer Zeit auf, verstehen zu wollen, was da durcheinandergeredet wurde, aß die ungewohnten Speisen, die vor sie hingestellt wurden, achtete darauf, kein Glas umzuwerfen, und fühlte sich erleichtert, wenn es Zeit war, nach Hause zu fahren und Gertis oder Veronikas Mann ihr auf die Beine halfen. Lieber war es ihr, wenn die Großnichten zu ihr kamen, dann hatte sie das Gefühl, als Person gemeint zu sein und nicht nur als letzte Überlebende ihrer Generation. Zu Hildes Begräbnis war sie nicht gegangen, das wäre ihr unehrlich erschienen. Im Grunde genügte ihr völlig, was an Welt im Fernsehschirm flimmerte, da waren Dinge und Menschen klein genug, um nicht bedrohlich zu sein, und die Ansager sorgten für einen Anschein von Ordnung, außerdem redeten sie deutlicher als andere Leute, und sie konnte die Lautstärke regeln. Hin und wieder kam die Frau, meist mit einem Blumenstrauß, der Rosa eher im Weg war als Freude bereitete, und sie drängte ihr einen Karton Eier oder einen in Plastik verschweißten Käse auf, den die Großnichten gebracht hatten. Als Gerti sie zur Maturafeier ihres Sohnes Lukas einlud, erschrak Rosa. Lukas hatte ihr doch erst unlängst voller Stolz seinen Bauernhof mit Plastiktieren gezeigt, wie konnte er jetzt Matura machen? Und seit wann hatte Gerti dieses Doppelkinn, diese hängenden Augenlider? Rosa sagte, sie fürchte sich vor den vielen Stufen, aber Gerti bestand darauf, daß sie unbedingt kommen müsse. Sie solle sich doch bitte vorstellen, wie stolz die Uroma wäre, wenn sie Lukas auf dem Podium sehen könne, der erste in der ganzen Familie, der die Matura geschafft hatte, der studieren würde. Was heißt sehen könnte, sie schaut ganz gewiß herunter und freut sich und die Oma auch. Gerti rückte näher zu Rosa. »Ich geh ja vielleicht nicht so oft in die Kirche, aber immer, wenn es so ein Loch in den Wolken gibt, dann seh ich sie alle neugierig heruntergebeugt und denk mir, sie passen auf, daß uns nichts Böses passiert.« Rosa tätschelte ihre Hand. Ihre Mutter, Lottes Großmutter, Gertis Urgroßmutter, Lukas' Ururgroßmutter. Unvorstellbar, daß sie ein freundlicher Schutzengel geworden sein sollte, aber Gerti sah sie offenbar so. Einen Moment lang ging ihr durch den Kopf, daß sich die Mutter möglicherweise sogar darüber gefreut hätte, wenn sie das hätte hören können. Es wäre so schön, wenn Gerti recht hätte, wenn die alle da oben warteten, die Eltern weniger, auf die konnte sie verzichten, nein, so was durfte man nicht sagen, außerdem müßten sie sich sehr verändert haben, um irgendwo da oben über den Wolken aufgenommen worden zu sein, aber Josef, Ferdinand, Frau Michalek, Julie und Gusti. Gusti, die mit Karli tanzte, natürlich tanzte sie mit ihm, und Frau Michalek, die konnte dort Klavier spielen, das hatte sie sich doch so sehr gewünscht. Es bereitete ihr Unbehagen, wenn sie daran dachte, daß Josef und Ferdinand sich treffen könnten. Manchmal hatte sie das Gefühl, daß die beiden in ihrem Kopf zu einem Menschen verschmolzen, und dabei waren sie doch so verschieden gewesen.

»Ist dir nicht gut, Tante Rosa?« fragte Gerti.

Rosa schüttelte den Kopf, spreizte die Finger, preßte sie aneinander. Alt und müd und ein bißchen blöd sei sie, und Gerti und Veronika brauchten gar nicht zu protestieren, so blöd sei sie noch lange nicht, um nicht zu merken, wie ihr Kopf sich langsam von ihr verabschiede. Lotte hatte bei der Vorspeise mit ihrem Schwiegersohn geflirtet, war dann in sich zusammengesunken und hatte keinen Versuch gemacht, dem Gespräch zu folgen. Jetzt fuhr sie auf. Beleidigen lasse sie sich nicht, rief sie, nicht einmal von Rosa. »Hat doch keiner von dir geredet, Mama«, sagten die Großnichten im Chor, und das verärgerte Lotte so sehr, daß sie aufstand und mit aller Würde, die sie aufbringen konnte, nach Hause gebracht zu werden verlangte. Lukas nahm ihren Arm und führte sie in eine Ecke, wo sie leise miteinander redeten, dann stand er auf, füllte zwei Gläser und trank auf Lottes Gesundheit. Sie kicherte, zog seinen Kopf zu sich herunter und gab ihm einen lauten Schmatz auf die Nase. Lukas schaute sehr unglücklich drein, da lachte Lotte noch lauter. War sie betrunken oder schon so sehr verkalkt? Dabei ist sie doch kaum älter als ich, dachte Rosa. Eine schreckliche Traurigkeit senkte sich über sie, ein dichtes Netz aus staubigen Spinnweben klebte auf ihrem Mund. Mit Mühe riß sie die Augen auf, schaute von einem zum anderen. Die Gesichter verloren ihre Konturen, waberten, die Nasen schienen ihr platt, als wären sie gegen Glasscheiben gedrückt. Wie fremd sie alle waren. Gerti beugte sich über sie. »Mama ist müde, wenn es dir nichts ausmacht, fahren wir erst zu ihr, und dann bring ich dich nach Hause. Aber wenn du noch bleiben willst ...« – »Nein!« Rosa erschrak vor ihrer eigenen Stimme, das klang ja geradeso, als wollte sie flüchten. »Es ist schon spät«, beeilte sie sich zu erklären, »und Lukas wird noch mit seinen Freunden feiern wollen. Du kannst sehr stolz auf ihn sein, nicht nur wegen der Matura. So ein lieber Kerl, und hübsch ist er auch.«

Im Auto fing Lotte an zu weinen. Die Tränen gruben krakelig gezogene Furchen durch ihr Make-up. »Ich bin doch allen nur mehr eine Last«, schluchzte sie, und Gertis Versuche, sie zu trösten, prallten von ihr ab. Plötzlich schniefte und gurgelte sie, es dauerte eine Weile, bis Rosa erkannte, daß sie lachte. »Stacheln müßt ich haben«, prustete sie. »Dann würde mich der Karl anschauen.« Gerti mußte ihr beim Aussteigen helfen. Das wenigstens kann ich noch gut und gern allein, dachte Rosa.

Ihre Füße waren geschwollen, sie war es nicht mehr gewöhnt, stundenlang die schwarzen Pumps zu tragen, früher waren die nicht so eng gewesen, sie mußte ziehen und zerren, um sie loszuwerden. Sie massierte ihre Zehen, machte es sich auf dem Sofa bequem, nahm den gelben Teddy in die Arme. Seit er ihre alte Brille trug, hatte er einen völlig anderen Ausdruck, war erwachsener geworden. Sie schüttelte seine Pfote. »Du wirst bei mir sein, wenn es soweit ist«, sagte sie. »Bist mir eh lieber, du lügst einen wenigstens nicht an. Eigentlich wollte ich, ich hätte es schon hinter mir. Wenn ich nur wüßte, was danach kommt. Bevor das mit Marianne passierte, wäre das Sterben leicht gewesen. Da war ich sicher, daß man zwei glänzende Flügel bekommt, der heilige Petrus sperrt das goldene Tor auf, und alle, die man liebgehabt hat, freuen sich und klatschen in die Hände. Damals hab ich mir nur Sorgen gemacht, ob man in den Schlagoberswolken Purzelbäume schlagen darf, weil ich nicht wußte, ob man unter dem weißen Hemd auch ein Hoserl anhat.« Sie nahm dem Teddy die Brille ab, putzte die verschmierten Gläser mit ihrem Taschentuch. Besser sehen würde er nicht, aber wenigstens hatte er nicht diesen lästigen trüben Film vor Augen. Vielleicht sollte sie doch zur Augenärztin gehen, aber die würde bestimmt nur vom grauen Star reden, wenn nicht gar vom grünen. Komisch, daß Menschen und Hunde dieselben Krankheiten bekamen. Rosa hatte gar keine Lust, während der Operation ihr eigenes Auge anzustarren, angeblich hing das wie an einem Gummiband und schaute einen an, nein, also wirklich nicht, und wozu auch? Wie lange müßte sie leben, damit sich eine Operation lohnte? Sie nahm an, daß sie auch da Pech haben würde, so wie mit dem Grab auf dem Neustifter Friedhof. Zehn Jahre umsonst gezahlt, und das war nun wirklich kein Pappenstiel. Immerhin, sie wußte, wo sie einmal liegen würde. Es tat immer noch weh, daß sie nicht wenigstens Ferdinands Asche bekommen hatte. Nicht einmal geantwortet hatten sie auf ihren Brief. Die waren so.

Rosa entdeckte einen Punkt Fliegendreck auf Gustis Foto. Sie spuckte auf das Glas, rieb wütend mit dem Taschentuch darüber. Fast bis zum Schluß hatte Gusti lachen können, aber sie war ja so sicher gewesen, daß sie ihren Karli wiedersehen würde. Es war leichter, wenn man einen Glauben hatte, bestimmt war es dann leichter. Das Problem war nur, daß man auf einen Glauben gut aufpassen mußte, er ging offenbar leicht verloren, verdorrte, wenn man ihn nicht pflegte. Ferdinand hatte an die Menschen geglaubt, an die Zukunft. Keinen Augenblick lang hatte er nachgedacht, wenn wieder einmal einer vor der Tür stand, der Hilfe brauchte, obwohl er genau wußte, welches Risiko er einging. Auch jetzt noch kämpfte sie manchmal mit dem Gedanken, daß ihm der fremdeste Mensch wichtiger gewesen war als sie, aber vielleicht hatte er recht gehabt, als er sagte: Einer muß es tun. Sonst wäre er nicht er gewesen. Wahrscheinlich hätte er die Tür gar nicht zusperren können, selbst wenn er gewollt hätte. Und trotzdem, dachte sie, ich wollte, er wäre hier, ich könnte die Hand ausstrecken und er wäre da. Aber die Bombe, wer sagt denn, daß die Bombe ihn nicht getroffen hätte? Er wäre ja wohl an der Nähmaschine gesessen oder am Bügelbrett gestanden an dem Nachmittag im Oktober, wenn sie ihn nicht geholt hätten. »Wenn,

wenn, wenn«, schrie sie plötzlich. »Du warst ein Trottel, Ferdinand, das sag ich dir. Wofür hast du dich überhaupt gehalten? Für den Retter der Verfolgten? Aber mich hast du im Stich gelassen.« Sie merkte erst, daß sie weinte, als ihr die Tränen in den Kragen der neuen Bluse rannen und der Rotz übers Kinn lief. Wann hatte sie zuletzt geweint? Sie konnte sich nicht erinnern. »Verzeih, Ferdinand, du siehst ja, ich bin ein blödes altes Weib.« Plötzlich fiel ihr ein, daß Ferdinand jetzt schon weit über hundert Jahre alt wäre. Sie müßte ihm die Socken anziehen, die Schuhbänder zubinden, den Hintern putzen, das Brot kleinschneiden und suchen helfen, wenn er seine Zahnprothese verlegt hatte, wie es ihr in letzter Zeit manchmal passierte. Unlängst hatte sie ihre im Kühlschrank gefunden und keine Ahnung, wie die hineingekommen war. Wie gern sie das für ihn getan hätte. Es war einfach gemein, sie alt werden zu lassen und ihn nicht.

Wenn sie wenigstens ein Bild von ihm hätte, das war doch wirklich nicht zuviel verlangt. Kein Bild von Ferdinand, kein Bild von Josef, kein Bild von Frau Michalek, kein Bild von Erna, und von Gusti nur das alte Foto lange vor der Zeit, in der Rosa sie gekannt hatte. Von Marianne hatte sie auch kein Bild, fiel ihr ein, das hätte sie fast vergessen, und wenn man's genau nahm, hatte sie auch keines von sich selbst, nicht einmal ein Foto von der Erstkommunion. Im Identitätsausweis war eines gewesen, aber wo der hingekommen war, wußte sie nicht, und sie hatte sowieso nie ausgesehen wie auf dem Foto darin. Das einzige Bild von sich hatte sie für den Pensionistenausweis der Straßenbahn machen lassen, bei dem Fotografen gegenüber vom anatomischen Institut. Davon lagen auch fünf postkartengroße Abzüge in der Wäschelade, jede

Falte, jeder Krähenfuß wegretuschiert, die Haare ausgeleuchtet wie ein Heiligenschein, der ihr doch gewiß nicht zustand. Wem hätte sie ein Foto von sich schenken sollen? Das sechste stand auf dem Nachttisch, zwischen Cindy und Gusti. Möglich, daß sie auf irgendwelchen Fotos von Familienfesten zu sehen war, mit einem Kopf so groß wie ein Kleinfingernagel, und in ein paar Jahren würden die Großnichten rätseln, ob das Lotte war, Rosa oder eine andere zufällig anwesende alte Verwandte. Das Bild von ihr mit Barry war verschwunden, sie glaubte sich genau zu erinnern, daß sie es eingesteckt hatte, aber als sie heimkam, war es nicht in ihrer Handtasche. Die Fotos in der Wäschelade würden Veronika und Gerti finden, jede würde eines zur Erinnerung mitnehmen, die anderen vier würden sie hin- und herdrehen und nicht wissen, was sie damit anfangen sollten, irgendwann würden die Fotos im Altpapier landen. Warum auch nicht? Eigentlich könnte sie doch selbst die vier überzähligen Bilder in den Container unten im Hof tragen. Andererseits bestand kein Grund, warum sie den Großnichten die Arbeit abnehmen sollte. Die beklagten sich zwar immer wieder, wieviel sie zu tun hätten, aber in Wirklichkeit ging es ihnen doch sehr gut, und außerdem würden sie ja auch alles erben, die Amethystbrosche, den Ring mit der Perle, die Korallenkette, die goldene Uhr von den Kollegen, die guten Tischtücher, die silbernen Kaffeelöffel, die ihr die Frau geschenkt hatte. Nur das Herz von Josef, das wollte sie mit ins Grab nehmen und natürlich den Ehering. Sie durfte nicht vergessen, den Großnichten zu sagen, daß sie ihr die Kette mit dem Schutzengel und dem silbernen Herz lassen sollten. Der Nachmittag im Gasthaus kam ihr in den Sinn, ihre Schultern zogen sich automatisch zusammen, ein kalter Luftzug traf ihren Nacken. »Immerhin«, sagte sie laut, »immerhin hab ich etwas zu hinterlassen, das sich zu erben lohnt. Also hat sich doch etwas gebessert auf der Welt oder wenigstens in Wien, wie Ferdinand immer gehofft hat.« Gleich darauf schüttelte sie den Kopf. Das konnte es doch wohl nicht sein. Das bessere Leben hat der gehabt, der mehr hinterläßt? Sie schnippte mit einem Finger an Cindys Foto. »Siehst du, du hast nie über solche Dinge nachgedacht und hast doch oft dreingeschaut, als wüßtest du die Antworten, falls einer klug genug wäre, die richtigen Fragen zu stellen. Wie weich dein Fell war. Wie du gewedelt und gejapst und getanzt hast vor Freude. Wie vertrauensvoll du mit der Nase in meiner Kniekehle gelaufen bist, als du nichts mehr sehen konntest. Schade, daß du nie Junge gehabt hast.« Sie stand auf, schenkte sich ein Glas Marillenschnaps ein, den sie vor Jahren zum Gedächtnis an Gusti gekauft hatte. Seither hatte sie nur in regelmäßigen Abständen den Staub von der Flasche gewischt, das war doch eine Verschwendung. »Auf dich, Gusti. Du hast es gut gemacht, weißt du? Ich hätte so gern, daß du recht hast. Daß du mit deinem Karli auf dicken Wolken herumhopst und lachst. Ich würde es ja so gern glauben. Prost!«

Die Falten des Vorhangs schlingerten wie Wellen, obwohl doch das Fenster geschlossen war. Ihr wurde schwindlig beim Zusehen, sie sollte wohl ins Bett gehen, aber hinter dem Vorhang war das Geheimnis, die Antwort. Sie mußte nur aufstehen und den Vorhang beiseite ziehen, dann würde sie es sehen. Oder vielleicht doch lieber nicht. Was du gesehen hast, das brennt sich in die Augen ein, das wirst du nie wieder los, hatte Gusti gesagt. Auf jeder weißen Wand, in jedem grauen Himmel hatte sie Karli gesehen in der Zwangsjacke, sein verzweifeltes Gesicht, als er sich zu ihr umdrehte und sie ihm nicht helfen konnte. Immer wieder habe sie versucht, sich an sein Lachen zu erinnern, hatte sie gesagt, aber dieses Gesicht habe sich immer wieder davorgeschoben. War es Erna auch so ergangen mit den Bildern aus dem Lager? Ich hätte sie fragen müssen, dachte Rosa, aber ich war zu feig, hab mich nicht getraut. Vielleicht hat sie darauf gewartet, als sie das Warten aufgab, ist sie gegangen, und ich weiß nicht, wohin. Plötzlich sah Rosa Gusti vor sich bei ihrem letzten Spaziergang, wie sie der Frau mit den drei Leichen auf dem Leiterwagen half und klagte, daß sie ihren Karli nicht hatte begraben dürfen. Man braucht einen Platz zum Erinnern, hatte sie später gesagt, sonst schleppt man sie immer und überall herum. »Du warst eine kluge Frau«, murmelte Rosa. »Ich schlepp sie alle in mir herum, hab ja keinen begraben dürfen von denen, die mir ganz nahe waren, hinter Josefs Sarg bin ich zwar gegangen, aber irgendwie zählt das nicht. In mir drin sind sie alle begraben, Josef, Ferdinand, Frau Michalek, Marianne, du, und dein Karli auch, weil du ja ohne ihn gar nirgends sein kannst, und du mußt schon verzeihen, die Cindy ist auch dabei. In mir ist gar kein Platz für mich, verstehst du, ich weiß schon, das klingt verrückt, aber so ist es nun einmal. Vielleicht ist sogar Platz für den Richard, auch wenn es ihn nicht gibt, es hätte ihn geben sollen. Eher kommt mir vor, daß es mich nicht gibt, aber das macht nichts.« Lachen kullerte in ihr hoch, ihr Mund öffnete sich ganz von allein, sie hielt sich die Hand vor, lachte, bis es weh tat. Sie preßte den Teddy an ihren Bauch. »Stell dir nur vor«, keuchte sie, »wenn ich sterbe, platzen sie am Ende noch alle heraus. Wir werden ja sehen.«

Nachtrag

Ihre älteste Schwester war dreißig, als Rosa geboren wurde, die jüngste zehn. Die Mutter hielt die ersten Kindesbewegungen für ein Rumoren im Bauch, verursacht durch drei Stück fetten Schweinsbraten, die sie zu Mittag gegessen hatte, weil der Vater wieder einmal im Weinkeller verschwunden war und sie mit der ganzen Arbeit im Wirtshaus allein gelassen hatte. Als sie endlich zur Kenntnis nehmen mußte, daß sie schwanger war, schämte sie sich. Was würden die Töchter denken, die jeden Tag den Streit der Eltern mitbekamen? Sie sagte auch ihrem Mann nichts. In ihrem üppigen Fleisch fiel die Schwangerschaft nicht weiter auf, ein einziges Mal meinte die mittlere Tochter, sie könnte doch wirklich auf den zweiten Knödel verzichten, bald würde der Platz hinter der Schank nicht mehr ausreichen für ihre Fülle. Solange sie nicht über das Kind in ihrem Bauch redete, war es nicht ganz wirklich. Jeden Morgen wachte sie mit der vagen Erinnerung an einen Traum auf, in dem sie schlank wie vor mehr als dreißig Jahren gewesen war und längst vergessene Dinge getan hatte. Jeden Morgen wunderte sie sich, wenn da plötzlich eine Erhebung entstand an ihrem Bauch. Wie wenn ein Maulwurf buddelt und einen Hügel aufwirft, dachte sie. Als die Wehen einsetzten, war sie gerade dabei, den Teig für einen Apfelstrudel auszuziehen. In der Pause zwischen den ersten Wehen gelang es ihr noch, Äpfel, geröstete Semmelbrösel und Rosinen auf dem Teig zu verteilen und den Strudel ins Rohr zu schieben. Sie rief die mittlere Tochter, die im Gastgarten die Stühle abwischte – es hatte am Morgen geregnet –, und trug ihr auf, den Strudel in fünfzehn Minuten mit Butter zu bestreichen und in einer halben Stunde noch einmal, dann fuhr sie mit der Straßenbahn ins Krankenhaus. Beim Aussteigen platzte die Fruchtblase. Sie war froh, daß niemand sah, wie ihr das Wasser über die Beine lief. Während sie in der Ambulanz wartete, flutschte Rosa in die Welt. Die Hebamme mußte nur mehr die Nabelschnur durchschneiden. Den Weg hätte ich mir ersparen können, dachte sie noch, als die Hebamme und zwei Schwestern sie auf ein Bett hoben, doch dann war sie froh über die warmen Hände, die ihr den Bauch massierten, weil die Nachgeburt nicht und nicht kommen wollte. Viel später würde sie zu Rosa sagen: Dich hab ich ganz leicht gekriegt, aber die Nachgeburt war schlimmer als alle Geburten. Erst als es schon dämmerte, fiel ihr ein, daß sie die Familie verständigen sollte, die würden sich längst wundern, wo sie geblieben war. Telefon hatten sie nicht, weder in der Wohnung noch im Wirtshaus, da rief eine freundliche Schwester die nahe Wachstube an, und ein junger Polizist verkündete der ungläubigen Familie das freudige Ereignis.

Zur Besuchszeit am nächsten Tag stand ein verdatterter Mann an ihrem Bett neben den Töchtern, die noch immer nicht glauben wollten, was geschehen war, auch nicht, nachdem sie Rosa durch die Glasscheibe des Kinderzimmers gesehen hatten. Alle bedrängten sie mit Fragen, warum um Himmels willen sie denn nichts gesagt habe, darauf wußte sie keine Antwort und erkundigte sich nur, ob denn der Apfelstrudel geraten und rechtzeitig aus dem Rohr genommen worden war.

Am Morgen stand Rosas Korb in der Fensternische, wenn sich die Wirtsstube gegen elf zu füllen begann und Rauchschwaden unter der Holzdecke waberten, trug die Mutter den Korb bei Regen in die Vorratskammer hinter der Theke, bei schönem Wetter in den Hinterhof, und der Bernhardiner legte sich neben den Korb. Rosa war ein friedliches Kind, stundenlang spielte sie mit ihren Händen oder verfolgte mit den Augen die Schatten, die Mutter oder Schwester an die rauhe Wand warfen, wenn sie etwas aus der Kammer holten. Eines Tages krallte sie sich an Barrys Nackenfell fest, kam auf die Beine zu stehen und torkelte an ihn geklammert durch den Hof. In der Gaststube hantelte sie sich von einem Stuhl zum nächsten, war der zu weit entfernt, krabbelte sie über die geölten Bodenbretter. Wenn sie hinfiel und zu weinen begann, schleckte Barry ihr Gesicht und Hände ab, bis sie glucksend lachte. Wenn sie nachts aufwachte, kroch sie aus dem Ehebett hinaus auf den Gang und kuschelte sich an den großen Hund.

Als sie vier oder fünf war, kniff ein Gast sie in die runden roten Backen, worauf Barry den Mann anfiel und ins Bein biß. Der Wirt hatte Mühe, den Hund zurückzureißen, er prügelte ihn vor den Augen des Gastes, die Wirtin schnitt ein Stück vom Tafelspitz ab und warf es dem Bernhardiner zu, als ihr Mann gerade wegschaute. Am nächsten Tag meldete sie Rosa im Pfarrkindergarten an. Zwei Mal brachte sie Rosa mit dem Hund hin, am dritten Tag hängte sie der Kleinen das Frühstückskörbchen um den

Hals, gab Barry einen Klaps auf den Hintern und sagte: »Bring sie in den Kindergarten.« Die beiden trotteten nebeneinander den Hügel hinauf, der Bernhardiner wartete vor der Klostertür, bis Rosa wieder herauskam. Wenn die Klosterschwester mit den Kindern in den Park ging, versuchte sie anfangs, den Hund zu verscheuchen, stellte aber bald fest, daß es für sie günstiger war, ihn mitlaufen zu lassen. Er hielt die Herde besser zusammen, als sie es mit noch so viel Schimpfen und Drohen vermochte. Auch als Rosa schon zur Schule ging, begleitete er sie, von dort lief er allerdings nach Hause und kam erst pünktlich um zwölf Uhr, um sie abzuholen. Woher er wußte, wann es Zeit war, verstand niemand im Wirtshaus.

Im Winter zog der Bernhardiner den Schlitten den Hügel hinauf und rannte bellend mit riesigen Schneeklumpen im Bauchfell neben Rosa her, wenn sie quietschend hinunterrodelte. Die großen Buben lernten schnell, sie in Ruhe zu lassen, weil Barry jeden, der in ihre Nähe kam, mit gefletschten Zähnen anknurrte. Ein besseres Kindermädel gibt es nicht, stellte die Mutter fest, und wenn das Kind nach Hund riecht, besonders bei Regen, dann riecht es eben nach Hund. Sie mochte es nicht, wenn Rosa Mama zu ihr sagte, weil ihr dann die Leute solche Blicke zuwarfen, das Kind gewöhnte sich an, niemanden direkt anzureden, wenn es sich vermeiden ließ.

Im Religionsunterricht beteten die Kinder: »Ich bin klein, mein Herz ist rein, soll niemand drin wohnen als Jesus allein.« Einmal sagte Rosa, ohne zu denken: »Ich bin klein, mein Herz ist rein, soll niemand drin wohnen als Barry allein.« Der Kaplan gab ihr eine Ohrfeige, die Mutter wurde vorgeladen, das gab eine zweite Ohrfeige.

Als Rosa acht war, kam Barry aus der Schule zurück,

verkroch sich unter einem Fliederbusch im Garten und starb. Die Mutter wunderte sich, daß Rosa nicht pünktlich wie sonst nach Hause kam, fand den toten Hund und schickte ihre Tochter Marianne zur Schule, um Rosa abzuholen, die verloren auf der Stiege stand. Marianne sagte, der Hund sei weggelaufen, Rosa schüttelte den Kopf, hockte sich auf die dritte Stufe und weigerte sich, nach Hause zu gehen. Hier würde sie warten, bis Barry sie abholte. Vergebens bot Marianne ihr Schokolade an, sogar ein ganzes Glas Essiggurken, die Rosa liebte. Auch Drohungen halfen nicht. Schließlich blieb der Schwester nichts anderes übrig, als ihren Freund zu holen, der die strampelnde und um sich schlagende Rosa aufhob und über seine Schulter warf wie einen der Mehlsäcke, die er tagtäglich zu schleppen hatte. Marianne hielt ihn davon ab, durch den Vordereingang ins Haus zu gehen, die Wirtsstube war ja voller Gäste. Auf dem Weg durch den Hinterhof sah Rosa die frische Erde, wo man Barry verscharrt hatte. Es gelang ihr, sich loszureißen, sie sprang herunter und fing an, mit den Händen zu graben. Der Vater und Mariannes Freund hatten zu tun, sie mit Gewalt ins Haus und die Treppe hinauf zu tragen und im Zimmer einzusperren. Eine Stunde lang hämmerte sie an die Tür, antwortete nicht auf die Beruhigungsversuche der Mutter. Als es plötzlich still im Zimmer wurde, bekam die Mutter Angst und öffnete die Tür. Rosa flitzte an ihr vorbei in den Hof und saß bis zum Abend reglos wie eine Statue an Barrys Grab. Dann ließ sie sich von Marianne ins Haus führen, verweigerte das Essen, sprach kein Wort, rollte sich in der Ecke des Ganges zusammen, wo Barry immer gelegen war, mit dem Gesicht zur Wand. Marianne und Hilde, die gerade zu Besuch war, wollten einen Arzt holen, der Vater brüllte, er lasse sich doch nicht lächerlich machen. Am Morgen zog sich Rosa an und ging zur Schule. Wenn die Lehrerin sie direkt ansprach, gab sie kurze Antworten. Zu Hause verstummte sie fast völlig, verbrachte viel Zeit damit, einen Steinhügel auf Barrys Grab zu errichten, ihn mit Efeu und Immergrün zu bepflanzen und mit Blumen zu schmücken, auch mit Geranienblüten aus den Fensterkistchen, Marianne schimpfte mit ihr, die Mutter sagte wenig dazu.

So gern und bilderreich sie von Barry erzählte, so wenig berichtenswert fand sie die folgenden Jahre. Ganz selten tauchte ein Bild aus der Vergangenheit auf, das sie ausleuchtete wie eine Filmszene, in der es kein Vorher und kein Nachher gab, nur Gegenwart. Einen Ausspruch ihrer ältesten Schwester allerdings zitierte sie gern und bei den verschiedensten Gelegenheiten: »Unsere Rosa kann, wenn's notwendig ist, aus einem Schuhbandl einen Wintermantel machen und aus einem Erdäpfel ein Sonntagsessen.«

Daß ich sie kennenlernte, verdankte ich den Schwierigkeiten der Stadtwerke bei der Umstellung auf Computer. Man hatte Rosa gewarnt, es könne fast ein Jahr dauern, bis ihre Rente ausbezahlt würde, und sie war nicht sicher, ob ihre Ersparnisse so lange reichen würden. Also suchte sie eine Stellung bei einer Familie. Ich brauchte damals dringend Hilfe im Haus, ich war von einem Baum gefallen und hatte mir den dritten Halswirbel gebrochen, konnte so gut wie gar nichts tun und hatte drei Buben zwischen sieben und elf. Sie kam, um sich vorzustellen, betrachtete die Wohnung, unterhielt sich mit den Kindern, trank mit mir Kaffee und sagte noch bevor ich sie fragte, sie würde am nächsten Tag anfangen. Sie war ungeheuer tüchtig, kaufte ein, putzte und kochte. Sie kümmerte sich um alles, nie wäre ich auf die Idee gekommen, ihr zu sagen, was sie zu tun hätte. Ihre Grammelknödel, ihre Buchteln und Krautfleckerln versöhnten die Buben mit dem Anspruch, ihre Zimmer aufzuräumen und nichts herumliegen zu lassen.

Als ich zum ersten Mal ausgehen durfte, besuchte ich Freunde, deren Spanielhündin gerade sechs Junge geworfen hatte, schwarze Wollknäuel. Der Vater der Kleinen dürfte der Nachbarpudel gewesen sein. Ein Junges saß zitternd in einer Ecke, kleiner als die anderen, buchstäblich ein Häufchen Elend. Ich hob es auf und streichelte es, bis es aufhörte zu zittern. Die Hausfrau fragte mich, ob ich es nicht haben wollte, sie müßten die Jungen sehr schnell unterbringen, weil sie ganz unerwartet und plötzlich nach Singapur versetzt würden. Ohne nachzudenken sagte ich zu, fuhr mit der winzigen Hündin unterm Pullover heim. Unterwegs kamen mir Bedenken. Was würde Rosa sagen? Das neue Familienmitglied würde für sie mehr Arbeit bedeuten, ich war so gut wie keine Hilfe, konnte kaum mehr als eine Stunde aufbleiben. Die kleine Katze fiel mir ein, die ich als Zehnjährige nach Hause getragen hatte und sofort zurückbringen mußte. Lächerlich, dachte ich, ich bin eine erwachsene Frau, ich kann tun, was ich will. Ich glaubte mir nicht, klingelte an meiner eigenen Wohnungstür, als könnte ich selbst hinausgeworfen werden. Rosa nahm mir das Hundekind aus dem Arm und fragte: »Wie heißt sie?« Daran hatte ich noch gar nicht gedacht, in der Eile fiel mir nur der Name ein, den man mir als Schülerin in Amerika gegeben hatte, weil Renate anscheinend unaussprechbar war. »Beansy«, sagte ich, und ich weiß noch immer nicht, warum ich den Hund in der Geschichte anders nannte. Bei Menschen kann ich das erklären, da ändere ich die Namen, weil mir klar ist, daß sie durch meine Brille gesehen werden, auch wenn ich mich noch so sehr bemühe, ihnen Gerechtigkeit widerfahren zu lassen. Vielleicht hat der geänderte Hundename damit zu tun, daß seit Beansys Tod zwei Jahrzehnte vergangen sind und daß wir oft eine schwarze Spanielhündin zu Besuch haben, die vielleicht mit ihrer lebendigen Gegenwart meine Erinnerung verändert hat. Rosa redete in einem zärtlichen Singsang mit der Kleinen, trug sie in die Küche und fütterte sie mit Haferflockenbrei. Beansy folgte ihr auf dem Fuß, kämpfte mit ihr um jeden Lappen, verbellte den Staubsauger mit Ausdauer und Heldenmut, verbiß sich im Besen. Rosa brachte ihr Leckerbissen, ging mit ihr spazieren, bürstete das schwarze glänzende Fell und lachte, wenn Beansy die Bürste erwischte und knurrend hin und her schleuderte. Sie schimpfte mit mir, weil ich den Hund ihrer Ansicht nach hungern ließ, als Beansy den Lungenbraten von der Anrichte in der Küche stahl, versuchte Rosa gar nicht erst, ihr amüsiert wohlwollendes Lächeln zu unterdrücken.

Beim Kaffeetrinken erzählte sie hin und wieder von ihrer Tochter, vom Schwiegersohn und seinem ewigen Herumbasteln an seinem riesengroßen Wohnwagen, vor allem aber vom Enkel Richard. Schon mit sieben Jahren hatte er ihren Wecker repariert, von dem der Uhrmacher gesagt hatte, sie solle ihn wegwerfen. Zum Geburtstag hatte er ihr eine selbstgebastelte Lampe aus einer Chiantiflasche geschenkt. Mein letztes Buch hatte ihm besonders gut gefallen. In der Hauptschule hatte er Schwierigkeiten in Englisch, sonst aber ein gutes Zeugnis, obwohl ihn die

Schule nicht sonderlich interessierte. Der Schwiegersohn verschaffte ihm eine Lehrstelle als Elektriker in dem Betrieb, in dem er selbst seit fünfzehn Jahren arbeitete. Der Meister hatte nie einen so tüchtigen Lehrling gehabt. Am nächsten Sonntag würde sie ihn zum Pferderennen in die Freudenau mitnehmen, bei ihm bestand keine Gefahr, daß er sein ganzes Geld verwetten würde, er war fast zu vernünftig, im Gegensatz zu manchen Leuten, von denen sie nicht reden wolle. Jedes Jahr zu Weihnachten gab ich ihr ein Päckchen für Richard, sie richtete immer aus, daß er sich sehr gefreut habe und herzlich bedanke, demnächst würde sie ihn einmal mitbringen, aber dann hatte er Masern, Schikurs, Landschulwochen, Grippe, mußte sich auf eine Prüfung vorbereiten, dem Vater bei einer Autoreparatur helfen.

Wirklich ärgerlich wurde sie, wenn ich versuchte, sie als Zeitzeugin auszufragen. Natürlich sei sie nicht am Heldenplatz gewesen, wofür ich sie denn halte, sie sei eine anständige Frau, und wenn ich das nicht glaube, könne ich es gleich sagen. Sie kenne Leute, das wohl, die nichts Besseres zu tun gehabt hätten, als diesem Hitler zuzujubeln, diesem Mörder. Es gebe Leute, die ihm heute noch nachweinten, aber mit solchen Leuten habe sie nichts zu tun, und zwar gar nichts. Die Striemen an ihrem Hals färbten sich immer tiefer rot und flammten aus, ihre Stimme drohte zu kippen, dann hustete sie und rettete sich in die Küche. Als ich an einem Buch über unbekannten Widerstand gegen den Nationalsozialismus arbeitete und ihr bei unserem gemeinsamen Kaffee von einer Begegnung mit einem Ehepaar aus dem Widerstand erzählte und wie die beiden sich gewundert hätten, daß ihre Geschichte jemanden interessierte, ratterte ihre Tasse, sie verschüttete Kaffee auf ihren Pullover und lief ins Badezimmer. In der Tür blieb sie stehen und sagte: »Die leben wenigstens!« Sie war so verstört, daß ich mich nicht traute, das Thema noch einmal anzusprechen. Eines meiner vielen Versäumnisse. Wie oft glauben wir, rücksichtsvoll zu sein, wenn wir die Fragen nicht stellen, die gestellt werden müßten? Seltsamerweise finde ich es viel leichter nachzuhaken, wenn ich mit den Befragten keine eigene Geschichte habe. Rosa war ein so wichtiger Mensch im Leben der ganzen Familie, daß unsere Beziehung sie vor meiner Neugier schützte, wenn das denn ein Schutz war. In vieler Hinsicht war sie eine Art Ersatzmutter für mich, mit allen Spannungen, die eine solche Wahlverwandtschaft beinhaltet.

Wenn sie eines meiner Bücher in einer Auslage gesehen hatte, berichtete sie mir das, sie freute sich über jede Anerkennung, die ich bekam. Sie selbst machte mich darauf aufmerksam, daß ich sie zum Vorbild der Frau Lizzi im ›Vamperl‹ genommen hatte, was mir gar nicht klar gewesen war, und amüsierte sich sehr darüber. Allerdings, sagte sie, hätte sie nie im Leben so respektlos mit mir geredet wie die Frau Lizzi im Buch. Als ich anfing, auf Lesereisen zu gehen, kam sie während der Zeit, bekochte meine Söhne, sorgte dafür, daß sie rechtzeitig zur Schule gingen, vor allem aber betreute sie Beansy. Wenn sie mit ihr redete, hatte ihre Stimme einen weichen Ton wie sonst nie.

Kurz vor ihrem 80. Geburtstag erklärte sie, ihre beiden Großnichten hätten ihr verboten, weiter bei uns zu arbeiten, sie solle endlich Ruhe geben, aber natürlich könne ich Beansy zu ihr bringen, jederzeit. Mir tat es leid, zwar hatte ich schon seit ein paar Jahren den Großteil der

Hausarbeit übernommen, aber sie hatte die Oberaufsicht, sie sorgte dafür, daß die Grundnahrungsmittel nicht ausgingen, daß das Backrohr geputzt war, sie verkörperte für uns alle ein hohes Maß an Sicherheit, an Ordnung, an Verläßlichkeit, vielleicht gerade weil wir uns manchmal von ihr eingeschränkt und herumkommandiert fühlten.

Wir besuchten sie mehr oder weniger regelmäßig, nicht nur, wenn wir Beansy hinbrachten oder abholten. In ihrem Wohn-Schlafzimmer saß ein Teddy mit Brille und Krawatte auf dem Bett neben einer Schildkröt-Puppe im roten Kleid. Auf dem kleinen Couchtisch stand ein Foto von ihr selbst, rechts unten im Rahmen steckte ein Bild von Beansy. Die drei Kissen waren aufgeplustert und genau in der Mitte mit einer Kante versehen. Die gestrickte Decke war so gestärkt, daß sie nicht über den Tisch hing, sondern stand, genau in der Mitte funkelte eine Kristallvase mit seidenen Kirschblüten. Es roch nach Bienenwachs und ganz leicht nach Salmiak. Den Kaffee tranken wir in der Küche, nie gab es auch nur ein Wasserglas in der strahlend weiß geputzten Spüle.

Einmal beklagte sie sich bitter, daß sie immer Pech habe. Es waren zehn Jahre vergangen, seit sie ihr Grab auf dem Neustifter Friedhof gekauft hatte, nun war sie immer noch am Leben und mußte wieder dafür zahlen, obwohl sie doch noch gar keinen Gebrauch davon hatte machen können. Während sie das sagte, streichelte sie Beansy und fütterte sie mit Hundeschokolade, es half überhaupt nicht, wenn ich darauf hinwies, wie ungesund das sei. Würde man denn Hundeschokolade erzeugen, wenn Hunde keine Schokolade bekommen dürften? Außerdem war sie selbst mit Beansy beim Tierarzt gewesen, während ich im Ausland war – so wie sie das Wort aussprach, hatte es etwas leicht Anrüchiges –, und er habe nichts davon gesagt. Beim Abschied drängte sie uns immer etwas auf, sechs säuberlich in Servietten gewickelte Eier, ein Päckchen Schinken, ein paar Äpfel. Die Großnichten brächten ihr immer zuviel, was solle sie denn mit dem ganzen Zeug?

Nach Beansys Tod kaufte Rosa einen Blondellrahmen für ihr Foto. Kurz darauf holte sie einen angegrauten dicken Rauhhaardackel aus dem Tierheim, der sich schnaufend und vorwurfsvoll an jeder Straßenecke hinsetzte und dem sie dann erzählte, wie flink Beansy noch mit siebzehn Jahren gelaufen sei. Ich habe seinen Namen vergessen, Rosa rief ihn meist »Beansy, ach nein, du bist ja nicht die Beansy, komm her«. Manchmal dachte ich, es ist gut, daß Hunde nur den freundlichen Tonfall verstehen, sonst müßte der Arme furchtbar eifersüchtig werden. Immer wieder sprach sie davon, was denn aus dem alten Kerl werden würde, falls sie vor ihm stürbe, er würde wohl ins Tierheim zurückgebracht werden müssen, wer würde schon einen so alten Hund nehmen.

Nach jedem Besuch rätselten wir, was mit der Tochter und ihrer Familie geschehen war. Rosa war nicht gerade konziliant und betrachtete ihre Meinungen stets als unumstößliche Wahrheiten, falls die Tochter der Mutter ähnlich war, schien es uns nicht unmöglich, daß die beiden einen bösen Streit gehabt und keinen Weg zu einer Versöhnung gefunden hatten. Andererseits erzählte Rosa doch von jedem Zwist mit anderen Hausparteien, besonders mit dem Zeugen Jehovas im dritten Stock, den sie immer »der Jehova da oben« nannte und der aus purer Böswilligkeit seine Blumenkästen so üppig begoß, daß ihre Fenster angespritzt wurden, auch von jeder Meinungsverschiedenheit mit den Großnichten, überhaupt von allen Vorfällen der vergangenen Woche. Weiter zurück ging sie selten, obwohl es doch immer heißt, alte Menschen lebten in der Vergangenheit. Hatte sie die Vergangenheit ausgeblendet und mußte deshalb ihre ganze Aufmerksamkeit den kleinsten Begebenheiten des Tages widmen, sie immer mehr vergrößern, bis das Korn so grob wurde, daß es das Bild verschluckte? Wir hörten zu, murmelten zustimmend, nickten. Das genügte. Auf dem Heimweg stellten wir einander Fragen, von denen wir wußten, daß wir sie nicht beantworten konnten. War die Familie ausgewandert? War sie einem Unfall zum Opfer gefallen, Rosa hatte schließlich oft genug über die Rennfahrerambitionen ihres Schwiegersohns geschimpft? Wir wagten es nicht, sie zu fragen.

Bei einem Morgenspaziergang knickten dem Dackel die Hinterbeine ein, er konnte nicht mehr laufen und mußte eingeschläfert werden. Von ihm gab es kein Foto auf dem Couchtisch. Jetzt brauche sie sich keine Sorgen mehr zu machen, sagte Rosa. Nicht lange darauf fand die ältere Großnichte sie in dem kleinen Vorzimmer, im Mantel, den Hut auf dem Kopf. Herzversagen, schrieb der Notarzt auf den Totenschein. Sie habe sehr friedlich ausgesehen, sagte die Großnichte.

Mein Sohn Martin ging mit mir zum Begräbnis. Es war einer von den Spätherbsttagen, an denen die letzten bunten Blätter von innen her leuchten und jeder Baum auf den Hügeln des Wienerwaldes sich scharf gegen den Himmel abzeichnet, an denen man mit ausgebreiteten Armen den Hang hinunterrennen möchte, an denen die Schmetterlinge zum letzten Mal tanzen. Vor dem Friedhofstor hob ich eine Kastanie auf, drehte sie hin und her, hielt mich daran fest. Die Großnichten standen in der Aufbahrungshalle, beide in Pelzmänteln, eine begleitet von einem Mann, der immer wieder auf die Uhr blickte. Der Pfarrer kam, auch er hatte es eilig, haspelte die Einsegnung in einem Rekordtempo herunter, an dem Rosa gewiß viel auszusetzen gehabt hätte. Zu fünft gingen wir hinter dem Sarg und dem Priester zum Grab hinauf. Jetzt verstand ich, warum Rosa soviel Wert auf dieses Grab gelegt hatte, es war wirklich ein Grab mit Aussicht, auf dem schwarzen Stein standen schon ihr Name und Geburtsdatum in leuchtenden Goldbuchstaben. In der Erde, die wir ihr nachwarfen, glitzerten goldene Einsprengsel. Etwas, Quarz und Glimmer, die drei vergeß ich nimmer, ging mir durch den Kopf, und das erste hatte ich doch vergessen. Jetzt hast du dein Grab mit Aussicht, dachte ich, und wunderte mich einen Augenblick lang, daß ich sie duzte. Auf die Idee wäre ich nie gekommen, solange sie lebte. Mitten in der Nacht wachte ich auf. Feldspat, hallte es in meinem Kopf. Feldspat. Was war mit Feldspat? Ich konnte erst wieder einschlafen, als mir eingefallen war, warum ich das Wort gesucht hatte. Feldspat, Quarz und Glimmer …

Kurz darauf rief eine der Großnichten an und erkundigte sich, ob ich die Sachen zurückhaben wollte, die ich Rosa geschenkt hatte. Ich verneinte fast erschrocken, als wären meine Geschenke zurückgewiesen worden. Was für ein Unsinn, sagte ich mir, und stellte endlich die Frage, was denn aus der Tochter, dem Schwiegersohn und dem Enkel geworden war, ich hätte sie beim Begräbnis vermißt. Nach einer kurzen Pause kam die Gegenfrage, welche Tochter ich meine, die Tante hätte nie ein Kind gehabt. Ich war so verwirrt, daß ich nicht nachhaken konnte, die Großnichte verabschiedete sich höflich, dankte, daß wir zum Begräbnis gekommen seien, die Tante hätte große Stücke auf uns gehalten. Später hatte ich keine Gelegenheit zu weiteren Fragen, ich wußte die Nachnamen der Großnichten nicht, inzwischen habe ich auch ihre Vornamen vergessen und würde sie nicht erkennen, wenn ich sie auf der Straße träfe. Nur der blondgelockte Persianermantel der einen in genau der gleichen Farbe wie ihre Haare ist mir in Erinnerung geblieben, obwohl ich mich doch wirklich nicht für Pelzmäntel interessiere.

Alle Freunde und Verwandten, denen ich davon erzählte, starrten mich an. Sie doch nicht. Eine praktischere, vernünftigere Frau hätte es nie gegeben. Andere vielleicht, aber nicht Rosa. Die war doch so verwurzelt in der Wirklichkeit, stand mit beiden Beinen auf der Erde, die schimpfte schon, wenn im Fernsehen etwas lief, das ihren Sinn für Realität beleidigte.

Wir haben nur geglaubt, sie zu kennen.